仁义镇的春天

孟繁信◎著

山西出版传媒集团

北岳文艺出版社

·太原·

图书在版编目（CIP）数据

仁义镇的春天 / 孟繁信著. -- 太原：北岳文艺出
版社, 2025. 6. -- ISBN 978-7-5378-7092-4

Ⅰ. I247.5

中国国家版本馆 CIP 数据核字第 2025BS8051 号

仁义镇的春天　　孟繁信 / 著

RENYI ZHEN DE CHUNTIAN

//

出 品 人：董利斌

总 策 划：汪恒江

策划编辑：高海霞

责任编辑：董江波

　　　　　张　丽

复　　审：贾江涛

终　　审：刘文飞

宣传运营：刘思华

　　　　　董江波

印装监制：郭　勇

装帧设计：装帧设计
Mobile:17600688864

出版发行：山西出版传媒集团·北岳文艺出版社

地址：山西省太原市并州南路 57 号

邮编：030012

电话：0351-5628696（发行部）　0351-5628688（总编室）

传真：0351-5628680

经销商：新华书店

印刷装订：山西万佳印业有限公司

成品尺寸：165 mm × 230 mm

字数：255 千

印张：18

版次：2025 年 6 月第 1 版

印次：2025 年 6 月山西第 1 次印刷

书号：ISBN 978-7-5378-7092-4

定价：68.00 元

目 录

第一部分

1

汾河一进入雀鼠谷，就开始翻波卷浪，两岸陡峭的峰峦布满高低仰俯的树丛草甸，靠近河床的岩壁光秃秃的，像披金戴玉的一群村妇挽起裤腿子，露出白白的光脚丫子，经年累月地悬浮在峭壁上。细心再辨，岩壁上有浅浅的吃水线，一层一层的，直到汾河的水面，像给这群村妇穿上了薄薄的白裙。有史料记载，这里曾是一片一望无际的大湖，百姓饱受水灾危害，被逼堵在深山大沟里，与荒凉为伍、与野狼为伍、与愚昧为伍、与饥饿为伍。从不少传下来的地名来判断，大禹早期的治水很可能就是在这里部署开挖的。"坛镇"有前坛和后坛，前坛祭天，后坛祭地，相传大禹治水的祭祀活动就在这里举行。"王禹"就是禹王治水的指挥部，村旁的"泮池"就是禹王饮马的池塘。"英武"山顶上的"望生原"就是禹王测量水文的地方。大山最逼仄处的"夏门"就是夏禹凿开石壁、疏导洪流的第一门。"打开三弯口，空出晋阳湖"，三弯口，就是汾河流经夏门最陡峭最狭窄的一段。这句话一直从远古传到现在。那些悬浮在半山腰的吃水线，算是这个历史故事的一个佐证。

秦晋古道随汾河进入峡谷地带，往前走，就是两山对峙、洪涛喷溅的绝路，再走就只好在玉成这个沟口，折拐上山。弯弯曲曲的山路，走得极不顺畅，好多路只得遇沟架桥、逢山劈巷。攀升到最高处的韩信岭，天开云散、宽阔无垠。极目远望，众山群峦都俯身低垂，一片狭长的山顶原野，一直能伸展到太阳升起的地方。近前，一座不高的土丘孤独地蹲卧在那儿，丘的一侧有座庙宇，是韩信庙。传说，当年押送韩信首级的车马走到这儿马乏人困，再无力前行了，就势把首级埋在了这堆土丘下。韩信岭是个制高点，为历代兵家必争之地。从岭上往各个山头看去，山头上都分布着烽火台，古代战事常用烽火台的烟雾传递消息。一个山头一个山头点燃烽火，消息很快就能传递到几十里几百里以外的地方，比起快马传递消息要快得多。

　　古道从韩信岭再往前走，就是拐进山巷里的坡道了。一直到最深处的郭家沟，都是坡度在四五十度的路，人走还好说，车行就危机四伏了，不是经验丰富的车把式，不敢赶驾。看一眼眼前的路，心都发抖。车上坐的人到这儿都要下车步行。据说当年西太后南逃路经这里，也得下驾步行。毫无疑问，这郭家沟肯定做买卖的人不少，靠山吃山、靠路吃路，这是亘古不变的法则。出郭家沟，跨过一座石桥，虽然还是下坡路，但相对平缓多了。不熟悉路面的人以为往前的路不会太难走了，可没走几里路，前面就是更具风险的"生死路"。

　　与前面最陡峭的山巷路比，坡度有过之而无不及，所不同的是，前面的路是土路，这里的路是石板路，而且笔直无斜，从坡顶一直插到沟底，长度大概有三里地。马车来到这里，上，不好上；下，不好下。铺在路面上的青石瓷实光滑，太阳光一照亮晃晃的。驾车的骡马再怎么彪悍，一见这路先冒出一身虚汗，接着骨头发软，任凭车把式再怎么驱使，牲口死活不肯再前进半步。眼看着面前就是商贸繁荣的仁义古镇，就是不敢迈进。一旦刹车失灵，连个挤靠挂缠的土坡斜树都没有。车毁人亡的事不是没有发生过。一步之遥，胜似千里。

　　汾河进入雀鼠谷，是古道的第一个关口，史称阳凉关。阳凉关的险情是波急浪猛的水路。古道之下石板坡的这个关口叫阴地关。阴地关的险情是光滑陡峭的石路。古代的石城县设有两驿，阳凉关的官驿是冷泉镇，阴地关的官驿是仁义镇。走过这两道关，以后的路就好走多了。这也是石城县境内天造地设的两道难关。南来北往的人，特别是那些载着重货的马车，最忌惮的就是这两段路面，而这又是秦晋古道的必经之路。

2

这些故事是爹讲给我的。

我爹在县城公路站上班，县域范围内的国道、省道、县道，包括以前的古道，他都能讲出个子丑寅卯来。路面上曾经出现的人物故事，他也能讲个八九不离十。我爹在公路站也算一个不大不小的干部，平时的大会小会他都坐在主席台上，但一般不发言，他是从农民参加县武工队基干连后转过来的一位工农干部，平时和单位里的人聊天，他能讲出不少与敌人周旋作战的故事，常常让听讲的人入迷着魔。一次简单的伏击战，在他的铺陈渲染下，显得十分神秘，时而叙述、时而评说，前因后果、起承转合，让人一听就放不下来。大家都说，我爹的口才好。每有开会，主持人总有一个程序是让他讲讲，可他总是用"不讲了"来推辞。有时下面的掌声都拍响了，按道理他应该象征性地说几句，可他就是不讲。我在稍大一点儿的时候曾经问过他，为什么口才这么好老是不讲话呢？把能大讲特讲的机会主动让出，甘心吗？爹悄悄对我说：主要领导的动员报告也好、安排总结也罢，都清清楚楚摆在那儿了，你讲什么？你真把鸡毛当令箭放开来一讲，不管你讲得多么精彩，领导都不会高兴。野雀子占了凤凰的窝，只能惹些燥气，甚至还会惹出麻烦。领导让你讲，是个程序，是个客套，显得领导顾全大局，实际上心里不愿让你讲。喧宾夺主，闹不好还会引偏主题，当下你是舒坦了些，人们也可能对你产生一些敬意，说你讲得比领导还好，但日后不定在哪一刻，你就有可能遇到一些莫名的事儿。爹有过这方面的教训。平时和大家聊天，有咸无淡的，不怎么涉及具体的人和事，不会有什么后患，还能赢得大家的亲近和好感。你一旦有什么公事或私事，要跟前的人来帮忙，大家也是买账的。爹的这些话，让我想起爹曾经担任五金厂的一把手时就遭到过一个心怀鬼胎的部下的暗算，就是因为爹在会上一句不太妥帖的话引起的。爹又跟我说，一个人有缺点或办过一些错事并不可怕，可怕的是你第二次又在绊倒你的地方被绊倒了。这样的话，七岁学说话，七十岁你也学不会说话。

那一次，公路站开会过后，爹领着我从县城往村里走，五十里的山路，爹可能怕漫长的路程走得太疲惫、太无聊了，也可能是他好长时间没和人聊天了，一路嘴不闲地给我讲沿途的人和事。也是在那一次，我第一次领略了爹的知识量和好口才。现在想来，那是爹唯一一次对我讲那么多的话。

他讲到的那个车马最难走的石板路，正是家乡仁义古镇镇边的那一处石板坡。像写一篇文章一样，眼看着最后的句号快要画上了，可最精彩最揪心的一段才拉开序幕，给我这个初长成人的儿子设定出了一个大大的悬念。

我就出生在古镇，而且我家离石板坡只有一步之遥，孩童时代，我和小朋友们老在石板坡下的后头街玩耍。坡下立着一块低矮厚重的石碑，被我们摸得锃光瓦亮的。

我爹告诉我，古道走到这里是县域境内的最后一关，就是这阴地关。这道关，也是最难过的一道关。这石板坡，上半截被阳光照得像镜子一样光亮，下半截却灰暗得像进入阴曹地府一般。

看来，这阴地关肯定有不少骇人听闻的故事。

果然，我爹又说，"盘坡"的故事你听过没有？不等我回答，他又问，镇上有个"盘坡王"你知道不知道？我小时候听几个老人讲过一些没根没由的盘坡（当地方言，指护送车辆下坡，本书中使用当地方言情况较多）故事，我想他这个"公路通"肯定能有时间、有人物、有根由地给我讲讲，但是他却不讲了。

前面不远处，就是我家的院门。

3

石板坡到仁义古镇的北门还有二里地，镇上的人把这一段路叫后头街。下坡入街，横着一条沙沟，沙沟平时没水，细石碎沙被踩得白亮瓷实，只有后山雨后山洪暴发时，汹涌而下的大水才会把这条路变成沟。沟旁村边，长着一棵大槐树。从外表看，树龄在千年以上。别看这树老皮老脸的，用手一摸就能剥下一把残枝腐节，可往上一看，葱茏茂密的树冠却遮住了半条沟。夏季歇晌的羊群常在这片阴影下留驻。每到饭点时，也有不少人端着饭碗来这里小聚。镇里的不少趣闻轶事，也第一时间在这里发布。

沙沟穿过后头街，拐入自己应有的水道，沿着水道往下游的仁义河延伸。沙沟与真正意义上的古镇相距很远，只是与后头街并排着走了一段，镇上也有人称后头街的人叫沙沟里家。沙沟在村子中段，悬空建着一座石拱桥。一个大拱，支点在东西两端，全用巨型沙石砌筑，桥面是平路，连接着东圪塔与后头街，东圪塔的人要去古镇的镇街上逛街，就必须走过这座拱桥，才能进入北门。

我家就在拱桥附近，院子是长方形的，正面三孔窑洞，外三内一，外面看是三孔窑，进门以后是一孔窑，竖进横通，有人说这里是以前的城隍庙，也做过酿酒的糟坊。院子右侧有砖铺的楼梯，上边同样是三孔窑洞，楼上院子占了不少地方，三孔窑洞的面积比楼下小了许多。上下窑洞，皆入山。山，是北山延伸到镇子中间的一个突出部分，镇上的人称其为碉堡。唐初，刘武周据险坚守，与李世民打过一场硬仗。李世民大举仁义之师，对平民秋毫无犯，受当地百姓资助，力克天险，取得了胜利。"仁义"一名，也就一直延续到现在。我爹年轻时随地方武工队转战南北，属抗日战争前参加革命的干部，在中华人民共和国成立之初，曾担任过原仁义乡的乡长，为各方面便利，用十石麦子买下了这个院子。我们一家老小从一个叫常家山的偏僻小村搬到了古镇。

按区域划分，我家属于后头街。到后头街玩耍，是我小时候最喜欢的事。出院门到槐树底下，也就几分钟的路。

我爹在县城的公路站上班，一回来，他最爱去的地方就是槐树底下。

4

大槐树长在沙沟旁，对面，是被沙沟的洪水冲刷而成的一道陡壁。十几米高的陡壁之上，是另一处古镇的居住群，叫窑湾，与东圪塔遥相对望。陡壁正上方，正好容得下一家居住。隔着院坝往下看，沙沟里发下来的洪水、沙沟里走过的人，以及槐树底下的一切景象尽收眼底。

院坝里住着一个百岁老人，官名赵全武。

赵全武是镇上的名人，身上长年穿着黑马褂，看上去褴褛不堪的，满脸的白胡子一直伸到胸前，从上到下一捋，满手都是沧桑。镇上的人见了，"爷爷""伯伯"地叫，就是遇上不爱说话的人，也得弓身对他浅笑一下，以示尊重。赵全武很少出门，骨子里有股子傲劲儿，一般不和人多说话，就是到了他家，他也只是礼节性地说两句，然后就一个人出去了。他最爱干的事，就是站在自家院坝甩鞭子，鞭响在院下的陡壁形成回音，满后头街的人都能听见。镇子上能和他沟通的人很少，他对手上的鞭子比儿女还亲，有事没事就握在手里抚弄，各种鞭响就是他各种情绪的抒发。鞭杆有两丈长，弹力十足。鞭头系着红缨，有鞭杆的两倍长，鞭梢在空中折拐的那一下，画出一片闪电似的曲线。

赵全武祖上行武，传到他这一代，武艺有了登峰造极的提升，外加了一个"神鞭手"的称号。

每有骡马从沙沟路过，突然听到一声悬空鞭响，总要惊愣一下。每每这时，骡马的主人须马上回头仰望陡壁坝上，抱拳作揖施敬，以免再有厉声鞭响惊脱骡马。传说他早年在石板坡盘坡，曾对调皮耍奸的套马套骡有过无情的惩治，一鞭子下去，精准无误地被削掉半只耳朵的骡马不只一两匹。

在窑湾、沙沟这一带，赵全武是一个无形的存在，家禽、跑狗、走猫，甚至恶狼、野獾，都得听清楚他鞭响中的喜怒哀乐，不然真要遇上一次从天而降的鞭击，非死即伤。握着鞭把上的那只手手腕一拧，传递在鞭梢上的那股劲道便蓄满火爆与血腥，叼住眼眼瞎，叼住腿腿断，叼住腹腹破，叼住嘴嘴裂。空响是提醒与警告，再坚持扰乱或逆行，再一鞭可能就是伤亡。五六米以内，鞭子的杀伤力是准确无误又残酷无情的。在冷兵器时代，握着一把鞭子出行，在路面上，它是赶车搏马的工具；在街市上，它是英武彪悍的搭配；一旦遇上险情，它又是探远打近的武器。

5

我爹坐在槐树下，赵全武悬空一声鞭响，我爹应声招招手，算是一种上下呼应。他与赵全武有着某种貌离神合的默契。有我爹在，空中鞭响往往充满了欢快与诙谐。

我爹虽然是个工农干部，可他爱学习，笔头子也勤，读报念文件，查字看书籍，都能，在他们那一茬干部中算个特例。遇到个特殊事或好想法，就在一个本本上写几行，记日记。经的事也多，加上多年的干部履历，说出的话抑扬得体、浓淡适宜。

我爹肚子里有"货"，只要他一到槐树底下，前前后后的，就有不少人凑过来，听他讲一些古今有趣的故事。由于有了这种铺垫，等他离休以后彻底回到村里时，槐树底下就更成为一个热闹的地方了。

这天，我爹刚在树下落座，"瘤疙瘩"就担着一担茅粪过来了。这人长得头大腿短，说话做事都颠颠，干农活不得窍、不出活儿，队里就分配他一年四季掏茅粪。这活儿相对自由，松紧快慢随自己，虽然"瘤疙瘩"不偷懒又不惜力，但也做得不得法。一路走，一路溅，弄得浑身老是脏兮兮臭烘烘的。这次，刚走进槐树荫影地，他就"咚"的一声把粪桶撂在地上，把扁担也扔到了地上。这一撂一扔，粪桶里的屎尿更加放肆地涌荡出来，溅起老高，把他半个身子都污染了。他火上加火，从槐树底下找来一块石头，开始狠砸。砸也不会砸，不是往粪桶壁上砸，而是往粪桶里边砸。越砸越溅，越溅越砸。更多的脏东西冒涌出来。后来见砸粪桶砸不成，又朝跟前扔着的扁担砸，砸扁担也不会砸，砸在了最有弹性的部分，石头倒弹回来，直往他身上蹦跳。他气急败坏，忙得一脸通红，嘴上也骂骂咧咧的。

我爹看他力气用得差不多了，就把他叫到跟前，问："你这是不想掏粪了？"

"咋不想，这活儿自由，自己说了算。可老是溅人一身屎尿，又臭又脏的，连二柱家的女人见了都捏鼻子。"

二柱家女人也是个憨憨，"瘤疙瘩"曾撩逗过她几次，办法是用五毛钱买通。二柱家女人刚对他露出点笑意，表示愿意和他相好，可他一走近，人家就捏着鼻子走远了，嫌他身上有茅粪味儿。这样他钱也花了，人却连手都没有碰到。

我爹告诉他，担粪不能脚步不稳，要碎步匀走，肩胛也不能乱晃，粪桶里那些漂浮物随着稳当的步伐就不会溅冒出来。你再试试看，慢慢学着走。

"瘤疙瘩"听话，又担起粪桶往前走。这一次不怎么溅了。他把粪桶担到附近的一块菜地边，找了一块空地，就势把半担茅粪倒在田地里。这是"瘤疙瘩"耍的一个小聪明，他不想跑远路了，就近把粪倒在一块地里，队长要是盘问，他也能说出自己劳动的时间、地点，只要总担数不少就行。老远地，他回头冲我爹笑了笑，好像对我爹泄露了他的一个秘密。

"这种人你再教他也走不成一个步子，天生就是一个笨货。真要给他个女人，也不知道如何下手。"

后头街的成老汉来到我爹身旁，对我爹发着感慨。

接着又有几个人凑过来，其中还有一个抱着小孩的中年妇女。

"今天，再给我们讲个故事吧。"

成老汉对我爹说。

我爹看了看成老汉，又看看其他几个人，看到大家都是期待的眼神。

我爹清了清喉咙，开始讲故事。

晚清时，慈禧太后和隆裕皇后及光绪皇帝于清光绪二十六年，也就是公元一九○○年，庚子年公历十月五日，农历八月十二，沿官道南逃长安时，曾在仁义镇住过，掐指算来已经过去不少年头了。

以往对这段历史真相虽有流传但并未有实情记载。西太后一行为什么要从京都向长安逃亡？为什么在年近古稀之年选择乱象横生、路匪猖獗的古道，遭此颠簸之苦呢？为什么决定在仁义古镇让大军驻扎休憩呢？为什么不选官驿或修葺一新的大公馆、二公馆，而非要选在郝姓窑院居住呢？

我爹讲故事，往往爱用一连串的问句开始，这样，一方面引起大家的好奇心，另一方面也有把大家引进故事的意思。见几个人都瞪大眼睛等着下文，他却不着急了。成老汉把手中的烟锅递给我爹，以为他这是烟瘾犯了。我爹摆了摆手，自己从口袋里掏出一支烟，点着，狠狠地吸了一口，吐出一团烟气，挪了挪身子，这才从西太后南逃背景说起。

光绪二十六年，英美俄德法意日奥八国联军入侵中国，进犯北京。七月十九日晚，炮声隆隆，全北京城人心惶惶。西太后坐镇养心殿，及时听取各方来报。七月二十日，八国联军攻入北京，慈禧紧急召集王室亲贵和军机大臣商议撤离京城避难事宜。七月二十一日凌晨，八国联军攻进紫禁城东华门，情急之下，慈禧带领光绪帝和隆裕皇后等人换便衣出神武门仓促离京，任命庆亲王奕劻和李鸿章为代表，留守北京与列强议和谈判。慈禧一行乘三辆马车，一路狼狈逃亡，与随后赶来的部分大臣及兵员形成千人护驾的"西巡"阵势。因事出紧急，既没有足够的准备，也没有事先的出行通告。一路上，遭受了不少苦难，夜宿破庙，身睡土炕，小米饭充饥，绿豆汤解渴，能吃一碗小肉刀削面也实为不易。

慈禧选择山西路线，主要原因是，山西巡抚毓贤不畏八国联军，洋人不敢轻易侵入境内半步。在山西境内，慈禧听不到联军的隆隆炮声，也看不到乱窜的逃亡官兵和逃难的百姓。在中国近代史上，一八六○年，英法联军攻入北京时，慈禧曾随咸丰帝逃往热河一带。十九世纪末，在"扶清灭洋"的口号中，义和团应运而生，史称"庚子事变"，对外国列强有一定的震慑作用，也促进了中国民众的觉醒。但义和团笼统排外，兼有愚昧和残暴，有诸多农民运动的缺陷性和盲目性。后被清政府利用，逐步分裂为官团、私团，甚至还出现了假团。官团受清政府统率调遣，领取官饷。私团和假团是民间自发组织，有很大的独立性和复杂性，对清政府也形成一定的威胁，被称为"眷匪"。义和团的兴起，也是八国联军入侵的一根导火索。慈禧有两怕：一怕洋人，由此也就有了对义和团从纵容到镇压的举动；二怕"眷匪"，因眷匪在一定意义上就是私团假团的存在，对清政府有诸多不利的因素。山西，洋人未能擅自进入，与义和团的兴盛有很大关系。但慈禧又怕洋人，洋人要她惩办镇压义和团，这也是洋人要入侵中国的一个借口。本来，慈禧八月十七日进入太原行宫后计划长期留驻，但迫于洋人的威胁，只好将巡抚毓贤以义和团祸首之罪革职，来掩联军耳目。而义和团的衰败，又可能导致洋人的驱入。重重矛盾中，慈禧只好在十月从太原启程，向南面的长安逃奔。

慈禧南逃，美其名曰"南巡"，不改奢侈作风，狼狈之余仍不失皇家威风。落脚太原二十一天以后，与开始的直隶仓皇逃命时已有不同，沿途增加官员兵马，制寻南行仪仗的龙旗等随銮装备装饰。但凡路过官道需要夜宿时，住宅都经工匠修葺一新，粉刷彩画、张灯结彩，陈设齐备，还需备戏台假山。食住行等都要用红毯铺地、黄缎围墙。路过村镇均需黄土垫道，清水洒街。受洋人胁迫，在太原以义和团事件祸首革职巡抚毓贤后，山西各地官吏掀起一场镇压义和团的高潮。各地义和团首领及团民惨遭杀害。加之南逃随銮皇室及官员一路横加搜刮，支银无数。护驾兵丁军纪很乱，四出奸淫，大肆抢劫。街市闭门，百姓逃避。山西人民除遭受庚子年空前旱灾外，又加南逃官兵所作抢掠"官灾"，可谓苦难深重。

从太原南逃开始，行程加快。十月四日从平遥到介休途中，在义安，义和团残余头目郭敦源，自称义和团头领，冲撞皇室仪仗，欲刺杀慈禧，当即被捕杀头。当晚抵达介休后，连夜将介休知县陈日稔革职，永不任用。慈禧一生最在乎"命"，十月五日，从介休早早启程，要走南逃以来距离最长、路况最险的一段路程。两岸陡峭的雀鼠谷、山势高峻的韩信岭、山壑深陷的郭家沟、光滑下行的石板坡，都是危险艰难的路程。另外，她也担心眷匪的袭仗冲銮。

过韩信岭时已是人困马乏，但官兵不得不将载货车马卸下，步行牵马下郭家沟，只留銮驾三辆马车继续向前进发。好在一路直达仁义古镇平安无事。镇上黄土垫道，清水洒街，百姓秩序井然。慈禧一时心悦，下令中午在仁义歇息休整。

两宫和光绪帝的休居场所选定了仁义古镇南角村边一户郝姓人家的三孔窑洞。为何没有选择紧靠郝氏民宅挨邻街面的大公馆、二公馆和古街北侧的官设驿站呢？根据地理方位分析，公馆与驿站虽然也着手了接驾准备，但一则周边全是百姓住宅，如遇特殊紧急情况撤离不便；二则在郝宅歇息有许多好处。院内三孔窑洞整齐顺眼，整个院内只有一个老奶奶住居。院内东侧有南北走向的葡萄架，院内花草葱郁、香气扑鼻，更为重要的是西南两边紧靠村边，出行方便，护驾防卫便利。

据仁义郝姓后裔郝富有讲述，三孔窑洞坐北朝南，宅主为郝富有的大爷爷。郝富有爷爷有弟兄三人，大爷爷娶妻王氏，娘家在霍州柏树洼。婚后育有一子，大爷爷生病早逝，堂伯成年后在修建龙王庙时，被掉落的大钟砸死。多少年来，三孔窑洞只有大奶奶独居着。大奶奶百年后，由郝富有父亲过继到大爷爷膝下，承继其家产。大奶奶生在大户人家，懂礼数、尚规矩，日子过得安分殷实。官府与巡检官员经考察，将招待两宫和光绪帝的重任交付与她，其他闲杂人等一律不准接近。院内按惯例黄缎围墙，红毡铺地。一应盘碗茶饮都是御驾自带。大奶奶只负责用氽壶（旧时烧开水的一种立式铝制壶）在窑外炉灶烧水。慈禧、隆裕皇后和光绪帝用茶后歇息。东窑住慈禧，西窑住隆裕，中窑住光绪。因一路在崎岖山路颠簸座驾，慈禧又年逾花甲，难得一时歇息休养，排乏解困。半个多时辰后，两宫与光绪帝睡醒，来到院子东侧的葡萄架下，喝水歇凉。座凳是预先准备好的青石花边鼓形石墩，上铺黄缎护垫。因考虑到当天要到达霍州，下午三时起驾上路。临上马车时，慈禧太后看到一中午忙个不停的大奶奶踮着小脚奔走，尽心侍奉，年龄又与自己相当，便从头上发髻中拔出一根银簪递给大奶奶作为对她的赏赐。

以后，大奶奶王氏将慈禧赏赐的银簪精心保存，至死前才传给后人。另外，烧水用过的籴壶也用黄绸小心包好存放，再无用过。慈禧坐过的石鼓凳也让人搬回中窑珍藏起来。

讲到这儿，故事似乎就算结束了。我爹伸手要再吸一口烟，但嘬不出烟气来，原来纸烟已经灭了，跟前的人赶紧掏出火柴给点着。没吸两口，纸烟已经烧到手指了。那纸烟，不吸的时候，不管不顾地往后燃，要吸的时候，却熄火了。再点着吸的时候，只有两口了。成老汉递过他手中的烟袋，顺势又给点上。我爹把手中的烟蒂扔在地下，用脚尖捻了几下，才稳稳端起烟锅，猛吸几口。

成老汉乘机插话："我奶奶活着的时候，说她见过这个娘娘，说这娘娘长得一张拽到不行（方言，指态度傲慢。本书使用了不少当地方言）的脸，表情冰冷，两眼藏针，还真是个厉害人哩。"

我爹吐了一口烟气，说："这个女人可不是一般人，她生于一八三五年十一月二十九日，一九〇八年十一月十五日去世，她是孝钦显皇后，叶赫那拉氏，是咸丰帝的妃嫔、同治帝的生母，是晚清时期重要的政治人物、实际的统治者。不是皇帝，胜似皇帝，在同治、光绪两帝时期两度垂帘听政。"

那个妇女怀中抱着的小孩，可能是饿了，哇哇哭叫着想挣脱。可这个妇女的心却还在故事里挂着。她干脆把胸襟解开，把奶头伸到孩子口中堵住了孩子的嘴，并问出一句："那她最后到长安了没有？"

我爹说："慈禧于一九〇〇年十月二十六日到达长安，就是现在的西安，逃亡途中计七十三天。九月七日李鸿章和庆亲王奕劻正式与英法俄等十一个国家签订了《辛丑条约》，赔款4.5亿两白银。这是中国历史上非常严重的主权丧失的不平等条约，此后，中国沦为了半殖民地半封建社会。"

这妇女又问："这娘娘坐过的石鼓凳和烧过水的佘壶可成了宝物了。这可是给皇家用过的东西啊，还在不在了？"

我爹笑笑，说："那院子还在，那三孔窑洞还在，老奶奶的后代们还住在院子里，你去问问不就清楚了？"

那妇女一下醒悟过来，用一只手拍拍自己的脸，扭过身子去，说："你看我也是，成了个小孩了，问了一句三岁小孩也知道的话。"话还没说完，怀中的小孩又双手举着另一个奶头，要吃。她一躲，结果奶头上喷出一股奶水来。她这才发现自己露丑了，赶忙掩了衣襟，一路小跑走远了。

听讲的人都叹出一口气，觉得这故事也就该画上句号了。

我爹把烟锅递给成老汉，又开始讲述："你们知道富贵之人出门最怕什么？谁又能料到在哪个地段哪个时间会有个土匪恶霸呢？我们仁义古镇那时是个商贸重地，人杂眼乱，只凭皇家护卫肯定不能做到万无一失。那么，雇用当地的武林高手明里暗里保驾就必不可少了。那时，有一个武功高强的小后生就在这次保驾中担起了重要任务。西太后临起驾时还在这个小后生的肩上拍了一下，问他愿不愿意到朝廷做事，这位小后生回答说还有患病的老父母，西太后没再多说什么，他错过了一次绝好的机会。不过，为了答谢保驾之功，西太后赐给了他一杆御鞭，他后来也成为一位远近闻名的神鞭手。"

大家心领神会，都把目光投向远处的院坝上。

也许是心有灵犀，院坝上不迟不早地甩下来一声鞭响。人们都听出了这鞭响里的嗔怪与温暖。

我爹继续说："人常说，三岁看大，七岁看老。这个小后生后来成为方圆几十里有名的武林大家，在我们仁义古镇演绎出许多可圈可点的精彩故事。"

这一下，指向更明确了。

6

以前，与赵全武齐名的还有一个人，镇上的人叫他昌林。两个人基本不相互往来，但彼此心知肚明。昌林是南武馆馆主，一班师徒整日就在关帝庙内习武练拳。赵全武是北武馆馆主，龙王庙是他的教场。南馆在古镇南门附近，门洞顶是菩萨庙。北馆在古镇北门附近，门洞顶是三官庙。各把一门，镇门内店铺林立，商贸繁荣，一片安乐景象。

南馆离官设驿站、大公馆和二公馆近，驿官有些事也需要武师们的帮衬，与南馆的关系比较密切，这样，南馆多多少少带了些官方的味道。一入北门，古镇的商贸店铺鳞次栉比，是人员密度比较大的地方，是是非非的事也多，龙王庙紧挨北门，北馆的武师们常出面来维持街面的秩序，所以北馆多了些民间性质。

北门，镇上的人叫三官楼底，因洞门上建着三官庙而名。三官庙有三尊雕塑，即天官尧、地官舜、水官禹，属于道教尊奉的三位天神，"道经"称"天官赐福，地官赦罪，水官解厄"。道教尊远古的三位明君尧、舜、禹载录世人善恶，为万物之行本。三元节，就是三元大帝的诞辰，以正月十五为上元节，七月十五为中元节，十月十五为下元节。中国上古就有祭天、祭地和祭水的礼仪。每逢三元节，镇上的人都会来庙里祭祀膜拜。

洞壁两侧有凹陷壁槽，大门扇一闭，两端横杆一插，古镇就是一个独立的整体，任你官兵匪盗都进不去。洞底两条车痕陷入坚硬的青石路面，都是南来北往的马车留下的车辙。帝王将相，巨商大儒，都有路经此地。当年李世民所带官兵与刘武周在碉堡一战，就走过这个门洞。后来光绪帝与慈禧太后过境，对前帝之德行多有感慨，专门有过敬仰缅怀礼仪。

从小，赵全武就常常被父亲领到这里，拜三官，讲礼仪，也见识一下南来北往的显官巨商和各路高人绝技。

南北两馆同时设着镖局，从古镇出发或前来古镇的商家货物，都由镖局来保镖押送。

也有由外地路经古镇的货物运送，随行的镖师大都懂得江湖规矩，知道这商贸重镇是藏龙卧虎的地方，或者专程上门拜访，或者见面以后互致礼仪。

早些年，就有一支浩浩荡荡的镖队路经古镇，大镖师叫方有根。走到南门附近时，方有根让镖队停了下来。他对眼前的古镇开始审视。

雄踞镇中的碉堡在黄昏中像一只威风凛凛的卧虎。敦实坚挺的两座镇门像立在空中的脊梁，延伸到镇子东面的文昌阁，又像是一条巨龙的头部。一阵风声，耳边传来阁檐吊挂着的铃铛脆响，像是龙喘虎啸。

方有根让镖队卸下镖旗，所有骑士一律下马牵绳步行，路遇大小人等都施礼问好，整个镖队尽量不要发出声响，低调谦卑入镇。

出北门，经一位好心人指点，入住"德义祥"马车店。

方有根让车把式与几位随从安置房屋住舍，喂食骡马，自己与两位年轻镖师换成便装，往不远处的石板坡方向走去。

　　　　阴地关，鬼门关，车马见了吓破胆。
　　　　青石路，石板坡，一脚踏进阎罗窝。

方有根早就知道这句民谚，车马在官道行至石板坡，谁也不敢疏忽大意，车毁人亡的事不是没有发生过，但石板坡究竟有多险，他得先去看一看。

离马车店不远是一座拱桥，拱桥旁边有一块空地，有几个人正在这里戏耍玩闹。

一声鞭响，把方有根吸引过去。

一个十五六岁的少年正在与几位大人争吵不休。

少年说："什么两大家六神鞭，你们敢和我比比吗？"

"这孩子，刚脱了开裆裤几天，就不知道屎往哪里拉了。你说吧，咱们比什么。"其中一位神鞭手说。

这孩子动作挺快，没等人们反应过来，举起手中的弹弓就向跟前一棵槐树枝头射出一粒石子。大家的眼光便一起向树梢看去，"哗啦啦"一阵声响，一只麻雀从树间掉落下来。

其他跳上跳下的麻雀都被惊飞了。

正在人们愣怔间，头顶一声鞭响，两只飞动的麻雀被鞭梢击落下来。

一石一鸟，是孩子的瞬间射技。

一鞭两鸟，是一位神鞭手的动态鞭法。

"高手！"方有根不由得喊出声来。

方有根刚要走近，又听得一声鞭响。这一次，鞭梢就落在他的左耳旁，他的耳边掠过一股劲风。方有根清楚，执鞭人要击打他的耳郭，只需神鞭手一个扭掌便可办到。凭本能，方有根本可以在一刹那间用手抓住鞭梢，但他没有。

"众位神鞭手，辛苦了。"方有根双手作揖行礼。

那孩子还未玩够，很不服气地又在桥栏石墩上一边摆了立石，一边摆了一片花蕾。孩子刚一离开，一个甩鞭已把那花蕾打得稀巴烂，彻底断了孩子再要比赛的念头。

面前站着三位神鞭手，这也正是方有根要找的人。明天上石板坡，这些人就是福星。一见有生人，他们个个抖起了精神。白毛巾围在头上，在额上挽了一个十字结，白围巾拴在腰上，各自握着一条长鞭，眉宇间露出一股英武气。

一位神鞭手走近一步，与方有根握手。说是握手，暗中使着劲。方有根进前一步，翻腕，出肘，再展开小臂，掌心就正好是对方门面。对方并未抽回右手，左手却提前护在脸前。这一擒拿叫"金丝缠腕"。从手劲和腕法上看，方有根知道对方不是一个善茬子，也是道中宿主。手势比到，双方默许，互致歉意。这个神鞭手叫赵全武，是古镇北武馆的拳师之一，家中排行老二。

古镇"两大家六神鞭"中赵家父子占了四个。父亲叫赵仁厚，老大赵全文，老二赵全武，老三赵全斌。站在方有根面前的是赵全武。他年纪尚轻，看上去不到二十岁。从小跟着父亲，他练出一手好鞭法，鞭梢挥出，从不空打乱撩，一鞭下去，精准对位，好多淘气的骡马身上都有他留下的血痂。赵全武身后站着的是"六神鞭"中的另两位神鞭手，一为李姓，人称李大，一为武姓，场面上的名字叫武头。三人问清方有根所押镖车是大车重物，当即确定，由赵氏父子来做此差役。方有根用征询的目光看着李、武两人，怕他们同行之间生出抵牾。没想到，这两人很是通情达理，毫无一点儿怨气闲话。方有根暗想，这"六神鞭"，相互之间，处得够和睦够义气。

方有根正要说点什么，那个李大把嘴凑到赵全武左耳边，嘀咕着什么。方有根这才发现，赵全武左耳小右耳大。左耳似飞翅竖立，直指发际。右耳玲珑剔透，插在白毛巾圈里，似有似无。赵全武听了李大的絮叨之后，举着鞭子的手向空中挥了挥，说道："他们要有胆量，就来试试。"

方有根与两个相随镖师，被赵全武带到石板坡前。

坡前立着一块石碑，上面写着三个大字——阴地关。阴刻，魏体，碑体不太高，却坚实厚重。坡道如一条天路般幽黑乌亮，往上一段变为光照耀眼，像是阴阳路。路面是清一色的大青石铺就，沿五十度左右的斜坡，一直延伸到几里地以外。青石路面两边是青石立壁，整个是一座石山中开出来的一条官道。路段中间没有平缓地带，两道入深一寸左右的车痕，像两条飘带似的从上面抖落下来。这路，看一眼都让人心惊胆战。

回来的路上，赵全武告诉方有根，这盘坡是个苦活儿也是个险活儿，但也是赚的一份巧钱，村里人也叫石板坡为摸钱坡。我们六个人之外，也有眼馋的人想赚这份钱，对我们也多有说辞。有时还与我们抢活儿，活儿干得不怎么样，嘴上却吹得天花乱坠，对我们也有损毁小瞧。李大刚才在桥头与我悄声说话，正是担心这个。我们盘坡一次，小型马车只需一人，报酬五枚铜钱，如用两人，加倍。按你说的车型，是大马车，至少得三人，不过要想再顺利一些，四人比较保险。你看你用几人为好？

方有根马上回应，我们是两辆大马车，上阵父子兵，打虎亲兄弟，你家父子四神鞭同时都用，多花一点儿银钱没事，我要的是安全顺利。

两人击掌为盟，一言为定。

回到德义祥马车店，方有根与货主代表说了情况。随后，一班人外出用餐。马车店不远处的北门旁，就挂着一个"二黄毛包子店"的带灯招牌。一群人走了进去。

靠窗一张桌子上坐满了人。包子店面积不大，除了这张稍大一些的桌子，其他都是两人小座，满共也就不到二十平方米。刚一进门，小二就迎了过来。

"欢迎客官光临本店，请问是要些包子、油条、疙瘩汤一类的大众小吃，还是素荤菜凉拌爆炒焖蒸酒肉大餐？"

方有根正在犹豫，心下想：如此小店，竟有酒肉大餐一说！

这时，墙边的一个帘子一掀，走出小吃店主人，正是下午过北门时给他们指路的那个人。他一手把小二推到一边，说道："平时给你说了多少，看人看派（派头），知人知心。这样的贵客，你三辈子也不一定能等到。来来来，我安排。"

店主人让小二给大桌子安排了饭菜，就带着方有根来到里间。穿过一条长长的过道，能听到沿途各个包间的划拳吆喝声。过道通着后院，一片灯火辉煌中，后院里都是上档次上规格的包间。院中有一立杆，高高地举着一个大红灯笼。院里是齐齐楚楚田园菜畦，用粗麻绳和竹片隔着，空出纵横相通的过道。每片菜畦的入口，都挂着一盏马灯。客人可以随便进到每个菜园，采摘自己想吃的鲜菜。方有根暗想，这小店大铺排，后山里有炭。在一间独屋独桌边，店主把方有根安坐下来，先沏好茶，扔下一堆笑容和客气话，就要往外走。方有根正要说什么，店主人打断了他的话头，说："知道知道，你的意思我明白。"

店主人出门以后，方有根有点失笑：我的意思是什么？连我自己还没想清楚，你知道什么？

店主人把二镖师三镖师及货主代表和大把式也带了进来，接着安排一个美颜女子，专人专桌前后里外跑腿。四个大菜不久便端了上来。一坛酒水及碗筷分陈两边。四大碗，有素有荤，看上去，并不奢侈却丰盛有余。方有根想，这种安排，确实合我心意。

这店主人是个老江湖，看人能看出你的出处，做事能做到你的心里。方有根一路的旅途劳累也有了缓解。一碗酒进肚后，一大块牛肉塞进嘴里，方有根让美颜女子唤来店主人，一边敬酒，一边问些乡俗行规。这店主人也不客气，自家人似的，与他交谈起来。

店主人说，那个马车店，比镇上的驿站、公馆还出名，南来北往的车辆马匹，多有留宿。店老板姓王名罗金，外号高粱秆子，人是个直性子，认理真，好抬杠，但做事不含糊。今天你们能顺利入住，挺好。他这人要哄着来，你要和他较劲，就不好使了。他的脾气一上来，不管你天王老子，谁的账也不买。他是吃软不怕硬。你这高手大家，见过的世面不比我少，这一点儿比我更清楚。他不是不需要银子，但他也不缺你这一点儿银子，关键是你这点儿银子可能就是他的卖命钱。不过，这老鬼买我的账，你要有什么不顺利，我给你说合说合。

方有根突然打断店主人，问这"卖命钱"是什么意思。

店主人回道：你这大镖师押镖送的货，值不值钱？值钱吧。这古镇大道，有没有盗贼？不能说没有。你住店，人命值钱，但货物也很值钱，对你这样的客人和货物，他不敢不操心。你可以一晚上睡个囫囵觉，可他不能。在客栈丢东西，这是店主最丧气的事。一旦遇上劫匪，他得要给你卖命啊。

方有根点了点头，觉得这话挺有道理。

另一个话题，没等方有根开口，店主人已猜出几分，话先由他引出。

"大镖师想知道这古镇的武师大家，一旦遭遇，不是仇人就是朋友，你放心，我们这古镇是仁义之地，武林高手也不例外，只要你以礼相待，他们都是很讲规矩的，绝不会仗势欺人。你以后要是有时间，我领你会会他们。"听到这里，方有根突然问店主人："如果我没猜错的话，店主也是一个武林高手吧？"

"略知一二，只懂一点儿皮毛而已。小店虽小，可在这眼杂人乱的地方，免不了会遇些小混混小赖皮，没有一点儿功夫和道行，不可能长久开下去。"

"这二黄毛包子店，也是有点说辞的吧？"

"这算是鄙人的行号，大概有三层意思：一是我向来不称大，永远在二的位置，这样也不会引起同行的敲打；二是饭菜质量加武林助力；三是包子包菜包肉更包心。不管官商还是凡人，一律诚心相待，只要我店有一点儿错误，重换一份，而且分文不取，并谢罪道歉。"

方有根向店主人连进三碗酒水。他的心事被这店主人估摸得一清二楚。这古镇，真是个人杰地灵的好地方，一个包子店竟有如此深厚的底蕴。两人相互留了姓名与联络地址，算作日后再期相会的异地好友。

吃完饭，货主代表付钱结账。方有根让大家回马车店。他对"二黄毛"说："那个高粱秆子王罗金不会为难我们吧？"

"你让弟兄们回去说，你们是我二黄毛的人，估计就不会有问题了。"

方有根嘱咐货主代表："在家靠父母，出门靠朋友，凡事不可耍横斗狠，说话要暖心暖肺，出门三辈小，回去好好和人家交流，把这位二黄毛朋友的意思也表达一下。托人托塌天，安顿好以后，让大家早点休息，明天还要赶远路。"

方有根又对"二黄毛"说："我想从北门到古街上看看，不知你能不能陪陪我？"

"二黄毛"吩咐小二收拾打理诸事，与方有根走出店门。

两人边说边走，前面，灯火辉煌中，镇街门铺一一林立。方有根只能走马观花地顺便看看。丝罗店、银器行、典当铺、油坊、醋坊、烟茶摊、酒吧、客栈等不一而足。

"二黄毛"好像对每家店铺的掌故由来都能说出个一二三，见方有根脚下的路走得不慢，便少了解说的兴致。

方有根看出他的情绪变化，就对"二黄毛"说："不要看你头上的头发不多，但绝不是两根黄毛，你脑子里稠密着呢。今天，不是我不想听你说了，实在是太晚了，日后我肯定要专程来，听你细细地说道说道，这古镇真是太让我迷恋了。这辈子遇上你这么一个朋友，真的是太好了，真让我开了眼界。咱今天就到此打住吧，再好吃的东西也不能吃得太饱，你得让我慢慢消化。这古镇真是个好地方。"

两人开始向北门返。

途中，一些店铺的名字和广告语，还是让方有根多看了几眼。"发呆、闲聊、晒太阳""刀不快""隔壁好""泡脚、搓背、揉心""销魂处""说愁、抬杠、掌嘴""一碗半""入口香半街""牙口的秘密""巷子不深""懂瓷器"，等等。

第二天，太阳刚刚升起，方有根他们押送的两辆货车走出"义隆祥"马车店。

马车刚出院门，王罗金穿了一身黑衣、白马甲，头上裹着白毛巾，等在门口。他一手牵了头骡，大步向前走去。这让方有根生出一丝感动。这马车店主，一见面凶眉恶眼的，住了一夜，竟然把他们当成了朋友。不仅店内的事他管，店外的事也不含糊。选择了他的马车店，就选择了安全与顺利。熟人熟路，他要一保到底。

没走几步，"二黄毛"也跟了上来。

来到石板坡前，有几个人在坡前站着，见有两辆马车走过来，就有一个留着大背头的人走近方有根。

"师傅要不要盘坡？你看那几位神鞭手，个个都是行家里手，花钱买个平安吧。"

大背头说着，指了指他后面站着、头裹白毛巾的举鞭手们，全身上下的打扮都和赵全武他们一模一样。这几位向方有根挥手示意。方有根暗想，多亏昨天下午提前接触到了赵全武，要不然今天冒昧一来，说不定就真会让这几位来盘坡了，平安与否，还真不好说。昨天说到的"活儿干得不怎么样"的假李逵，可能就是这些人。

方有根看着大背头，知道这是一个说合人。他四处再看看，不见赵全武，就把目光对准了王罗金。

王罗金问方有根："你昨天没有预约盘坡手？"

大背头剜了一眼王罗金，说出的话也带了火药味："你这老王是怎么说话哩？你管你住店的事，你要连盘坡的事也管？我们就不是盘坡的？"

方有根赶忙说："对不起师傅，昨天我们已与赵家父子约好了。"

"你可想好了，他们一个人五枚，我们是四枚，如果你的货车有一丝一毫损失毁坏，我们连四枚铜钱也不要了，白干。"

王罗金抢过话头，说："说得好听，盘坡要的是平平安安，要有损坏，那是四枚铜钱能买到的？我还没听说你有这个把握能安全送达的。"

"高粱秆子王罗金，你想蹚这浑水不是，我们怎么就不能安全送达了？你哪一次见我们把货车送翻过？你那贼店能管得了拉屎尿尿还管得了上檐揭瓦？你这老不死的，看我们赚点辛苦钱，是不是眼红？实在看你是个棺材瓢子了，要不，让这几个盘坡手用鞭子给你脸上留点印印？"

王罗金不是个善茬子，对大背头说："老子在道上混的时候，你还是个尿炕娃子哩，问问你爹去，看他敢不敢和我这样说话！你有本事动动我看看！"

大背头后面站着的人猛地插到他面前，用身子挤靠王罗金，还用一只手抓住了他的胸前。

"这是怎么回事，大白天，想见见血哩？"

不知什么时候，赵全武站在了王罗金身后，指着大背头说："你本事大不是？在一个老年人面前耍威风，还要动手，活腻了不是？"

说着，赵全武的手就抓住大背头的头发，手腕一拧，大背头原地转了个圈子。赵全武又对那几个对王罗金动手的人说："正好，我好几年没有练手了，你们几个不识眼色的东西。"

赵全武从一个人的手中夺过鞭子，一挥，正好把几个人的脖子缠在一起，再用手从中间一撑，像提网兜似的把几个人悬在空中。

赵全武回头，对方有根和王罗金说："对不起，我迟了一步。"

大背头是个见风使舵的人，站稳以后，马上服软："真不知是你赵师傅的客人，对不起，实在对不起。"说完悄悄溜走了。

"不行，今天这坡谁也盘不成，说得容易，哪有这又要打人又要抢活儿的人呢。"一个举鞭手一边整理着被赵全武掀乱的头发，一边大声嚷嚷。

赵全武又抓住这个举鞭手，用掌心卡住了他的下巴，口中喊道："你这小溜子今天是想不见棺材不掉泪。"

"住手！"

不远处的阴地关碑前，站着几个人，最中间的人撂过来一句话。

人们都向那边望去。

来者是古镇武林南馆的几个拳师，说话的人正是馆主昌林。场面一下子哑了，没有人再敢说什么。

小溜子趁机说道："怎么，看到俺师父你们就全哑巴了？"说着，就向昌林打招呼。

"叭"的一声鞭响，人群中走出了赵全武的父亲赵仁厚。

赵仁厚走近昌林，举手施礼，口中说道："大师在此，小儿无礼，我代他赔罪。请您定夺，今天这活儿由谁来做，您老说了算。我们父子没说的。"

昌林回礼，说："盘坡一事，还是你们父子是高手，再说约你在先，他小溜子虽然跟我学了几天，但拳术长进不大，歪理邪说倒学了不少，这里没他的份儿。"回头又对小溜子说："你以后再不要打着我的旗号招摇撞骗，要想在世上混，好好学学如何做人。马上离开这里！"

小溜子马上说："师父你不承认我是你徒弟了？今天我怎么就不能盘这坡了？"

昌林态度很强硬："你不是我的徒弟，我也不是你的师父，在被逐出南馆的时候我就跟你说过，再不要给我丢人现眼了。"

方有根没想到在这里能碰到镇上的几位武林高手。他走到昌林面前，说："本想昨晚拜见大师，实在是时间太晚了，怕影响大师休息，改日专程来登门拜望。谢罪，谢罪。"

昌林回应："昨日听几位小徒讲，有两辆镖车过街，一路谨行慢走，不事声张。今天又有二黄毛说起方镖头风范，我就知道，是个大家格调。今天到此，见见方镖头尊容。"

被称作小溜子的那个举鞭手一脸的不服气，嘴上也不干不净："真他娘的晦气，小小的两辆马车，惊动这样一班不讲理的搅屎棍子，不就是五枚铜钱吗！盘吧，盘你娘的屁股蛋子。"

这时的赵全武一个箭步冲到小溜子面前，抓住小溜子的一只胳膊，说："没完了不是？真不想活了？"

小溜子手一摆，说："盘吧，盘吧，让你们盘。"

赵全武兄弟开始张罗盘坡的前期事宜。

"等等！"赵仁厚喊道。

坡前堆着一溜大小不同的石块，赵仁厚让赵全文赵全斌去清理这些人为设置的障碍物。

快要清理完石块时，赵全斌又喊过一句话来："不行，那半坡上还钉着一排木栅栏哩。"

这下，赵全武上火了。他走到小溜子跟前，一手抓住后领，拎在空中。其他几个同伙趁机想逃走，赵全武一个蹲地后扫腿，几个同伙先后倒地。赵全武把这几个人带到昌林面前。

"老伯，今天这事儿你都看得一清二楚，你说吧，该怎么办？"

昌林发话："你们几个如果还想在镇上混，就亲自去把设在坡上的障碍去掉，否则，后果自负。现在，马上，三秒钟以后还不行动，我的话就收回了。清理完以后，再回到我这里来。"

小溜子他们几个人不敢怠慢，正要往坡上走，早见赵全文不知什么时候已经到了半坡上，把钉在坡面上的木栅栏连根拔起，一挥手，扔到了一侧的乱草丛中。

昌林一手拽着小溜子，来到阴地关碑前，说："你要还认我这个师父，就先念念这碑上刻着的村规民约吧。"

方有根的马车上两头辕骡长得结实高大，赵仁厚对赵全武说："就用这头辕骡吧，我看了看，身上的劲气可以。"

赵全文颠了颠辕杆，把车上的货物又往前边移动了一些，绑好。那辕骡背上的分量顿时压下去不少，它打了一个响鼻，黏糊糊的口水喷了赵全文一身。赵全文拍了拍辕骡的脖子，说："走几步就是陡坡，到时候就平衡了，你现在不要有意见。"

王罗金早已把自家马车店养着的两匹马牵到前面，与赵全武绷拉套绳，两匹马依次到位。

赵全文牵着辕骡往坡前走。刚走出几步，辕骡再不动了。任凭赵全文怎么吆喝，辕骡死活不动。跟在后面的赵全斌正要挥鞭，被赵仁厚挡了下来："这骡子看似强壮，实际是个草包，吓破胆了，根本不敢吃硬，咱还是麻烦一下老王吧。"

王罗金早有准备，他说："看牲口，你们还差点儿哩，昨天晚上我就看出，这两头辕骡不是什么硬货色，走平路还可以，上这样陡的坡，又驮着这么重的货，看一眼都能把它吓死了。辕骡我已备在这儿了，牵过来吧。"

"二黄毛"帮着把不远处槐树旁的骡子牵到马车前，交给赵仁厚。这骡子看上去也不怎么高大威武，但皮实，有韧劲。换下辕骡时，车身又向前倾下去不少。王罗金的骡子身高差些，看上去就像个还没成年的人给压了一副二百斤的担子。这骡子却脖子前后左右一扬，喝瑟了一下。

赵仁厚飞身上辕，两脚踩在辕杆上，手中鞭子空中一扬："驾！"一声鞭响，马车启动。赵全斌赶忙拉住管刹车的皮带。

赵全武在最前面鞭策拉套的骡子。辕骡前面两边各一头拉套骡，套骡再往前两三米，是四条粗麻绳，套着王罗金的两匹马。平展展的拉绳，套中连套，主管往前的拉力。辕骡只管承重与方向。方有根原车的两头骡子拉中套，两边延伸着四条拉绳是最前面两匹马的引力绳。在阳光下，这四条拉绳油光发亮，由于前套拉力加大，拉绳绷直，发出细微的声音。受两边拉绳的影响，原车的两头骡子也发出奋力刨蹄前行的声音。赵仁厚的鞭梢在各个骡马的头顶挥动，嘴里喊着能够调动轻重缓急的号令。赵全武的鞭子响应着辕鞭发出的指令，调整着前套马匹的方向与力度。赵全斌时紧时松的用皮带拉力，让前行的车身在顿挫中移动。赵全文紧跟在货车的身后，随时准备推扛助力，前拉后推，他管的是不能让车轮后滑。父子四人默契配合，远远望去，大货车像一块铁疙瘩似的在陡峭的石坡上不慌不忙地上移。第一段青石坡比较顺利，很快就到达一片相对平缓的地带。第二段坡路是一段直道，青石路面坚硬光滑，而且有转拐，靠掌鞭人力度与技巧的结合。第三段沙石坡虽然路面较直，但容易出现蹄下滑动，造成用力失衡左偏右侧的现象，而且坡面较长，要的是一鼓作气，一气呵成。稍事休息后，四位盘坡手先把自己的激情充分调动起来，鞭声先后在空中甩出巨响，同时口中喊出气吞山河的号子。提前加力，延伸惯性，中途助威，声势皆备。尘烟滚滚中，骡马嘴里喷出热气，背部冒出大汗，两耳和尾巴上竖，双蹄紧扣沙石路面。两条鞭子在车马上空挥绕，在牲口的耳边、肩部和腰腿处不断地警示。一旦有哪个骡马耍奸弄滑，或松劲懈怠，火辣辣刀锋般的鞭梢就会准确无误地甩到。所有人和骡马的劲气都在一个点上，所有拉绳都平直地传送到一个中心。马嘶人喊中，货车直线上升。

直到见到路边的山神庙，这盘坡的任务才算完成了。

赵仁厚等车马停稳，回头甩出一声响鞭，向远在坡下的人们报捷。

用撑杆架住车辕，所有骡马全部解套。四个人分别牵着牲口，一路小跑下了山坡。稍事休息后，套驾第二辆货车，再来盘坡。

王罗金竖着大拇指，对走在前面的赵全武说："干得漂亮！"

昌林师傅双拳抱在胸前，向父子四人祝贺。

方有根走到赵仁厚跟前，相拥致意，他深有感慨地说："我在江湖多少年，从未见过如此令我热血沸腾的场面。我会记住你们的。"

王罗金用手拍着自己的辕骡说："老伙计，没给我老王丢脸。"又走到两匹马面前，说："两只小老虎，够意思。"

小溜子和另几个举鞭手半天缓不过神来，直喊："厉害，厉害。佩服，佩服。"

赵全文、赵全武、赵全斌兄弟三个分别谢过大家，再分头给第二辆马车上辕加套。

7

赵全武比昌林小二十多岁，一老一小，两人平时各在南北两馆坐镇习武，相处并不多。通过那次盘坡，赵全武见识了昌林的人品武德，从内心深处十分敬重对方。昌林也亲眼看到了赵全武父子的盘坡技艺，从心底认同了这个武林同道。

方有根的低调过境，赢得了两位古镇大师的敬意。这在以后南馆北馆成为一个常说常新的话题，与之相反的另一个个例，也被武林师徒们常常提起。

就在赵全武刚刚担纲北馆馆主不久的一天，镇街上就发生了一起武师对飙的事件。

古镇南门口的老爷庙，住着高僧昌林大师。凡从南面入境古镇的各路镖师都要与他见见面，至少也得行个礼问个好，有不少人都成了忘年交。这天，从南路来了一队人马，开路的两个年轻镖师，红马白褂、镖旗猎猎、腰别大刀、手举长枪，镖队浩浩荡荡、风尘滚滚。来到镇门前，见到站在关帝庙门前的昌林。昌林抱拳先行见面礼。哪知两个年轻镖师既不回礼又不下马，甚至向他挥过来一记响鞭，这是明显的污辱和蔑视。昌林心中恼怒，却不动声色。等见到大镖师再说。没多久，大镖师来到眼前，谁知，大镖师也与前面两个徒儿一个德行，一脸的不屑与无赖，对昌林的施礼视若无睹，眼中甚至露出厌烦和鄙夷。

还没等这大镖师走过庙前，昌林一个闪电动作，飞身上了临近一棵大树。这让大镖师骑着的马惊异不已，一声嘶鸣，四蹄飞起，把那个大镖师抖落马下，只身向前面的大路飞奔而去。入南门，窜大街，狂跑不停。眼看着沿街人货受损被踏，紧躲慢躲，街面上仍被踩踏得一片狼藉。正好赵全武看到了这一幕，飞身上马，拧鞍勒辔，夹腿裹肚。哪知那马尥蹶子耸肩膀，企图把他抖落下马。赵全武双手紧握缰绳，身子在马背上一颤一颤的，向前奔跃。眼看着惊马要钻入北门门洞，赵全武面临被坚硬的门壁阻挡削劈的危险。镇街两旁围观的人都发出了尖叫声。

那惊马被一股巨大的回力阻止住了，高扬的马头在洞顶遭遇猛撞后，落回地面，瘫倒在了门洞下。

赵全武在惊马钻入门洞的一刹那，双腿夹紧马腹，身子后仰，一只胳膊向后伸展，与门顶形成平行态势，两根手指抠住了门壁外檐的铆钉。手指的抠力抵消了惊马向前奔跑的拉力，一场惊险瞬间转危为安。

等那位押镖的大镖师来到北门时，那匹大汗淋漓的惊马还瘫在门洞下站不起来。

赵全武对这位镖师喊："哪一路野仙，放出厉马扰我一街平民？"

那狂妄镖师此时已软成一块豆腐，结结巴巴地谢恩谢德。

赵全武对跟前几个徒弟吩咐道："沿街查看一下，看各个店铺摊位有多大损害，造册登记上来，一律由他包赔。如不能如数拿出银两，宰马当典，人货全部扣押。"

这时，昌林也来到跟前："此等江湖小人，不屑与之为伍，待我对其治罚。"说着，便上前拧住对方的脖颈，提至空中。那个镖师像小鸡似的在空中打起摆来。

赵全武上前制止，对昌林施抱拳礼，说："大师治他，如同踩死一只蝼蚁，这名镇大街，也忌讳血光之灾，还请大师听小侄一句，手下留情。"回头又对那已是死猪一般的镖师说："你这小人，过境这古今大镇，竟不知深浅，目中无人，快向面前这位前辈跪拜谢罪。"

不知礼数的镖师这才想起要谢罪来，跪在昌林面前，一番磕头如捣蒜，苦求饶命。

这个故事常被古镇百姓讲起，但讲得最生动精彩的是韩如民。

韩如民是北馆第三任馆主，后来南北武馆合并，韩如民又任古镇武术队队长。他对武馆师徒们讲这个故事的时候，是带着动作的，口上的故事抑扬顿挫，手脚出的招式如电闪雷鸣。群情振奋中，他一下收不住嘴，在师徒们的鼓动下，还要讲出第二个第三个故事。

8

赵全武的表弟早年也跟着赵全武的父亲学过几年拳术，但他不听舅舅赵仁厚的劝说，还没学成就想在江湖上称雄斗狠。为了扩大影响，他在二十里以外的道美村开设了一个教拳练武的武馆。道美村的地皮上也有不少喜武好拳的人，他一个外村人在村里开设武馆，肯定会引来不少麻烦。

正好有一个好事之徒，武功也刚胜这个"表弟"一筹，就常来武馆闹事。徒弟们见师父也奈何不了这个好事之徒，就也不把他这个师父当回事儿，甚至提出要退出武馆。没办法，这个"表弟"不敢去找舅舅，只能找当时已名噪一时的赵全武。赵全武念兄弟之情，没惊动父亲，就随表弟一起来到道美村。当晚，这个好事之徒又来挑衅。赵全武好话说尽，对方仍不买账，于是两人就来到武馆门外的一个广场上。对方手执一杆长枪，拉开阵势，在昏暗的夜色里，长枪发出"嗖嗖"的声响。对方一上手就直挑赵全武的胸部和颈部。赵全武听出了这枪声中的功力，知道这不是一个等闲之辈，便快速躲过对方的几枪猛刺，飞身跃出十几米远。对方回身转势，拧枪蓄力，再一次向赵全武发起攻势。

空手对器械，对于功夫对等的人，肯定居下风。赵全武知道，对方一旦攻近三四米距离，枪刺枪尾枪缨都可造成致死致伤的袭击。此刻恋战，肯定凶多吉少。就在对方距离赵全武七八米远时，突然遭到一块硬土块的击打，身子一下失去平衡，栽倒在地。

事后，那好事之徒甘拜下风地跪在赵全武面前，认输认栽。

数九寒天，冰冻三尺，土质的广场，地面坚硬如铁，赵全武一只手掌插入地面，揭起一块冻土，一挥手，这土块准确无误地击打在对手的额头上，瞬时肿起一个大包。

这种功夫想想都吓人，那好事之徒自然清楚在这高手面前再战下去，就怕连命都要保不住的。

赵全武也知道，如果此时对方不收手，要来个死缠硬搅，他自己也说不清接下来发生的事会有什么样的后果。

之后，表弟的武馆才又勉强维持了几年。

一个"二指禅"，一个"铁砂掌"，韩如民在事隔几十年之后再讲出来，是有用意的。他是在告诉徒弟们，凡事要低调谦卑，尊重人，不可妄自称大、目中无人，水越深越无声、山越高越静默。常常是，高手就在身边，危险就在眼前，多讲道义，占理不足也不吃亏，多行礼节，功夫差点儿也不露败势。

这是经验，也是教训，或者说教训之后才有的经验。为了补证，韩如民有时也会讲出第三个故事。

赵全武年轻时，曾作为镖师带着镖队在路经一处庄稼地时遇到过一件特殊的事情。

镖队在即将进入一个小村时，突然停了下来。

前面打头开路的小镖师来报：镖队前面的土路上画着一座城池。

赵全武来到近前查看路况。土城画得很精致，连城楼城墙都清晰可见。路两边都是高低不平的高粱秆，再一细看，路旁蹲着一位老农，手握粪权粪筐，穿戴全是一副村里平民打扮。炎热的太阳炙烤着大地，有点儿疲惫的镖队不少人都慵懒不堪。赵全武本计划走到前面的小村讨口水喝，现在被一座土画的城池挡在这儿，一时不知该怎么处置。

小镖师对赵全武说："不过就是一个虚土画的小城，但过无妨。"

旁边蹲着的拾粪老汉开口说："土城如实城，不可轻易通过。"

小镖师说："什么实城，明明就是一堆土吗。"说着，就用脚探在土城上，踩出一个鞋印。

哪知，脚还没收回，那拾粪老汉的粪杈已铲在脚下，一发力，小镖师被扔出去几丈远。多亏倒在一片高粱秆上，要是摔在一块石头上，一定会伤得不轻。

就在大家都义愤填膺地要与拾粪老汉一争高低的时候，赵全武伸手阻止了随行人员。他对拾粪老汉抱拳施礼，口中连连说出致歉之词，说自己的徒弟没见过世面，不懂行规冒犯了前辈。随后命令自己的镖队回身退出，另找过路。那一次，镖队绕道多走了足有五里路。

事后，小镖师问赵全武："你这江湖上号称无敌拳手的大镖师，在这一段乡村小路上竟输给一个拾粪老汉，是不是太小题大做了。"

赵全武说："出门人三辈小。人生地不熟的地盘，随时都可能危机四伏。冒险出击，你可能凭着武功高强或人多势众打赢这个其貌不扬的老汉，打不赢的可能也不是没有，看他那一铲子的功夫，也绝不是无能之辈。就在大家准备拥身上前的那一刻，我看到了这个老汉后边的庄稼地里有高粱秆响动。没有内外策应，这老汉就是武功再高也不敢如此静若伏鳌、动如神龙。咱有事在身，押运的货物也笨重，行走缓慢，我们在明处，别人在暗处，不到万不得已，绝不能大打出手。此处你赢，再一处呢？十里八里，你都不可能走出阴影。货物被道匪野贼劫去的事不是没有发生过。只要对方不是要你的命、取你的财，都算有礼有节的高士。"

小镖师心领神会，知道了师父的良苦用心。

这个故事被韩如民讲给练武的徒儿徒孙们时，是正面以事说理的典型教案，做事先做人，越是特殊情况越得三思而后行，不可意气用事。

而这件事被赵德豹说起时，却是另一回事。

9

二十世纪四十年代，赵全武已是六十多岁的人了，大儿子赵德龙也已经过了而立之年，却还没有成家。眼看着二儿子三儿子一个一个地长到门扇大了，老大在面前堵着，这成了他的心病。不是没人提亲，而是总没有一个合适的。七事八耽搁，这事儿就拖下来了。

赵全武有三个儿子一个女儿。

他一生以德立身，以艺闻名，四个孩子先后出生，也想在立德强艺上做足文章。老大赵德龙，老二赵德虎，老三赵德豹，女儿叫赵德英。龙虎豹，都是猛兽，都有强壮雄威之意，他希望儿子们都能继承祖上传下来的武功，做有德行有品性的武林志士。

赵德龙，长相端庄生性正直，孩童时起就跟着父亲苦练功法，腿脚筋骨弹力十足，徒手器械样样能来。他与少年时就来投奔赵全武学拳的韩如民同龄，两人朝夕相处，亲如兄弟。两两比试，或空手擒拿，或器械对练，都是实打实来，从不空走虚打。不知道的人，以为他俩像是仇敌过招，稍有不慎，就可能头破血流，断臂伤脚。歇下来时，两人又相拥相抱，吃喝不分。这正合赵全武之意，演武场上无亲无故，谁要心不在意马虎应对，谁就得付出代价。

赵德龙青年时长得人高马大，力量惊人，功夫愈发深厚。场院里的碌碡，他能举着走圈，身旁飞掠的麻雀，他能飞手捉捏。田地里的麦子，他能一夜割倒五亩。挑上二三百斤的担子，不摇不晃。而且孝顺忠厚，既顾家能担当，又勤快会理事。赵全武对这个大儿子十分满意，这是他打出的第一张牌，是他赵家下一代的门面。顺带着，赵全武把鞭技、糕艺、制药这些谋生手段也毫无保留地传授给了他。

有一次赵全武赶驾驱车时，由于有一头套骡耍奸，造成偏车下滑危险。赵德龙硬是用自己的肩膀扛起了近千斤重的马车，才避免了一次车毁人亡的危机。

这更进一步证明了大儿子赵德龙是个值得托付、值得信赖的人。

徒弟韩如民，整日与赵德龙形影不离，相处甚密。所不同的是，儿子赵德龙忠厚守则、敢于担责，是他赵全武的秉性，但他遇事抉择却略显迟钝，而韩如民正好弥补了这一点儿。韩如民点子多，善思索，敢尝试，这也是他赵全武骨子里与生俱来的东西。看到两人常在一起说话做事，赵全武打心眼儿里高兴。

照着老大的样本，赵全武想让老二老三也按他的安排往下发展，但事实证明，老二赵德虎走出的路子不在赵全武划定的轨迹上。老三赵德豹更离谱，甚至站在了他的对立面，所做出的一些事，赵全武连想都不敢想。赵全武曾多次想挽回局面，软的硬的都用过，悉心相劝不顶用，就用武力规范。赵德豹就曾被他绑到院子里的树桩上，用鞭子抽，用鞋底拍，但事后还是该干啥干啥。

只有一点儿是相同的，那就是三个儿子都有练武的天赋，而且都是出手不凡的角色。这反倒让赵全武生出许多的担心与不快。

老二赵德虎机巧灵活，练功从不起早贪黑，却悟性特高，不用父亲指点，自己就能把套路中的一招一式分解出来，在与人比试时，总能顺手打出最能制胜的拳法。利用反关节，走近路直击要害，踩斜步旁敲侧击，等等，他都用得如鱼得水。他爱赶马车，有事没事就撩逗牲口，耍鞭子。十二三岁就驾着邻居的一辆大马车独闯几十里以外的王庄会。他不像老大那样守家，骡马会上他是常客。谁也驯服不了的烈马犟骡子，一到他面前，都俯首称"臣"。牲口爱吃什么、最易得的病，以及一扬头一举蹄要干什么，他都清楚。赵德虎传承了赵全武的这一点儿，而且比赵全武涉猎得更深更广。

老三赵德豹英武调皮，爱惹事端。从小就上树捉鸟，爬檐打瓦，出院斗狗，惹出不少的邻里纠纷。家人见生出这样一个讨人嫌的东西，屡次想狠狠教训他，可他身子活泛，逮不住，跑得比兔子还快。奇事怪事爱招惹，一旦遭硬却不担当。镇上几位爱好秧歌的老者，老被年轻人小瞧，赵德豹却常去凑热闹，甚至客串了一个小旦角色，而且身形、嗓音在表演现场很是叫好。在镇上那个自乐班中，他能拉会弹，而且手法十分纯熟。

赵全武年老体衰以后，赵德龙就凭父亲传的技艺生存，冬季农闲时节编笸箩簸箕到街市上贩卖，春夏时节做枣糕到各村变卖。另有一手父亲教给的绝技是取毒化瘀，镇上的人叫"禁蛇"。

祖上留下来的几亩地，赵德龙夹泡尿的工夫就种收完了，脚踢手拨拉，不是个事。家里老少一天割倒的麦子，他用一个晌午的时间就担回来了。一块地一担，地大地小都一样，一担多加三十五十斤，就是近三百斤的担子，他一上肩，走得比平路还快。

赵德龙一年的大部分时间都用在编织上了。

赵德龙谨记父亲赵全武的教诲，立"德"在先，盘"龙"在后。

二十世纪四五十年代，仁义古镇街中心的商贸生意淡化，四周的土地及周边的村庄都有大量的农民精心耕种着庄稼。常有人被蛇咬伤。麦收时节，双手搂起一堆割倒的麦子，下面就爬着一条蛇。秋收时，人站在阴湿的地里，猫腰搬玉茭，一不小心就捏到一条蛇。打柴割草，照场翻秸，随时都能见到蛇。放羊的、送粪的、拾掇荆团生火做饭的，老能碰到蛇。黑乌蛇、高粱蛇、水蛇、白蛇，都有。掏雀能掏出蛇来，撵鼠能撵出蛇来，捉迷藏也能藏在蛇窝里。鸡窝里有蛇，猪圈里有蛇，树上有蛇，墙缝里有蛇，一遇上就猝不及防，危险随时发生。要遇上剧毒蛇类的侵袭，就有可能危及生命。

赵全武赵德龙父子就成为治病救人的关键人物。

开始时，赵全武还能亲临现场实施救治，再后来，因年老体衰，只能由赵德龙独当一面了。

经赵德龙救过的人，不下几十个，镇上人谁也能讲出几例。

蛇，俗称小龙，赵德龙这个名字还真起到点子上了。

其实，禁蛇，只是一种说法，蛇、蜥蜴、蜈蚣都是有毒动物，一只大蝎子、大野蜂蜇住你，同样需要"禁蛇"。

一个村子的一个人突然被蛇咬了，一家人、全村人，都不得安宁，不管是在炎热的正午，还是在深更半夜，散开人马，几路人同时来找赵德龙。有人往他家的田地里跑，有人往他家里跑，有人往他卖糕的村里跑。见人就问，有影就追。见到他就像见到救星一样，恨不能推着抱着扛着他马上来到伤者跟前。他一到位，一村人的心才能跌回肚子里。这种事一发生，时间就是生命。蛇毒一进入血管，就开始漫延，两三个小时得不到治疗，蛇毒就有可能流到心脏，到那种时候，神仙来了也不顶事。

赵德龙当然知道及时救治的重要性，一个好端端的人因蛇毒死在他面前，这是他最大的丧气。此时，不管他在干什么，一案糕，他宁可扔下不管，一地麦，他宁可让雨淋透，一碗饭，他宁可不吃挨饿，他比当事人更着急，即使腰疼腿痛，他也比找到他的人跑得更快。两米高的地塄，他为了抄近路能一步扑上去。大冬天的深沟，他会踩着冰碴蹚过去。对他这种为了救命不顾一切的举动，方圆十村八乡的人，都很敬佩。平时人们见到他，有烟的往外掏烟，有吃的往他嘴里递。他到哪个村卖枣糕，大伙儿都争着抢着来买，没有钱的从家里取出粮食来换。不仅是他，后来他的两个儿子外出卖糕，人们也一样都买账。

赵德龙不是那种唯利是图的人，不管穷人还是富人，不管大人还是小孩，也不管你是好人还是烂人，只要他在现场，总是全力施救，好像他和这蛇有仇似的，不允许它在他眼皮子底下祸害人。越是这样，他的形象越高大。救完人，主人给他什么，他不计较，空手回家的事也不是没有过。

10

很早以前黄河决口，一个年轻人从河南逃难来到镇上，走到西圪塔时，又饥又渴又累，看到眼前有一孔破窑，窑前长满蒿草野树，听人说这是一座马王庙，年轻人便决定在这里暂住下来。

年轻人没想到，这低洼潮湿乱草丛生的院子里，有一个蛇窝，刚见到一条小蛇溜走，马上又见到一条大蛇游来。紧躲慢躲，总算避开了。这蛇也是怕人的，一般不与人正面对抗。但就在年轻人收拾窑内杂物时，他的后腿被一条毒蛇咬伤了。

等赵全武赵德龙赶到时，年轻人倒在破窑的地面上已不省人事。周围站着不少人。年轻人穿的衣服沾满了土，一双破鞋也开了缝，嘴唇干裂起皮了。有几个好心的妇人，端来了水和食物，往他嘴里喂。赵全武父子立即施救。

几天后，年轻人渐渐恢复过来，活了下来。

通过对话，人们才知道，年轻人已经成家，上有年迈的母亲，下有吃奶的孩子。河南遭黄河决口，家园被毁，又逢庄稼绝收，连挖野菜啃树皮的生活也维持不下去了。在娘的叮嘱下，他外出逃难，边乞讨边找落脚地，在饥渴难忍的情况下，才决定留住在这荒废破败的马王庙。

这个年轻人就是后来开粉坊的尤永吉。尤永吉的蛇伤被治好后，西圪塔的人给了他衣食住行等多方面的帮助。两个月后，他回老家把老娘和妻儿都接到了仁义古镇，定居下来。

说起这件事，尤家人常常泪流满面。每到年近腊月，尤永吉总要拿些礼物去看看赵全武赵德龙父子，报答救命之恩。

第二部分

11

赵德龙长得高大魁梧，最终娶了个比他小十多岁的女人，那女人长得娇小玲珑。

赵德龙十来岁时，随父亲到一个叫后庄的村子卖糕，在一师姓人家的大门前，遇到了刚下地回来的师荣华，他用几斤绿豆换得赵全武的一块枣糕。刚要返身回家，老婆和孩子们吵吵闹闹地走出了院门。

见到父亲买了一大块枣糕，几个孩子就不再纠缠母亲了，都跑到父亲面前，争着抢着要吃这又香又甜的枣糕。师荣华让赵全武把糕切成四块，四个孩子一人一块。没想到儿子一下就抢了两块，这样一来，三姑娘没糕可吃了。师荣华让赵全武再在糕案上切出一块来，给三姑娘吃。

从小爱憎分明的赵德龙指着那个霸道的儿子说："你吃你那一块，另一块给你爹娘，也让他们尝尝。"

那儿子瞅了一眼赵德龙，露出一脸的厌烦，只顾自己享用。

赵德龙一股内火升起，正要上前动手，被赵全武挡了下来。

一家人吃着说着，返身就往院门走去。赵全武喊道："多切出的一块还没算账哩。"

师荣华回过头来，怒目圆睁，说："四带一，多出的一块应该算是白送的。"

赵全武说："我这糕不愁卖，我也没白送人的习惯。"

师荣华眼里露出霸气与凶狠，声音也提高了："你可记住，你现在是在我们村，而且就在我的地盘上，可不要因为一块糕砸了你一天的买卖。那一块，明告你，不给钱！"

赵全武不再说什么，让赵德龙看住糕案，紧走几步，抢在一家人前面，站在师家的院门前，挡住了去路。

师荣华上前拉住赵全武的胳膊，想一把拽走他。赵全武一搭手，反身一拧，师荣华跪摔在面前。

赵全武低声说："你可能只知道我是个卖糕的，还不知道我曾经保过镖盘过坡吧？今天你的孩子老婆在场，我不想让你太难堪，再不要在我面前要你那一套霸道了。"

师荣华只得服软，让老婆再给出一份糕钱。

谁也想不到，几年以后，师荣华这个三姑娘竟然嫁给了赵德龙。

三姑娘叫师桂英。师桂英在师家排行老四，她下面还有一个弟弟。

师荣华的大儿子结婚时，差不多就让他倾家荡产了，家里所有的积攒都拿出来了。他对村里的人说："小儿子还小，中间这三个姑娘就是摇钱树，到时候，小儿子的婚事也要正经铺排一下。"

大姑娘嫁给了一个政治前途十分好的小伙子，彩礼给得十分满意。二姑娘嫁给了一户商贾人家，眼看着二女婿就将是腰缠万贯的家族接班人，彩礼自然有过之而无不及。女儿们都长得如花似玉，一到年龄，媒人就踏破门槛了。老大选权，老二选钱，这都合师荣华的心意。轮到老三师桂英，师荣华问她："你选啥？"师桂英说："选艺吧。"

选来选去，就想到了赵德龙。赵德龙是赵全武的大儿子，从小悟性高，人品正，父亲不遗余力地全盘授艺，是赵家的顶门棍。想嫁给赵德龙的姑娘不在少数，但一直没有一个合适的人选。这一次，是别人开始选他了。

当一个媒婆提出后庄的师荣华之女师桂英时，赵全武一口就堵死了，说："一个势利之家，培养不出什么大家闺秀，再别提她家。"

媒婆便不再敢说这事了。

谁知一段时间以后，师荣华放出话来，说赵全武之子赵德龙，我三姑娘师桂英是非他不嫁。

这话传到赵全武耳朵里，他很是恼火。赵全武对人说："死老鼠喂猫，不吃。墙上挂帘子——没门。"

没几天，师荣华又有话传过来，说他师家嫁姑娘，一分钱彩礼不要，尽管赵德龙年龄大了些，但他家挑的是赵德龙的手艺。

赵全武又说："那也不要，倒贴也不行。不是盘子里的菜，提前就拣掉了。"

媒婆硬着头皮再次登门，里里外外地说道，前前后后地比画。赵全武差一点儿把媒婆赶出家门。媒婆脸皮厚，死活不走，最后，亮出一张牌，说："听听孩子的吧。"

一问赵德龙，赵德龙说："我看这师桂英没什么不好，人也长得挺精干的。"

赵全武听了儿子的话，一下子气晕了。差点儿一巴掌就打在赵德龙的脸上，训斥道："人长得好，能吃还是能喝？我看你是让西施缠住魂了。"

不管赵全武怎么骂，赵德龙就是不松口。

赵全武最后表态："只要我活着，你就是打了光棍，这事也办不成。"

赵德龙再不能说什么，这件事就这样放下来了。

原来，赵德龙早与师桂英有了密切的接触。

赵德龙有一次到各村卖糕，在一个村口，不远处走来了师桂英。赵德龙看那身架有点儿面熟，就目不转睛地注视起来。师桂英见赵德龙看自己，走出的身姿就愈发俏皮。让赵德龙没想到的是，师桂英径直走到赵德龙的面前，并且直呼其名："你叫赵德龙。"赵德龙灵机一动，仿着对方的口气，指着师桂英说："你是后庄村的师桂英。"

师桂英站定以后，问："你这枣糕从小我就爱吃，能不能给我割一块？"赵德龙毫不犹豫，说："割十块也行，只要你能吃就行。"师桂英瞅了瞅赵德龙，眼里发出一道光，背过身子说："你把卖钱的东西都让人白吃了，你爹回去不剥了你的皮？"赵德龙回应："我爹把做糕的技术全教给我了，这门手艺迟早是我的，你想要吃多少，我都能给你做出来。"师桂英听着这话，笑了一下，还专门用膀子靠了赵德龙一下，又抛出一句："我要一辈子吃你做的糕，你愿不愿意？"赵德龙见这个小姑娘如此泼辣大方，就想把试探再往深里走走，他不是傻子，能听出这话里的意思。他动手给师桂英切出一大块枣糕。师桂英抢过赵德龙手里的刀，自己切，只切出一小块。那动作很熟练，像个内行似的。

以后，两人又有过两次接触，然而正在感情升温的时候，赵德龙的态度却突然冷淡下来。师桂英的心像一只断了线的风筝似的，无处着落。赵德龙也极度痛苦，但他没有把父亲的话告诉师桂英。

12

仁义古镇每年十月初一开始连续三天举办集会，周边市县镇村的人都来赶会。街里街外，各家商铺摊点的各种货物琳琅满目。外街主要地带设着小吃铺，沙沟流经的桥下，是牛羊骡马的交易市场。碉堡下的广场上有耍把戏卖艺的。村里人摆设的农副产品和瓜果蔬菜，间隔着摆放在零星空地处。

赵家的枣糕在外街上占着一块不小的地盘，几案糕齐楚楚地摆在显眼的位置，赵全武招呼着几个儿子，坚守在案架后面。路过的人，看着黄澄澄又绵软飘香的枣糕，先是眼馋，接着胃馋，马上又是嘴馋。割上一块填进口里，热甜香滑，美气（方言，指舒服）地叫出声来。不时有人来买，品尝出美味，都说好吃。这样，一小块一小块的，眼看着几案糕切到边角了。有专好这一口的大家大户，要割一大块回家与家人共享，赵全武只好与买者好言协商，先取一小块回家，以后想吃到家里白拿。他想让更多的外地人品尝到他家的好糕。就这样不到半个上午，几案糕已所剩无几。

突然有人传过话来，说广场上那堆乱石顶上坐着一位漂亮姑娘，挺孤独的，谁和她说话都不搭理。

赵全武兼着管理社会治安一职，他腾出身子来，握了长鞭，穿过里街，从一条小巷来到广场上。不久，折回糕案前，对赵德龙说："你去看看吧。"

那堆乱石顶上坐着的姑娘正是师桂英。

跟前的人议论，说这姑娘被李庄的恶霸赖皮傻大小占住了，可这姑娘不愿意嫁给他，赖皮傻大小强娶不成，就放出狠话来，谁敢在她身上动念头，乱刀砍死。意思是，逼到最后，你师桂英还是我傻大小的，一朵鲜花必须插在牛粪上！

赵德龙走到人群前面，向坐在石头上的师桂英摆了摆手。一直石雕似的坐在石头上的师桂英突然有了反应，也向他摆手。在场的人都看清了，师桂英蓬乱的头发下，隐约露出一张端庄秀丽的脸，脸上流下两行凄楚的泪。

赵德龙拨开人群，踩着石头一步一步来到师桂英跟前，用手擦了她脸上的泪花，又把她的头发整理了一下，凑在她面前说："你必须是我的老婆，你就在这里等着我。"

赵德龙转身走了。

回到外街的糕案前，赵德龙对赵全武说："爹，这个师桂英我必须娶她。"

赵全武没有应答，过了一会儿，说："你没听说那个傻大小已经把她盘下了？"

赵德龙说："听说了。"

不久，赵德龙又来到广场的石堆前，把师桂英带回了家。

当天，赵德龙拿着聘礼与师桂英回到了后庄。赵德龙告诉师荣华："我要把桂英风风光光地娶回家。"

师荣华对赵德龙说："那个傻大小，你不怕？"

赵德龙说："不管出什么事，师桂英一定要亮亮堂堂地坐在赵家的炕头，那傻大小就是一匹饿狼，我也要把他打趴下。这是铁板钉钉子的事，请岳父大人放心，给不了桂英幸福，我赵德龙三个字倒着写。"

结婚那天，赵德龙怕出什么意外，身上暗藏了一把短刀。赵全武发现了，就夺了过来，说："大喜日子，你身上不能带这凶器。"

让赵德龙没想到的是，他爹赵全武把韩如民和武馆里十几个师兄弟都叫来了，还叮嘱由韩如民统一指挥，不到万不得已谁也不能出手。

那傻大小在仁义街上放出话来，赵德龙结婚这一天，就是血洗窑湾里的一天。

婚队毫不遮掩，浩浩荡荡地从仁义古街走过。有人说，傻大小两小时前曾在大街上拿着大刀诈唬了一回。估计傻大小了解到要硬与这些武林拳师拳徒们交手，怕是凶多吉少，便逃之夭夭了。

从此，这师桂英就成了赵德龙明媒正娶的妻子，成为赵全武认定的大儿媳妇。

13

赵德龙的孩子长到五六岁时，师桂英的弟弟要结婚。她爹她娘，提前把三个女儿女婿召集回去，商议儿子的婚事如何办。赵德龙跟着媳妇满怀喜悦地回了娘家。谁知一到娘家，就碰了一鼻子灰。

刚进门不久，桂英她娘就问："你弟弟结婚，你计划出多少钱？"

桂英朝赵德龙看了看，意思是让他表态。这有点儿难为赵德龙，其时，他兜里确实没钱，可也不愿在这种场合让媳妇丢人，便脑子里拐了个弯，问丈母娘："大姐大姐夫，他们的意思是——"

"你能和人家比？人家要人有人，要本事有本事，哪有窟窿哪里填。你能比？"

"那二姐二姐夫——"

"你二姐夫包揽了办事用的肉、菜、面和烧炭，比你差不了。"

"大哥呢？"

"你大哥给定做了一套家具。你能给买一台缝纫机？"

师桂英知道赵德龙兜里没钱，怕他当众出丑，就反客为主地与她娘争辩："娘，你也不要逼人太甚了！你明知道姐妹几个数我是个没权没位的。平时，对家里贡献我比谁差？在这个节骨眼上我也许出得比谁都多，也许一分钱都不出。要这样逼着硬要，对不起，一分钱也没有。"

她娘是个见钱眼开的人，她的每个女儿都是她这个模子里刻出来的，都是开口说钱闭口谈利的势利眼。针尖尖对上麦芒芒，谁也不是吃素的。眼见这么重要的事情，三女儿又没心思出钱又要口上逞能，她娘最伤人的话也就没遮没拦地脱口而出了："没有钱，站锅台那儿去，出力做饭烧水去！要不趁早滚出这个家门。"这时她大姐夫出面调停："三妹不要发这么大的火。都是自家人，娘这也是气头上的话，你也别计较。你活得不容易，大家又不是不知道，你出与不出，出多出少，也不是个大事，你又不印票子。大姐夫我少吃喝两顿不就都有了？没有必要这样大动肝火，实在没必要。"

这位乡长大人说出的话软绵绵的，听起来好像很顺耳，也给人台阶下，可赵德龙却觉得里头藏着无数根针在扎人。你他娘的芝麻大一点儿的小官，在老子面前摆谱。老子花过的钱你见过没有？老子吃过的宴席你见过没有？比你官大几倍的人求过我，比你钱多几倍的人求过我。你把自己当成个人物了，能得不得了了，让老子巴结你，门儿都没有！让老子稀罕你，门儿都没有！

吃饭时，赵德龙又一次遭到无端的贬低。一桌子的座位分上下秩序，左边是师家一家人按长幼分坐，即爹、娘、大哥、大女、二女、小弟。右边一排按大嫂、大女婿、二女婿往下坐。赵德龙被安排在小弟之下，师桂英没位置，站在灶台前加柴端碗，这明显就是一种小瞧。这种事赵德龙是无论如何不能容忍的。有奶就是娘，无钱阶下囚？我可不是小顽童，能要能哄。

饭局摆定以后，赵德龙安然落座。别人敬酒是从长到幼挨着来，他是从幼到长倒着来。人们觉得不得劲，却不知他此举的反叛意义。一招不灵，再来一招。他话也倒着说，比如："弟弟今日结婚，明天该做何准备？"又比如："没有弟弟的辛勤努力，哪有大姐夫的芝麻小官？"再比如："没有我儿子的乖巧，怎能有我们当初的美满婚姻。"搞得在场的人常常瞪住眼睛、歪着脑袋愣神，半天反应不过来。最后还是机灵的小弟主动与赵德龙调了位置，大家才或迟或早地悟出些什么。就说那个已经当上乡长的大姐夫，你揶揄他的话，他听起来就像一首颂歌似的，还一个劲儿和你频频碰杯。那天赵德龙心情不好，酒喝得也猛。丈人、丈母娘见他涨红着脸，圆瞪着眼，一副唯我独尊的样子，都怕有个什么闪失，便对他的态度好转了许多。这时，突然有人来叫赵德龙，他却对来人说："天王老子来了也没空。没看见我正在喝酒吗？"

来人说："是我们场长叫你。"

他一听又是一套以官压人的话，心火就"腾"地冒上来："你们场长你巴结，干我屁事？"

来人见他醉醺醺的，走出门外把场长唤了进来。场长一进门就和那乡长大人接上了头。从他俩的对话里，赵德龙听出了场长来的意思：他儿子在山林里被毒蛇咬了，是来找赵德龙去救治的。乡长马上意识到这是难得的一次与场长套近乎的机会，便大包大揽地替赵德龙答应下来。然后用领导者的口气对赵德龙说："事不宜迟，救人要紧。赶快动身吧。赵场长是咱们的老弟兄了。"

赵德龙左手举着一杯酒，右手指着酒慢腾腾地问乡长："这是什么？"

"酒。"

"谁的酒？"

"就算是我的吧。"

赵德龙又指着自己的肚子，问："这是什么？"

"是肚子。"

"谁的肚？"

"你的肚。"

"用你的酒浇我的肚，你听说过借酒浇愁愁更愁这句话吧？"

场长插话："你有啥愁，我能不能帮忙？"

"啥愁？你还真是饱汉子不知饿汉子饥。他媳妇有钱坐炕头，我媳妇没钱坐锅头，这不是愁？他有钱丈母娘让他留，我没钱丈母娘让我走，这不是愁？小弟比我小坐在我上头，这不是愁？"

"原来是些家务小事，这好说，得多少钱吧？"

"这和你没关系。你当你的场长，你掌你的权，谁巴结讨好你我管不着。我穷我没钱，我可以离婚，女人自己过。今日离了，明天就又娶一个，你信不信？省得受这份家务小事的窝囊气。猪尿泡打人，臭气难闻。"

场长走到乡长面前低声问："你丈人家这婚礼份子，他应该出多少钱就摆平了？"

乡长无奈地说："一台缝纫机吧。"

场长对一家人说："几天以后，我派人送来一台缝纫机，算是三女儿三女婿上的礼，行不行？"

"不行。"赵德龙接住场长的话说，"话说到这个分上，我就向你们明确表态，小舅子这次办婚事，我一分钱不出，有当官的大姐夫和赚钱的二姐夫，我就不麻烦自己了。至于以后，小舅子遇到什么紧事急事，我帮什么忙，那是我的事。我不喜欢锦上添花，最爱雪中送炭，前提是师桂英在这个家不能受气吃屈。"

听了这番话，当乡长的大姐夫有点儿窝火，用手指着赵德龙说："你这又不出钱又不出物的，话还说得这么气粗，说完了没有？"

"没有。说不定哪一天，我还会到你家门前讨个窝窝头吃哩。"赵德龙说着，就用手硬生生地掰下一块桌角来。看样子，话再不对荏口，就有可能动粗。

场长马上对一家人说："好你们这一家人哩，我儿子还在那儿等死着哩，能不能不吵不闹了，让我请上这位赵大师走？"说完，横着眉，立着眼，盯了一下那位乡长。

乡长一看场长朝自己瞪眼，不敢再出声了。

赵德龙拍了拍场长的肩膀，随后翻身下炕。

场长是个平时爱对别人吆五喝六的人物，不要说赵德龙丈人丈母娘那样的小人物，就是县乡的官员们都常常有求于他。不要说低三下四的来请人，就是见了人笑一笑的眉眼都是少见的。两位"连襟"兄弟再不敢大气横出，岳父岳母两位大人再不敢响屁横放。酒疯耍到这个分上也就够了。再说救人还是赵德龙做人的基本品行，迟了真闹出人命来，他也于心不忍，于是，赵德龙的身子很快消失在门外。

场长的儿子在一片原始林地玩耍，被一条毒蛇咬伤。情况万分火急。那时的林区以伐木为主，祖国建设需要大量的木材，每天伐木工人用大锯、斧头把林带一片一片地放倒，再用"解放"牌汽车运出山来，拉到几十里以外的火车站，一车厢一车厢地往天南地北运输。辖区内的县乡干部、村级负责人，都想与林场搞好关系，于公于私都能讨些好处。结婚的新家，新修的房窑，都讲究木刻木雕，"六十四条腿"指的就是所有木制家具的支脚。只要新房里有了新家具，丑儿子也能找下俊媳妇，要再有车子、手表、缝纫机，老光棍也会有小姑娘往身上扑。

赵德龙赶到林区办公楼时，楼里楼外围满了前来帮忙的人。大家让出一条通道，赵德龙被请到一间有床的大办公室。场长的儿子就躺在床上。

"快救人吧，还等啥哩？"

赵德龙一看，说这话的人穿着一身白大褂，是林区医院的手术室主任。

"不敢迟了，再不救就来不及了。"

说这话的人赵德龙也认得，是从县医院退下来的一位知名外科医生。

赵德龙听到这些话，心里很不是滋味，随即退出了人群。

有人紧跟着他，问："怎么，赵师傅？这孩子你不能见死不救啊。"

赵德龙说："你们请到了名医好大夫，我这草台班子算个甚？让他们治吧。"

"就是他们治不了才把你请来的，你这不是要耍人吧？"

"人都成了这样了，我怕是也没啥好办法哩。"

这时，场长夫人"扑通"一声跪在地下，声泪俱下，求他救孩子一命。接着，场长也来到面前，说："对不起，让你受累了。孩子是一家人的天，他要死了，我们也活不成个人样，赵师傅你就救救他吧。"

赵德龙见这架势，心软了下来，他对周围的人说："你们把所有人都请出门外，亲人只留一个在跟前。我现在马上救孩子。"

林区医院的那两个大夫和知名外科医生都被"请"了出来，赵德龙才走进办公室，开始施救。

经过四五天的治疗，孩子的病情渐渐好转。又经过几天的调理，孩子恢复了健康。

事后，场长问赵德龙："你是我家的救命恩人，我该怎么报答你呢?"

赵德龙说："什么也不要，我是来救人的，不是来求报答的。"

赵德龙准备回家时，送他出门的办公室主任递给他一沓钱。

赵德龙马上拒绝："钱我是一分也不要，你要硬给，我出大门就当垃圾扔了。"

主任拗不过赵德龙，只好把钱收回来。

几个月之后，林场场长以支持地方建设为由，送给仁义小学一车木材。其中一个用意，林场领导响应国家尊师重教的政策，给当地学校新添置些桌椅；还有另一个暗含的用意，把多余的木材给无私治病救人的赵德龙做些家需物件。这话放到场面上能讲通。两个给学校做学生桌椅的木匠师傅专门跑到赵德龙家里，上下左右量了尺寸，并告诉赵德龙的家人，这是领导安排的。没过几天，赵德龙院子里的各个窑房都齐楚楚地摆上了该有的家具，而且有专人做了油漆刻画。

这个曲线报答，是村里负责安排落实的，赵德龙不能再拒绝了。

对于迟到的婚姻，赵德龙倍加珍惜，师桂英也竭尽全力经营来之不易的家庭。赵德龙除了凭手艺外出赚一些钱物，平时就守在家里。赵全武老两口见这师桂英又勤俭又能干，打心里高兴。小两口对父母十分孝顺，每天的第一碗饭，先端给二老，洗衣做饭，劈柴打草，打油倒醋，家里家外，都收拾得干干净净利利索索。对两个弟弟也十分疼爱，有什么稀罕吃的先留给他俩，有什么脏活累活，自己抢先去干。

赵全武老婆悄悄对赵全武说："咱也近七十的人了，土也埋住半个身子了，这桂英什么都好，就是不开怀，也不知道到死能见上个孙子不能？"

赵全武说："是你的迟早是你的，不是你的要也要不来。"

这话说了不到半年，师桂英就给他们生出一个胖孙子来。老两口这下有事干了，整天把屎弄尿，前前后后地忙。

第一个孙子刚会爬炕，第二个孙子又生出来了，眼看着第三个孙子也鼓鼓囊囊地怀在师桂英的肚子里。

赵全武的老婆得一个闲空，悄悄对儿媳妇说："这事情不能太着急，得慢慢来，这老大的屁股还没擦干净，老二又尿炕了，这样下去不把人折腾死才怪哩。"

媳妇笑了笑说："辈辈亲，孙子亲，忙断奶奶的脚后跟。俺娘能着哩，照顾几个孩子还不是手拿把掐的事？看着孩子哭哭笑笑的，你俩是累点苦点，可这苦累说不定就是爹娘长寿的秘诀呢。"

这话说得，把老娘的心像灌了蜜似的，连眼泪也笑出来了。

14

赵家二儿子赵德虎比哥哥赵德龙灵泛多了，他不按赵全武的指示出牌，也不愿安分守己地待在家里，整天在外面厮混。他爱听父亲甩鞭子的响声，有事没事也跟着甩，到后来比他父亲的鞭子都甩得响甩得好。赵德虎最爱干的事是甩着鞭子赶马车。谁家地里有要往回运输的农作物，他举着鞭子就去了。除了义务帮忙，更主要的目的是要过过赶马车的瘾。古镇街上的醋坊、油坊、粉坊有运出运进的货物，他第一时间就知道了，他一去，大家也知道他是一个小把式，把活儿交给他比较放心，他不要工钱，到饭点时能吃一顿就行。

赵德虎腿勤嘴快脑子灵，小小年纪，大街小巷谈事说理常常以他为中心。赵全武有时把他强行唤回家中，让他干家务活。他和父亲是软磨硬斗，你说干啥就干啥。像做枣糕编簸箩这类的事，他一看就会，很通窍，干啥是啥的样，就是坐不住，父亲稍一放松，人早不见了。镇上谁家有盘火炉垒泥窑之类的事，他都能上了手，而且比别人做得好。盘出的炉灶，又暖炕又上烟，开锅快，省柴炭；抹出的墙面，又平坦又坚实。压油、做醋、漏粉，一到要紧关头，作坊里师傅第一个想到能帮忙的人就是赵德虎，他甚至在熟皮打绳等方面都在行。

赵全武对这个二儿子是又爱又恨，听到别人说自己的孩子有本事心里高兴，但又怕他什么也做不成个气候。在外人看来，赵德虎打出的拳路漂亮利索，但赵全武知道都是花架子，真要到用的时候，就怕是屁事不顶，真正过硬的功夫没多少。

赵德虎回家时手从不空着，有时拿着粉条，有时拎着油壶，还有酸醋鲜菜什么的，都是人们白送的。

在赵全武还能出摊的时候，他曾逼着二儿子亲自做一案糕，第二天又让他独自去卖。父子三人同时出发，南路通向河下各村相对好卖，他把这一路分给大儿子赵德龙；东面一路通向老山各个小村，以变卖物品为主，由他来走；北面一路，全是山庄窝铺，是最难卖糕的一路，他分配给二儿子赵德虎，目的是让他知道生存的不容易。没想到，这二儿子最早卖完糕回家了。一家老小都很惊奇，不知他是怎么做到的。

赵德虎知道父亲让他走北路的意思，他没有在北山各村滞留，而是多跑了十几里路，直接把糕背到了离县城不远的一个镇街上。这里人是不少，但没多少人注意到他面前的糕案。他心里盘算着略加思考，一串卖糕谣就编出来了。

"平遥的牛肉，太谷的饼，仁义赵家的枣糕香喷喷。男人要补气，女人要补血，一块枣糕来解决。枣糕一入小孩子的口，三天不用爹娘吼。精选细作货源紧，一人最多买一斤。不甜不要钱，不黏不是缘。找对象的糕是媒，刚结婚的糕是蕾。遇上没吃上，一年算白干。孕妇吃了滋养宝贝，老人吃了营养心肺。贵人有贵福，嘴是一贵。富人有福运，吃是一运。钱多嘴不行，外人去享用。牛皮不是吹的，好糕不是摆设。一脚深一脚浅，一嘴下去知美味。姓张的，姓王的，谁人不是谋嘴的。没钱的白吃，留个名头，有钱的随意给，交个朋友……"

话一喊出去，人就陆陆续续地来了。不消一个时辰，糕卖完了。

赵德虎遇事能灵活处理，是个能说能干能软能硬的角色。他在古镇大街上，走到哪儿都能占住风头，围着他撺着他听他讲故事的人挺多。武林里的高手大家，盘坡遇险的车辆疑案，奸猾老江湖，偷盗小蟊贼，牲口行里的牙祭秘密，深夜村口边的狼狗对峙，田地里的四季作物，商铺里的陈年旧事，甚至连女人的未婚先孕，他都能说出个一二三来。从国事要政到家长里短，他总能讲个七七八八。有时，也有被知情人揭穿的时候，也有适逢当事者赶到要与他动粗碰硬的时候，赵德虎有弯舌变势、绕峰错石的本领，讲个诙谐的故事巧妙地引偏，或者哥长哥短地迎合对方，既是尊重对方，也是保护自己。

15

赵德龙、赵德虎兄弟俩相比，一个是话少而勤于做事，一个是话多而懒得做事。大多数时候，老大护着老二，有时老大也嫌老二寡话太多而训斥他几句。可有一件事，老二就是用寡话解救了老大一次。

他们小的时候，经常在后头街一座废弃的陶瓷厂玩开火游戏、捉迷藏。这天，赵德龙因来得迟，没有被编进玩闹的队列里，只好站在一块空地上看两伙人的明争暗斗。

游戏快要结束时，住在陶瓷厂隔壁马车店的王罗金，突然捂着脑袋跑进院子。他在自己院门口被一块弹弓射出来的石头击中了额头，又肿又疼的，他要进院找打他的凶手。跑到那个窑房里，那个窑房里的孩子都跑得飞快，只见影子不见人。回身走出院子时，见赵德龙站在那儿，就一把拽住了他，硬说是他干的。

赵德龙被年近八十的王罗金拖到街口，当下就围了不少人。赵德龙拙嘴笨舌，有理难辩，被逼得满脸通红。王罗金一边骂一边走。街上的人有替王罗金帮腔的，说现在这孩子也太赖了连老人也敢打。也有人表示这事不可能是赵家的老大干的。大多数人不吭气，看这王罗金能把事态闹到什么地步。

正好赵全武下地回来遇上这事，就从王罗金手上拉过自己的儿子赵德龙，说这事肯定是王罗金搞错了。王罗金不依不饶，非说是赵德龙干的。赵全武和王罗金两个平时相处得挺好的人，就这样摽上了。

这时有人喊道，在东圪塔居住的王罗金的大儿子王成成握着单面斧下来了。

其时的王成成刚从师父那儿学成出师，是全镇叫得响的年轻木匠。单面斧，正是木匠们常握在手上的劈砍工具，斧刃非常锋利，不要说砍在人身上，就是木匠师傅一不小心挨一下，也要见红的。

人们闪开一条路来，果真见那一路叫嚣"要斧下见血"的王成成向这里奔来。他走到拱桥头时，被人拦住了。

赵全武抽出腰上别着的长鞭，向桥头甩出一声巨响，准备迎战这年轻气盛的耍斧木匠。

这时，后头街的孩子王与赵德虎走近王罗金。

孩子王说："我向老伯保证，这弹弓绝对不是赵德龙射出的，他身上就没带这武器，不信，你搜搜他身上。再说，他根本就没有参加这场游戏，你冤枉人家了。"

王罗金见是一个孩子和他说这事，一脸怒气地反驳："不是他也是他，那现在你给我找出那个打我的人。"

赵德虎接过话头说："老伯，你儿子要斧头见血，先不要说他能不能打过我爹，就算能打赢，将来打了官司，你儿子错杀了人，也得被枪毙。你和我爹以后不处了？你们的感情就这样断绝了？你可考虑好后果，你现在停下还来得及。”

王罗金见一个十二三岁的小孩能说出这样的话，很是触动，知道闹下去不会对自己有利，头脑一热不顾后果，就会出大事。这王罗金毕竟是见过大世面的人，顿时冷静下来。

王罗金隔着桥面对儿子王成成喊话：“不要胡来，是你爹我弄错了。赶紧回去吧。”

王罗金又走到赵全武面前，让他收了鞭子，拍拍他的肩膀，说：“不是你二儿子给我提醒，今天咱就办下傻事了。咱哥俩不要因为这点小事就成了仇人。没事了，屁大的事，领着你儿子回去吧，咱以后还是好朋友。”

赵全武见王罗金识大体认大理，火气自然也降下来了。他以礼还礼，说道：“不管怎么说，你算是遭了一难，不管是不是我儿子干的，我都承担一切医疗营养费用，花多少，我出。”

两人握手言和。

事后，赵全武才知道，二儿子这三寸不烂之舌，居然在关键时刻能起化险为夷的作用。从此，对赵德虎也不怎么苛求了。

16

老大赵德龙结婚以后，为人处事更加成熟了，家里家外都能撑起门面，基本上是按赵全武预想的方向发展起来了。儿媳妇师桂英虽说有点自私小气，但对一个家庭妇女来说，也不是什么缺点，过日子就是要节俭持家。让赵全武放心不下的是老二赵德虎，眼看着到了结婚成家的年龄，赵德虎还是一颗玩耍心，整天在外面胡谝乱侃的，各方面的本事是有一些，可在找对象哄女人上不开窍。

一天晚上，赵全武把赵德虎叫到正窑里，和他正儿八经地谈事。

话题刚起头，赵德虎就有点厌烦，他对赵全武说：“这方面的事，爹你就不要操心了，你想要什么样的，我明天就能领回来一个，而且不花一分钱彩礼。一辈子过日子，我还想找一个又漂亮又贤惠又能干又会疼人的女人哩。"

赵全武说："你有登天的本事哩？你给我领回一个来看看。女人可不是一件什么东西，你想得到就能得到？"

赵德虎说："爹你就把心舒舒畅畅地放到肚子里吧，我不出今年，就找一个好媳妇回来。"

赵德虎说这些话那可是有依据的，有几个姑娘也确实在他的心里做过盘算。

有一次在北山一个村里卖糕，就有一个姑娘铁了心要跟他。

临近晌午，一家人生火做饭，烈日高照，四处无风，炉灶里的烟送不到烟囱里，用衣服扇，用案板扇，炉灶口的烟还是直往家里冒。满窑洞的白烟把大人小孩都呛得跑到院里。

劳累了一个上午的爹，嘴里不停地骂娘。身体有病的娘，絮絮叨叨地骂女儿。揉着泪眼跑进跑出的女儿端了一盆水到窑顶上从烟囱口往下倒。不管怎么折腾，烟还是不依不饶地往家里冒。

赵德虎正在这家的大门外卖糕，听见院子里吵吵闹闹的，就进了院。他神不知鬼不觉地进到窑内，不长时间就出来了。他的手上脸上都沾着煤黑。站在院子里的一家人见这样一个外村人从自己家里出来，还灰头土脸的，正在愣怔，赵德虎则往自己身后的窑洞指了指，没说话。

爹与娘就回到窑内，发现炉灶里的烟不往屋里冒了，都抽丝般地往烟道里跑。

赵德虎走出大门，来到自己的糕案前，这家的女儿端出一碗水来让他喝。正喝着，院子里传出她爹撕破嗓子的吼叫。他俩赶忙回到院里。拴在院墙一角的一头骡子受惊了，正蹦跳着，连驴槽也快踢翻了，拴骡子的缰绳把深埋在地下的木柱子也掀拽出来了。

赵德虎一步跃到骡子面前，用手猛拍了一下它的肩部。骡子似乎稳定了一下，但接着又蹦跳起来。赵德虎突然看见骡子身后蜷曲着一条蛇，蛇身有胳膊粗细，蛇头高高地扬起，对着骡子做出攻击状。赵德虎回头对男主人喊："快拿一把锄头来。"

赵德虎把锄头靠在驴槽旁边的墙根儿，对着蛇身双手合十，念起一串咒语来。这蛇见状，放低了挺立的头舌，慢慢地沿着锄把，翻上墙头，爬到外边了。随后赵德虎再回到骡子身边，一手揪住骡子昂立的鬃毛，又在脖颈左右拍了两下，骡子安稳了。

赵全武平时常给他们兄弟讲"禁蛇"的法理，赵德虎没耐心学这些，但他也有好几次看到了他爹禁蛇取毒的全过程。连他自己也没想到，到这关键时刻，爹传下来的这些东西还挺起作用。虽然他只学了一点儿皮毛，比起他哥赵德龙，他连徒弟都够不上，但这长虫还是买他的账，一场风险被他意外地平息了。

事后，赵德虎告诉男主人，这蛇不能打，一打就出大问题，引走即可。你打蛇，你也有被蛇毒死的可能，即使你能打死它，等过一会儿，就会有一群蛇来和你争斗，一连几天，你都有危险，连睡觉你也不能安稳。

男主人的女儿小名叫脆脆，通过这两件事，脆脆觉得赵德虎是个能耐人，心里也翻起了情感的浪花。

那天，赵德虎走的时候，脆脆一直送到了村边的槐树底下。从她眼角溢出的泪花看，赵德虎读出了很深刻的意思。

17

赵德虎不是那种凭勤苦过日子的人，做糕卖糕也不怎么上心，每次都是被赵全武逼急了，他才去干。

只要背上一案糕外出售卖，他脚下的路就拐向北山了。脆脆这个姑娘的形象，在他心里还是占据了一定的位置，念想虽然不算十分浓烈，但丝丝缕缕地还是让他牵挂着。

脆脆不是那种一眼看上去就让人神魂颠倒的姑娘，她稍胖一点儿的身材，给人的感觉是敦厚而结实，但她眼里的神情很丰富，像一潭水似的，初一看，清冽冽的，再往下看，水层很深。一路上，赵德虎想起爹娘的期盼，再把这期盼往脆脆身上一靠，一个想法就出来了：脆脆肯定是一个生孩子的好把式。

脆脆这边，早就盼望着赵德虎能来村里卖糕了。这一点儿，哪能瞒住她的爹娘。爹娘私下里商量好，一定配合女儿，把这桩好事努力促成。

卖糕的声音一出现，脆脆就坐不住了。

乘人不多的时候，脆脆就把糕案往自家门前端，赵德虎只得跟着她走。走到大门前，爹娘应声走了出来，把赵德虎迎进院子，回到窑里。脆脆取暖壶给他冲蜂蜜水喝，爹娘从后窑拿出苹果、瓜子之类的摆到面前，让他吃。

话题自然离不开炉灶通烟和骡子受惊这些事。一家人曲里拐弯地说赵德虎的好，搞得赵德虎自己也不知道该说什么合适。

不久，脆脆爹说地里还有一担红薯要去收拾回来，便走了。脆脆娘也说要给猪割一筐草，也走了。一时间，窑里就剩下两个年轻人。

脆脆开始还有点羞涩，有盐没醋地和他谈些村里的事，赵德虎应和着，眼看着脆脆又是倒水又是抹炕的。突然，脆脆站在赵德虎对面一米远的地方，不说话了，眼里射出一道痴情的波光。如果这时赵德虎主动伸伸手或给出一个依恋的表情，脆脆就有可能一下扑到他的怀里。可他说在嘴上的话却是："天快要黑了，我该回家了。"

快要蒸熟的馒头，突然被揭起了笼盖，跑气了。脆脆很丧气地说："走吧，又没谁拦着你。"说着，就把门打开，甚至把门帘也撩了起来。

赵德虎并不着急走，嘴上又说出一句："我想让你送送我，到村口就行，我怕你们村的恶狗咬我这个生人。"

"行了，走吧。"脆脆对这句有点回温的话做出反应。

两人走出窑门走出院门，一直来到村口的槐树底下。

赵德虎说："天也快黑了，你回吧，再往外走，还怕碰上野狼哩。"

果然，村外远处的大山里，隐隐传来狼嗥声。

脆脆没有一点儿害怕，她与赵德虎走到村背后的沟底。沟底的小路两侧长满野丛乱草，一阵潺潺流动的水声传来，更增加了阴森幽暗的氛围。

眼尖的赵德虎突然用手指了指前面拐弯处的草石堆，脆脆一看，那草石堆后有东西在晃动。脆脆把赵德虎往后一推，自己一个人向前走去。那草丛猛然一抖，一只野兔跑远了。

赵德虎对脆脆在危急关头保护他的这一举动生出感动，他过去一把把脆脆拥在怀里，久久不肯松开。那一刻，他在想，这个脆脆就是他今生今世相依相恋的人了。

赵德虎说："要不，咱俩一起回我们仁义村吧。两个人也是个照应。"

脆脆犹豫了一下，没说什么。两人又走了一段路，脆脆突然说："不行，我这一个大姑娘家家的，怎能夜不归家地乱跑乱颠呢？我爹我娘说不定正惦记着我呢。"说完，她就往回走。

天黑路窄，又在沟草乱石中，赵德虎只得尾随着脆脆，一直把她送到能看见村口槐树的开阔路面，赵德虎才转身走向回家的路。

回家以后，赵德虎的心里老能出现脆脆的形象，那个村边的槐树底下，就站着那个眼波闪动着缠绵爱意的脆脆。晚风从远处刮来，槐树叶发出沙沙的声响，每一声都好像是脆脆要向他表达的浓情蜜意。脆脆没有太多的矫揉造作，没有古镇街上那些姑娘们的娇媚矜持，他觉得她是在现实生活中不可多得的好姑娘，是可以相守一生的老婆人选。

再一次与脆脆相见时，两人就没有那么多隔膜了。脆脆也看出了赵德虎的心思，她就变守为攻地挑明话题。

让脆脆没想到的是，赵德虎又说了一句很丧气的话。

赵德虎说："这事不能着急，我得回去先把古镇宣传队那个最漂亮的姑娘辞退了，咱俩才能再说这事。"

听了这话，脆脆当即转身走了，走到不远处，回头对赵德虎说："我家里前几天也从城里来了一个相亲的小伙子，我也不等你了，你还是去找那个漂亮姑娘吧，咱们也不要互相耽搁了。"

赵德虎也觉得自己说的这句话不合时宜，就赶紧追上脆脆，拽着她的胳膊说："你这人还挺能吃醋的，我辞退她要的是你，你不愿意也不行，这辈子没有你，我还不想活了。"

这话说得暖心，脆脆的情绪才慢慢缓过来。

18

赵德虎说的宣传队那个漂亮姑娘叫王凤梅。

王凤梅人长得漂亮，节目演得出彩，人前人后的，所有男女演员都捧着她，连乐队的小伙子们都对她十分附和。她很善于抓住机会表现自己，她也知道就凭自己漂亮这一点儿，就是占住主角占住观众的资本。

赵德虎与王凤梅并没有过实质性的接触，在赵德虎渐渐长成青年人的体魄时，荷尔蒙也曾彻夜不歇地搅翻过他，于是，镇上那些有点儿姿色有点儿骚媚的女人也在他脑海中演过"电影"，到王凤梅出场时，这电影就不肯歇场了。这形象翻来覆去地在他的被窝里乱窜，后来甚至把掖紧压实的被子也弄得有点潮湿了。

在一次演出现场，赵德虎把一道深情的视线肆无忌惮地投了过去，从台下的观众席到台上的演员身上，距离虽然有点远，但他的坚定不移，还真让光彩照人的她有了回应。只那一瞬，他的内心感到了足够的灼热。这更加增添了他进一步试探的信心。没几天，他发现王凤梅那种灼热的目光也同样投给别人。他一时也捉摸不透，他到底能不能成为王凤梅盘子里的一道"菜"。

想来想去，他觉得自己虽然长得不算英俊潇洒，但隐藏在他身上的各样本领也是令人服气的一个砝码。他知道，对于漂亮姑娘，你越是讨好巴结越不会让她倾心相依。再有见面的机会，他表现出对她的好感，但并不没皮没脸地一味趋附。

与脆脆相遇相恋时，这王凤梅的影子还会或多或少地晃在他的脑海里，突然说出那么一句不合时宜的话，本以为可以从另一个方面增加一点儿他的优势，没想到脆脆直接就要翻脸，要不是自己及时补救，这还没有开场的戏恐怕就没有下文了。

<h2 style="text-align:center">19</h2>

那些年，村里姑娘找对象有一句顺口溜，常被不少人喊在嘴上。这句话是：一军二干三工人，至死不嫁老农民。

军人是姑娘们的首选，特别是那些漂亮精干的姑娘们，她们对另一半的选择就十分挑剔。每年公社武装部的征兵，会引来不少适龄青年的争相报名。政审过关，体检合格，是基本条件。相貌身材和言行反应等都得超乎一般人，竞争十分激烈。一旦被带兵人选中，全村人都跟着脸上有光，彩旗挥动中，标语上墙，鼓乐齐鸣，胸戴红花，还有专场欢送的文艺演出。

姑娘选择郎君，选身体，选地位，选前途，选家庭。能被征兵，相当于国家的检验机构帮你检测过了，而且是从内到外的全面检测，从遗传基因到后天体质都能查个一清二楚，就是以后要受苦参加劳动，身体有没问题都是个大事。能被征兵，就有了走出农村接受部队严格训练的身份变化、性格变化和思想变化，有了言行入规习惯入规信仰入规的历练过程，如果再要能立功提干，前景就会更加可观。能被征兵，就有了"光荣人家"的背景，日后，在节日抚慰、择业招工、亲属待遇等方面都有政府关怀和社会关爱。军人，是一个前提因素，至于以后能否成为"干部"和"工人"，全在自己的努力和机会的惠顾了。这"老农民"一下跃升到"军人"的行列，当然是每个热血青年的首选目标了。

赵德虎本来在体检第一关就被刷下来了，因为他的血压有点高，在临界状态，比起其他正常状态下的青年，他不敢再抱什么奢望了。公社武装部部长拍着他的肩膀不无戏谑地说："回家卖糕去吧，那是现款买卖。"

赵德虎心气不顺，走出公社大院，在拱桥头狠狠地甩了几声响鞭，就回家了。

没想到，这几声响鞭起了大作用。带兵人问部长："这鞭子甩得有力度有劲气，是谁在甩鞭？"

部长回答："就是我说的那个会做枣糕卖枣糕的小青年赵德虎。"

"他还会做特色食品枣糕？"

这时，不少人开始介绍起赵德虎以及他的家庭来，带兵人很有兴趣地听完了大家的介绍。

带兵人对武装部部长悄悄说："部队炊事班都有马车，正需要这种人，要改善一下伙食，也需要有点本事的厨师。"

神不知鬼不觉，赵德虎被带兵人破格征走了。

王凤梅是新兵要走的前一天晚上才知道这事的。

事先，除了武装部部长外谁也不知道，怕事情有变故，带兵人对赵德虎本人也是头一天傍晚才通知的。

王凤梅第二天直奔县城火车站，在新兵登上火车的那一刻，王凤梅把一块手绢摁在了赵德虎的手心，上面写着那三个表露心事的字。

20

槐树底下，作为赵德虎初恋的发生地，始终在他心里有一种挥之不去的浓厚情结。如果脆脆那一脸喷涌而出的浓情蜜意有一个水到渠成的承载，那么这一对农村青年的结合，很快就会在磕磕绊绊的婚约、甜甜蜜蜜的孕育和忙忙碌碌的日子中走向一种定式，走向与千万农村人一样日出而作日落而息的惯常轨道。赵德虎的情感之河，在山石草树间有了回旋与断流。尤其是征兵一事的意外收获，随之又有了王凤梅的深情表白，这让赵德虎善变的天性，出现了许多不确定性。

王凤梅在众多才俊的倾慕中，突然转身专情于他，他在心花怒放的同时，也生出受宠若惊的狐疑与诧异。他的平民身份，与脆脆的情感，像随时都能生根开花的落果遗核，踏实，也贴心。而王凤梅这朵开在树梢的鲜花，能否真正与他结果生核，是他的期待，也是他的担心。一个是心仪已久的佳人回眸，一个是踏实靠谱的村姑专情，赵德虎无法做出两中选一的明晰抉择。

后来的境况略微有些复杂，有一段时期，赵德虎把自己都搞得分身乏术了。

赵德虎在部队的精明能干，得到了首长的称道与认可。他的雄辩口才与独家绝活，很快就使他成为一个特立独行的角色。最让人揪心的是，首长的女儿看中了他。大胆泼辣而又娇贵自尊的她，只一两个回合就把他搞定了。他与她，常常在首长家出入，甚至有了花前月下的频繁约会。对一个士兵来讲，这应该是绝好的提升转干机会。在首长家人的眼中，同一批入伍的士兵们，都毫无疑问地认为他会是最先有出息的一个。

而在这之前，王凤梅近乎疯狂地向他发起爱的"进攻"。两人的书信往来像雪片似的飞来飞去。有时，赵德虎一天能收到王凤梅两封来信。首长女儿的介入，让赵德虎左右为难。后来，他干脆把他与首长女儿在一起的照片给王凤梅邮寄回去，以此来打消王凤梅死缠烂打的念头。

与此同时，首长女儿也截获到几封王凤梅的来信。

她与赵德虎摊牌："你这吃着碗里的还看着锅里的，到底是什么意思？你是不是觉得本小姐是个三岁的小孩，任由你耍？"

赵德虎被逼到墙角，只得说："我和村里这位姑娘只是在临走时见了一面，连句正儿八经的话都没说过，她要追求我，我也没啥好办法。"

"那你现在就给她写信，彻底拒绝了她，不然的话，我就向部队反映，说你乱搞男女关系。"

赵德虎写了信，并把他与首长女儿显得更加亲热的照片夹在信封里，经首长女儿"鉴定"后投进了邮筒。

这王凤梅也不是吃素的，收到这封信以后，并不善罢甘休，也写了一封信直接寄到了师部首长办公室。她说，她和赵德虎有婚约在先，骂赵德虎是负心郎、是陈世美，喜新厌旧。说首长女儿是破坏军婚，说他俩是不正当的恋爱关系，是在破坏军民关系。首长接到这封信以后，恼怒不已，亲自找到赵德虎，对其进行了严厉的批评，同时也对自己女儿做了耐心细致的劝说，让她退出这个是非之事。

部队早已内定要提升赵德虎的意向也临时取消了。首长女儿在悲痛欲绝中打了赵德虎两记耳光，一气之下走了。

自此，赵德虎思想意识不好的说法在部队各连各班中迅速地传播，他的境况有了一百八十度的大逆转，这让他连寻死的念头都有了。

没多久，王凤梅的一封信及时雨似的被人送到赵德虎手上。他在百无聊赖中慢慢拆开信封，信里王凤梅依然激情不减地向他表达非他不嫁的誓言，这让绝望中的他情绪有所缓解。他开始回忆起王凤梅的一举一动来。爱到痛处便是恨，他觉得这王凤梅不是爱他爱到疯狂的地步也不可能做出这些非常的举动。既然部队不好待了，就找个理由提前申请退役吧！一辈子能与一个谁见谁着迷的"村花"结婚，也不失为一种好的结果。从王凤梅的信中，他也能读出这一层意思，她期待他的早日回归。

只用了一个月左右的时间，赵德虎的退役申请就批复下来了。

21

让赵德虎没想到的是，他一回来就知道王凤梅已经有了身孕的消息。

王凤梅梨花带雨地哭倒在赵德虎的面前。她责怪赵德虎负心在先，她承认自己在最痛苦的时候没有把持住自己，她想用这种发泄来报复赵德虎。她觉得自己的心上人可能永远不再属于她了。但她自始至终没有说出在她这块田地里下种栽苗的人是谁。那一刻，赵德虎也被王凤梅的哭诉打动了，他甚至开始原谅她了。

随后，赵德虎见到哥哥赵德龙，跟他说了自己要娶王凤梅为妻的想法。赵德龙的反应十分强烈，表示坚决反对。他说："这种女人咱赵家是绝对不能要的，一只苍蝇落在一锅和子饭里，全部串味了。全镇人都要啐唾沫哩，她就是一个破货。"

赵德虎后来了解到，王凤梅与好多男人有关系，大到比她大出几十岁的大队干部，小到比她小出好几岁的青年混混。在权势利益面前，她能松开裤带。在英俊风骚面前，她敢以身相许。她甚至能让光棍、赖皮为她买肉打酒，请她下馆子。人前人后，左右逢源。村里村外，眉目传情。老人们有叫她"公共厕所"的，小孩子有唤她"澡堂拖鞋"的。她外表看上去光眉俊眼的，实际上是破篮子一个。有因为她闹离婚的，有因为她婆媳不和的。她还和不少家庭妇女炫耀：老鬼们虽然看着不顺眼，可他们舍得给我钱财；小伙子虽然细嫩，可他们愿意为我出力流汗；光棍赖皮虽然野蛮，可他们会给我卖命保驾。

听到这些，赵德虎彻底蒙了。

赵德虎心想，恐怕连王凤梅自己也不知道，她肚子里的孩子是谁的！

王凤梅再找到赵德虎时，遇到了对方一脸的冰霜。

赵德虎让一个朋友去打听脆脆的近况，还好，脆脆还没有嫁出去。经媒人一说，两人很快续上了前缘。不久，在兄长赵德龙的张罗下，两人举办了婚礼。

渐渐的，赵德虎的精气神恢复了，他那能说会辩的本领又开始在古镇传扬开了。

赵德虎结婚以后，王凤梅也远嫁到一个村子里了。据说，她男人也是退役军人，身材个头都超过了赵德虎。

第三部分

22

仁义古镇的地势东高西低，呈一条盘旋蜿蜒的游龙状。南门到北门这段中心商贸区是"龙腹"，店铺挤挤挨挨，依次排列；外表是鳞片覆盖的"龙身"；东圪塔是昂首扬鬃的龙头，龙须飞飘到山畔河沿的文昌阁；后头街是伸出来的龙掌龙爪；西圪塔直至大石洼则是龙的尾部。

也许这就是造物主的一种刻意，外人评价仁义古镇是"东阳西阴，后刚前柔"。从东圪塔出来的人阳气盛，肝火旺，说出话来声音高，底气足，舌根硬直，凡事非要说出个你长我短。脸色红黑，遇事爱分个青红皂白，身手敏捷，干活讲究个雷厉风行。东圪塔的孩子们也学大人，说话高门大嗓的，嘴不饶人，和谁也要讲道理，没理也要抢三分。东圪塔的女人们喜欢穿艳丽花哨的服装，就是内衣脏点破点也没关系，外衣必须惹眼。她们常常相互比试着，相互指点着，有时为找一件喜欢的衣裤要翻箱倒柜半天，不到自我感觉良好就不出门。发型要高翘蓬松，步子要快捷利索。在北街口一亮相，就要制服那些长嘴妇人们，让她们不说漂亮，也得说精干。在中心街的布店、银坊，喜欢把店里的布料扯在身前比画，戒指套在手指上试戴。一动嘴，话语铃铛似的脆亮细密。一出门，身影花卉似的留红遗绿。若与熟人见面，一声热情四溢的尖叫，话稠意浓。遇到怪事，举袖掩面，悄声绕过。

后头街的人说话少，做出来的事却凶狠蛮横，三句话不对路，就伸出拳头来了。这里石板坡陡立，沙沟水雄浑，又紧挨大山深沟，窑房院落外就是荆丛草坡。因常与野狼对峙，家家都养着恶狗，不光是野猫野獾，就是见着生人从街面路过，那些狗也敢下口撕咬。镇上的人有一句话叫"东圪塔的小孩后头街的狗"——生性野蛮。后头街虽然离街中心的三官楼底只有一门之隔，做买卖开商铺的却很少，赶马车的多、耍鞭子的多、撩狗斗仗的人多、耍蛮力较劲的人多。这里男人强势，女人勤劳。不管男女，穿着打扮都不太讲究。有点钱买肉吃、打酒喝。邻居朋友聚在一起，豪气冲天，醉话升温，不喝到夜半天明不离桌，不喝出肝胆相照不罢休。男人赤肚子穿个马甲就上街了，专往人多事杂的地方跑，爱参与各种事件，一旦有歪理烂事占住上风，就瞪起三角眼，神情里他就是敢铡美的包大人在世。对方若再不认输，就来硬的。街头巷尾，老有后头街的人在"主持正义"。后头街的女人们上街不爱捯饬，到铺面或摊头买上自家需要的布料、针线或盐油酱醋，就回家了。上一趟街，和去一趟茅房或到邻居家坐一会儿差不多。

前头街与西圪塔却是另一番景象。前头街基本与中心街连成一体，周围的土地面积不大，山地也不肥沃，种出的庄稼不够吃半年，水地倒是有一些，仁义河水多年淤出的一大片滩田，轮到每家名下，也只有几分地，大多种着与商业销售有关的蔬菜瓜果。前头街的人性柔话绵，有理也是绕着讲，一件事要顺着来龙去脉说半天，死的说成活的，方的说成圆的，守着商铺边聊天边走货，把太阳聊到西山边了，晚上还与家人继续聊，聊家务，聊孩子，聊商号，也聊街头白天发生过的事。总之嘴不闲着，用后头街人的话讲叫"碎道"。

西圪塔这地方，差不多有半天时间各家的院落照不到阳光，都被镇中高耸的碉堡挡着，又有一片一片的古树新叶遮掩，所以光照不是很充沛。但这里韵味不浅，好几处深宅大院，挑檐飞瓦流露出曾有的不凡气度，连树叶拂扫墙院都流露出些许斯文气。西圪塔出文人墨客，在外面做官的人不少，门头木刻砖雕，窑前挂落雀替，都是有讲究的。庭院，照壁，门联等，有精细考究的刻画，都是些孝亲、忠烈、勤读、尚俭的古典国学内容。往古里说，财主商贾能写到史书里的绝不止三个五个。巨商也好，老财也好，迎娶的女人都是有姿色有修养的，家庭遗传，少小熏陶，后代们也多与众不同，男子帅气聪慧，女子清秀文静。人长得白净细腻，话说得引经据典，即便是受苦干零活的，也都会握毛笔打算盘。深宅的女人很少出门，绣楼闺房的自恋情结，弹拨吟诵的贵妇品位，随处洋溢。孩子们一起玩耍，从不高声大语，做游戏也是那种带着智商机巧的，夸晒显摆的少，联谊探趣的多。遇强人知后退，遭吃亏能沉默。相互见面，问好。彼此协作，尊重。中华人民共和国成立以后，从西圪塔走出来到学校念书的女孩子，都是细皮嫩肉的。一举手，一扬眉，都带有情致。往细里看，连鞋边的花纹都是有出处的。从小就穿着内裤肚兜，深藏紧掖，毫不外露。就是盛夏，也绝不露肚显趾。学校里学习好的，大都是西圪塔的孩子。

要是哪一天，拿钥匙的学生来迟了，打不开教室门。东圪塔的孩子最先凭空生出一股火气，并大声说理训骂。西圪塔的孩子总是躲在一边不言不语，最终敢用镢头、斧子砸开门锁的肯定是后头街的孩子。老师不用破案就知道这事是谁起的意谁行的恶。那些从周边的小村来住校上学的孩子，既要巴结爱摆理行恶的人，又要讨好学习成绩优异的人，从家里带来的馒头片片和瓜果梨桃自己吃不了几个，都变着法儿分出去了。

有一个女人突然出现在中心街，把镇上的人都惊呆了。

东圪塔的姑娘媳妇们说："那身姿那走势，咱是死活比不了。"

西圪塔的闺秀贵妇们说："那气质那韵味，咱是甘拜下风了。"

后头街的主妇丫头们说："那素雅那利落，咱是比折脊骨了。"

街上那些长嘴妇人更是说得玄乎，说这女人唱戏不用画眉做伎不用调情生孩不用接生婆。天生一副狐媚相，骨子里带着血吸虫。脸俊胸阔腰细屁股大，不光是男人，就是女人见了也挪不开眼珠子了。

23

这个女人叫郝美仙，她是赵德豹从河南带回来的。

赵德豹自从那次被赵全武捆在自家院里的槐树上鞭抽鞋打以后，就出走了，几个月不见人。赵全武的老婆为此一病不起，被赵全武一顿臭骂，结果彻底瘫在了炕上。她终日眼泪汪汪的，赵全武不在家的时候，她就一个人捶胸顿足，把自己折磨得死不死活不活的。

这赵德豹生来就不是一盏省油的灯，这几个月不见人影，一回来，就见他带了这么一个惹是生非的尤物回来，这让赵全武肺都气炸了。这儿子是他生的，不认也不行，谁也知道，就是打死也是你儿子。这一只臭虫掉进碗里，看着败味，看着恶心。这老了老了，还落下一个坏名声，赵全武躲在自己家里，连甩鞭的力气都没有了。

赵德豹知道父母肯定不接纳郝美仙，便没有把她领到父母在窑湾的那个家里，而是来到距离北门不远的一幢院子里。院子是里外院，里院大，住着几家大户，外院狭小，可能以前是养牲口时长工们住的地方。赵德豹打开外院一间小屋的门，简单收拾了一下，两人就住了进去。

这小屋，是赵全武年轻时练武盘坡买下的一个放器械和鞭具的地方。

郝美仙生来就是那种招男人喜欢的女人，骨子里俏。尤其是那双一眨巴就能灼痛你的眼，只要她一抬眼，必有一个"猎物"被击中。

赵德豹有着一张男人们少见的娃娃脸。女人们最珍爱的双棱眼，长在他浓浓的眉毛下，眼波泛着机灵。厚厚的嘴唇，藏着一股文秀之气。话一出口，磁性十足。话语像裹着一层音符，清脆伶俐，夹着醇厚柔和。这与人高马大一身豪侠之气的赵全武相比，相差甚远。

赵德豹与郝美仙相跟着从镇街走过，吸引了不少人的目光。

看着如花似玉的郝美仙与赵德豹住进那间小屋，镇上就有人说这是雁落雀窝了，但很快，院子里里外外的人都感受到了这间小屋散发出来的生气。笙的细腻清脆，箫的绵厚悠长，琵琶的婉转优雅，纷纷从小屋飘荡出来。

进进出出的邻居，都受到音乐气氛的感染，路过外院时，总要站在那儿欣赏一会儿。有好事的人把这事传给了镇上一些悠闲的人，这些人就饶有兴致地来到外院。喜欢猜度的人觉得缠缠绵绵的音乐中肯定有故事，于是便在夜里贴在门外听房。这一听，听出了意思。第二天，院子里的家家户户就有了一个临时约定：不许自家的孩子多靠近小屋半步，晦气。

赵全武知道这个不争气的儿子从小练武老是偷奸耍滑的，一见到拉弦吹笛的自乐班倒是眼迷神痴的，一站就是半天。

赵德龙与韩如民磨刀擦枪的时候，这赵德豹却吹起了柳笛竹箫。赵全武把他这些屁事不顶的乐器掰折摔断，想让他彻底断了这些念头。对那些吹拉弹唱抹粉搽脸的行当，赵全武连看都不看一眼，觉得这腻腻歪歪的音乐戏谱简直就是伤风败俗的源头。

谁也没想到，这赵德豹几个月不见，竟然成了一位音乐高手。那个小屋时而传出二胡的悠扬婉转，时而传出琵琶的连绵激越。

屋子虽小，却传出美妙的乐声，差不多半条街的人都能听到。

这两个小男女，除了抚弄音乐，还能干出什么事情来？

正在人们胡乱猜测的时候，一件更蹊跷的事发生了。

郝美仙的男人找来了。

原来，这郝美仙是个刚结婚不久的女人。

郝美仙的男人找到小屋时，身后跟了一群看热闹的人。但他们想象中的事并没有发生，这多多少少有点遗憾。

没有争吵，也没有殴斗。

这两男一女，居然相安无事地挤在一起住了。

不久，人们发现，古镇的街道上多了一位钉鞋匠，他就是郝美仙的男人，人称王师。

赵德豹被古镇的南武馆请去，当了一个小拳师。

镇上爱关注闲事的长舌妇们，一见面，眼睫毛一眨，白皮脸一皱，寡话就一股一股地冒出来了。都是过来人了，都有晚上不睡觉的经历，这一女两男的夜生活听也没听过，只能是凭着各自的想象胡乱猜测，说到机密处，还相互抱在一起打闹一番。

郝美仙偶尔在镇街上露面，总惹来不少怪异的目光。

蹊跷的事，总有蹊跷的人想方设法地打听。终于，有了一种说法：郝美仙与他的男人是河南开封人，婚姻是包办的。郝美仙在街头上遇到拉琴的赵德豹，两人一见钟情，很快厮混在一起，不久他俩便私奔了。郝美仙的男人嗅着女人"留有"的气息一路追撵了过来。

24

好事不出门，烂事传千里。赵德豹的事，让他爹赵全武气得不轻，过了一百岁的人了，一辈子被人高看敬重，临到老了突然冒出这样有损于家风的一档子事，心里淤堵着，见到一些熟悉的人，对方不知道说什么好，自己也开不了口，索性不再出门了。不出门待在家里，这事更是不分昼夜地折磨他，没几天，一病不起，眼看着就气亏体弱了。

临终，儿孙甥侄围了几圈，来跟这位赵氏老寿星做最后的道别。

爱跑爱颠的赵德虎预感大事不妙，这天就一直守在父亲身边。几年不归家的赵德豹也被人叫回家，一直若即若离地守在一旁，始终低头不语。

赵全武凭着一股内劲坐了起来，向围在跟前的亲人摆了摆手，让他们全撤出去，只留下赵德龙和韩如民。

赵德龙以为父亲要交代什么，就凑了过去，拥住父亲，侧耳倾听。

赵全武没有说什么，他把赵德龙的手和韩如民的手摁在一起，在空中掂了几下，就咽气了。

多年瘫痪在炕、神志不清的老母亲突然睁开眼，她让赵德龙和韩如民把赵全武的身体挪到她跟前，探过手来，把自己男人赵全武的眼皮拨拉下来，双眼被封闭了。她又在赵全武的脸上轻轻拍了两下，才转过身去。

外面院坝上响起一阵鞭声。赵德虎用父亲的鞭子站在院坝上猛甩。

后来，人们才发现，开始这鞭声是响在崖谷里，冷硬冷硬的，然后这鞭声就响在院坝上了。再一细看，赵德虎的鞭子竟然对着自己猛抽起来，直抽得浑身血肉模糊。不是被人拦下，很可能就是遍体鳞伤了。

赵德虎的老婆脆脆自和他结婚以后，因他整日不恋家，女人便跑回娘家住了，镇上的人很少见她回来，婚姻基本是名存实亡状态。镇上一个刚结婚就死了男人的女人特别想嫁给赵德虎，可他爹赵全武过不了儿子娶寡妇这一关，导致两人像牛郎织女一样，只能偶尔见见面。现在爹死了，赵德虎不知是该悲还是该恨。他像一只离群孤雁似的，绝望又无助。

赵德豹趁人不注意，溜出了大门。

赵全武安葬那天，赵德豹也没再踏进院门一步。

25

郝美仙的男人王师，爱留长胡子，有事没事捋一把，把藏在胡子里边的嘴露出来，再与街上的人说话。他人长得不算高大，加上背还有点佝偻，脑袋前奔儿头后奔儿头突出，脸就显得又窄又小，腮上嘴上的胡子留长，多少对脸型是个弥补。用手往下一捋，有点人为拉长面颊的意思。开始，人们不知道他的底细，以为他是一个生手。有人试着让他钉鞋，他做出的活儿还真不含糊，不仅精细密实，还好穿耐用，且从来不与人讨价还价，给几个算几个，不给也没意见。这样，找他钉鞋的人就越来越多。

王师接过客人的鞋，上下左右先翻看，找好合适的补皮，尽可能从里层衬垫，这样不影响鞋形的原样，然后取过穿牛皮绳的针头，扎眼引线，每一针都缝得严严实实。自始至终，王师不看客人一眼，只顾一心一意地干活。一只鞋补完，常常冒出一身热汗。客人把钉好的鞋拿在手上，问多少钱？王师回答：料又用不了多少，就是出点力气，你看着给点就行。也有的客人开玩笑说：不给行不行？王师说：行，就当给我自己干了点活。客人从兜里掏出钱递到他面前，给少了他直接取过，满脸笑意地说：只要你脚下穿得舒服，我就高兴。给多了他还必须退了多余的钱，绝不多取一分一厘。

时间一长，镇上的人对他就产生了好印象，他的生意渐渐好了。

赚多赚少，王师回去悉数交给郝美仙，然后按郝美仙的安排，再拿点零花钱。

一家三口人的花销，全凭王师的这点酬劳，日子过得不算宽裕，但外人看去，也不显山露水的。

两年以后，王师不给人们钉鞋了，而是改给牲口钉掌。不过，他家小屋门前长年摆着钉鞋的物件，有人找上门时，他也从不拒绝，并且一分钱不收。

26

古镇的后头街，有一家铁匠铺，主人叫赵嗯嗯，与赵全武也算一个八竿子打不到的亲戚。赵嗯嗯本名叫什么，很少有人知道。他为人处事向来不霸道，不管大人还是小孩，一说话，顺着对方来，最爱用的词就是"嗯"，而且是一连串的嗯嗯嗯嗯、是是是、好好好。"嗯嗯"这个名字是镇上的人根据他的说话习惯叫出来的。赵嗯嗯起家时从祖上的打捻银器做起，盘火炉时，往大里做了做。做完以后，连自己都偷着乐了好一阵子。银匠也顺带着给人补锅粘壶，离不开的东西是焊锡，火炉必不可少。生意再不够时，就又延伸到一些小铁艺。镰刀、锹锄、漏勺之类的小物件，都能琢磨着弄成。周边的人看见哪个实用，就挑一件回去用。谁也知道，这是赵嗯嗯的心血，所以即使不给钱，也不能白拿，家里的小豆、红薯、软米什么的，嘴上说着是让赵嗯嗯尝尝，实际就算是一份报酬了。

赵嗯嗯虽然不善言辞，但他却是个能思维敢创新的人。他见王师的钉鞋手艺不错，人也随和，就动了一个心思，想和他合作。有一次，趁王师来买铁钉子的机会，就把自己的想法说了出来。没想到两人一拍即合，很快就合伙到了一起。

牲口蹄底的"鞋"叫蹄掌。每天都要大量劳动的骡马驴，最费的就是蹄掌。赵嗯嗯打制蹄掌，算是小菜一碟。王师能给人钉鞋，让穿在脚上的人说满意，也不是一件容易事。能伺候得了人，伺候牲口肯定也没问题。从钉鞋到钉掌，和搬了砖再搬石头差不多。一个负责制作原件，一个负责安装原件，各得其所。赵嗯嗯的银器活伺候的多半是女人，而且都是些爱讲究爱说辞爱挑刺的女人，钱不想多花，活计做得还得如意。现在，赶牲口套马车的人大都是男人，蹄掌的尺寸不像人鞋的尺码精准，差个几毫米不能算是问题。蹄掌在牲口蹄下，鞋掌在人脚下，跟人打交道与跟牲口打交道，不能相比。合不合脚人知道，合不合蹄子，牲口不会说话。而且，蹄掌的消耗远比人鞋大。钉蹄掌的用料和用力都要大一些量，主人从衣兜里往外掏钱的动作肯定要顺当许多。女人们的银器头饰是用来装扮自己的，有点余钱的富贵人家，女人们都争着抢着显摆自己的年轻漂亮，金银玉器当然是必不可少的。不过，钱是男人们受苦力花心血赚来的，就是贵妇人，手上的钱也花得谨慎小气。穷人家的女人没这个福分，穿着能不露肉就行，哪有什么闲钱来穿金戴银？骡、马、驴是用来出力换粮食换衣物的，这些牲口谁家也得用，而且还要养好，让它们有力气受苦，有力气驮拉货物。蹄掌，是牲口跑路的支撑，没有人会在这个地方省钱。这些账，赵嗯嗯多少个夜晚翻来覆去地算，甚至连村里有多少牲口，古道上每天能路过多少马车，他都算得一清二楚。

连钉蹄铺的名字赵嗯嗯都想好了，就叫"视履"，往典雅里说，就是钉蹄铺挣的是有名有分的钱，是言行合规合矩的钱。往通俗上说，就是看鞋，看鞋走出的步子，在"履"字上做买卖，凭的是诚信，心诚则理顺，来钱来得正，用良心赚钱。

赵嗯嗯在后头街的院子不小，而且紧邻秦晋古道的石板坡，是南来北往车马的必经之地。虽然公路铁路通了以后，走古道的人少了，但抄近路赶商情的车马行人从没断过。赵嗯嗯把道旁的一堵墙推倒，院子直接成为一座里外通透的道场。乒乒乓乓的打铁声，常引来不少人围观。铁匠棚不远处，搭了一根横杆，横杆下摆着一个半米高的木凳。一头骡子或一匹马拴在横杆上，把一条前腿或后腿折跪在木凳上，着人摁紧，先把旧蹄掌用翘锤敲打下来，再用一把立铲顶着蹄窝往下切，一层一层的，直到把蹄上的死肉腐节切成一个平面。接下来就是选合适的铁蹄模了，选好，顺着模眼把小钉子敲进蹄帮里。四只蹄依次做完，一头牲口的新"鞋"就算做完了。常跑路的牲口知道这是主人给自己穿新"鞋"，十分配合，做起来就顺利多了。做完后，牲口试着在地上走走，耸着肩毛，打着响鼻，浑身抖擞着，有时还在地上打几个滚，满身的舒坦，就像过年时小孩子刚穿上新鞋似的高兴不已。

赵嗯嗯对王师说："咱好朋友勤算账，不赊不欠，一人一半，当天了结。"王师回应："既然做了好搭档，就不分迟早了，我也不急用钱。"赵嗯嗯说："这样也不用记账了，你我都方便。再说，你家里养着一个仙女哩，仙女也喜欢钱，手上点着钱，心里就挂着你。哪个女人不愿跟着男人吃香的喝辣的？"

王师心里乐着，回家的脚步也就加快了节奏。

相比之下，赵德豹的收入就差了许多，而且月终年末才有进账，但他有情趣有品位，说出的话，奏响的乐器，都是往郝美仙心里去的。郝美仙两头都不舍，一个是精神层面的，一个是物质层面的，很享受。长嘴妇人们说："喝着蜂蜜唱着歌，嘴上美气。数着票子听着曲，心里熨帖。这种生活，美人不享受，谁享受？"

每天，郝美仙都要在镇街上走走，穿着合体的衣服，梳着长长的发辫，再挺着丰乳肥臀的身材走出几步，手里抓着酸酸甜甜的水果吃着，惹来一街人的妒忌与稀罕。

镇上每逢赶集上会，那些喜欢显摆的姑娘媳妇，总要照着郝美仙的装扮来美化一下自己。

虽说是年近四十岁的人，可郝美仙一点儿也不显老。也有几个不知深浅的年轻人，看着她俏丽的背影，嗅着她头上散发的油香，追撵到她面前，没皮没脸地撩逗她。她既不生气，也不主动迎合，只管微笑着往前走。

相跟着走过一段路，就有长嘴妇人们把年轻人拉拽到一旁，说："你看着是一潭清水，你跳下去试试，不把你淹死才怪哩。"年轻人这才善罢甘休，退了回来。

慢慢的，镇街上就传出一句顺口溜："好美好鲜一朵花，能看能闻不能抓。"

27

那座连接后头街与东圪塔的拱桥，平坦而宽阔，桥身是横跨东西的半圆拱形状，用长方形沙石垒砌，十分坚固，连镇上的老人也说不清它是哪个朝代修筑而成的。

早晚多有马车通过，去地里干活的人，外出拉货运料的人，收秋打夏往回拉庄稼的人，一般都自备一辆小马车。后头街的男人大都有一把鞭子，鞭子在空中甩出一条折拐的弧线，"叭"的一声，套在小马车上的骒马就来了精神，欢奔乱跳地载着主人走出小院，踏上拱桥，开始了一天的行程。车后常跟着一条家狗。中午时分，男人们都外出劳动去了，这时的桥面，就成了女人的风景线。

东圪塔的女人们，收拾完锅碗瓢盆，翻箱倒柜地找出几件衣服，吆上叫上几个邻居，纷纷相跟着到镇街上游逛。拱桥悬在沟谷之中，相对空旷，引来的视线也多。天生爱美的女人们，走过这一段路就特别地在意，进入桥之前，总要前后左右地整理一下自己的衣饰，然后再昂首挺胸地迈出妖娆的步伐。小家碧玉式的，大家闺秀式的，长辫摆尾式的，盘头整洁式的，庄重稳健式的，窈窕风华式的，各人有各人的走法。走几步，脑袋轻轻一摆，再用纤指梳理一下，明意上是整理一下蓬松的刘海，实际也是自娇自恋的一种习惯动作。

年纪大点的女人再怎么走，也掩饰不住脚步的拖沓；未出嫁的姑娘走起来，又好像有点轻飘浮躁；最能拿住劲的是结婚没几年的少妇，走起来轻盈而不显轻浮，娇媚而不显俗艳。不过，也有些少妇的步态中含着谨慎。说不定她们已经身怀六甲，这无意播种的意外结果，让她们比别人更多了一份母性的甜蜜。

那些桥上或镇街上怀有身孕的少妇，是长舌妇们绝不放过的话题。她们用自己的经历和经验，猜度或评估着孕妇的生活。不久之后，这些曾经的孕妇又可能成为新一代长舌妇。当她敞开衣襟，把鼓胀的奶头填入幼童饥饿的嘴里时，就对年轻时的腼腆娇羞不以为意了。

走入仁义古镇的北门，要经过一段青石路面，由于长期的车辆碾压，青石路面被压出两道深深的车辙。北门进入古街，两边是长长的石条。那些长舌妇人们最爱在这里闲坐寡聊，进进出出的人，或妖娆或邋遢，或疲惫或精干，都能成为她们议论的话题。

紧挨北门的那条小巷，就通往郝美仙的那间小屋。关于她的议题，就是从她走出小巷开始的。郝美仙不是姑娘，也不是怀有身孕的少妇，却有着姑娘的身段与少妇的风韵，关于她的身体，哪里能逃得过刀子嘴般的长舌妇人们。

郝美仙不是那种怕议论的人，她甚至能听到对她十分阴邪的咒语。有时她也回头与那些妇人们对视一下，表情并不对抗，而是能引出更多话题的微笑。接着，再走出几步更加狐媚的步伐，好像想让对她的议论再多一些似的。

这一次，她刚一拐出小巷，就有人在她肩上拍了一下。

她一看，是一个头发蓬乱的中年女人。这中年女人话稠，根本没有郝美仙插话的可能。语无伦次，前后矛盾，听了半天，也没听出她要说的意思，她对郝美仙比比画画，又心急火燎的，却说不明白要表达的意思。

接着，中年女人把郝美仙拽进了街面的一个药铺里。

药铺刚开门，还没什么客人，只有坐堂的大夫吴先生坐在临窗摆放的桌子前看书。他鼻梁上挂着老花镜，见两个女人进了门，把眼睛往上一翻，随后站了起来。吴先生拽开中年女人的手，说："告诉你不要多管闲事，你就是不听。絮絮叨叨的，上辈子没说完的话和下辈子要说的话，都让你说了。"

中年女人是吴先生的老婆，看上去挺怕男人，嘴上的话一下子卡了壳，声音也低下来，喃喃道："她要看病。"

郝美仙连忙接话，说："我没病，是她硬拽我来的。"

吴先生认真看了看郝美仙，摆着手说："你没病，你没病，赶快出去吧。"

郝美仙能体会出吴先生那一眼的含义，反倒不急着走了。她看了看被吴先生推坐在凳子上的女人，女人从背后指了指吴先生。郝美仙就大大方方地走到吴先生面前，说："那先生给我看看吧。"

吴先生再一次往上推了推老花镜，重新审视起郝美仙来。

吴先生说："你是不是睡眠不好？"

还没等郝美仙接话，吴先生又说："你的脚后跟常有干裂现象，并有间歇性胸痛。"

郝美仙心里一动，见那女人不断地点头，就问吴先生："我这也算是病？"

吴先生说："不看就不是病，要看就是病。没什么大要紧的，医之好治不病以为功，你可不要怪我多嘴。现在你可以走了。"

那女人马上站起来，对着郝美仙从上到下地比画着，又画圆又画方的。这一次，郝美仙读懂了女人的意思：你这么一个漂亮女人，要想一直漂亮下去，就一定要把身上的病治好。

郝美仙把善良的中年女人安抚到凳子上，一声不响地出了门。

这个有点疯癫的女人姓李，早年随父母来到仁义古镇，在镇街上租了间临街的店铺，开了一家诊所。后来事业越做越大，便把店铺买了下来。父亲是坐堂大夫，母亲是司药。吴先生是父亲众多徒弟中的一个，因天赋出众又勤奋好学，早早就成为师父的一个得力助手。他们唯一的女儿跟着母亲学司药，差不多也成了半个大夫。两人日久生情，父母又暗中撮合，两人最终结为夫妻。女人在一次夜晚出门送药时，被一只野狼叼走，多亏被人追撵才得以救下。从那以后，女人神经错乱，疯癫不断。经吴先生精心调理，服了几个疗程的中药下来，病情才渐渐有所好转。不过逢人便絮叨不止的毛病却再也没法根治。疯女人是个善良的人，二老过世后，药铺自然转到了她与吴先生的名下，渐渐地，她的神志也大有好转，见到脸色有些病态的人，她也常好心地劝告。这一次，郝美仙被她截住了。

第二天，郝美仙专程来到药铺，请吴先生开了一张中药药方。

吴先生看病的过程很慢，写在处方上的字也都是狼毫小楷。在看清病人的症状前，他并不急于写字，而是要翻看常备在身边的几本经典医书，反复斟酌之后，再一笔一画地写方子。

写好方子后，吴先生对郝美仙说："你可以在本店抓药，也可以到别的药铺去抓，但必须要按方子上的量来抓。一个疗程七天，用完后看效果，如果见好，我还要再调整些药物，不出意外，三个疗程恢复健康。"

郝美仙为吴先生的治病理念所感动，他不是那种强买强卖的商人，但也能看出吴先生是有个性有骨气的人，就说："找你看病，就用你的药。"

疯女人从郝美仙手里接过方子，走到药柜前。

"疯女人能办了抓药的事？"这是郝美仙最先产生的疑问。她也随着疯女人走了过去。

吴先生忙着给排队看病的人诊疗，得住闲空，一句话向郝美仙喊了过去："你放心吧，我老婆比我细心多了。"

果然，疯女人手下秤上那是一丝不苟。临走，郝美仙还特意抱了抱这个可爱可亲可敬的疯女人。

一周以后，郝美仙来吴先生的药铺换药。这一次，吴先生见郝美仙气色大有好转，愉悦的心情比郝美仙本人还胜一筹。看病的人不多，吴先生话头也活络起来。据知情人介绍，吴先生平常就有这样一个习惯，见经自己看过的病人病情有好转，他就想发表一通言论，说的话与病情关联不多，但对调整病人的情绪大有裨益。

吴先生讲他看病的哲学理念，讲中国传统医学的精妙绝伦，有时还夹杂着背诵一些唐诗宋词，常常把自己讲得先陶醉起来。原来，他老婆那些啰里啰唆的人们不太能听明白的话，都是从他这里学来的。她对古词古句无规则地拼接，大跨度地融合，常把人听得云里雾里的。不少人听过吴先生的演讲之后，才了解到疯女人话里的一些根由。

中医是国学的一支，要会看病，先得从了解国学开始，中庸气血肝脾，调整心理意念，找准不适症结，旁敲侧击，迂回跟踪，化瘀散结，达到五脏平衡，肢体协调，心向坦荡，才是健康。人不能有污邪思维，心邪身必污。人不能有小家之气，心小病必侵。人不能有玩忽理念，小不慎必大错。己欲立而立人，己欲达而达人。见病如己得，见恶如己患。常怀善德，知恩图报。老婆狼口被人相救，终身报人无悔。老婆前世修来善缘，夫妻救人于危难。病来不管穷富，病去无论贵贱。虽然吃食入口各有优劣，肠胃率先分辨分解，但五脏布局全都一样，在排泄与能量上去其所去用其所用。内脏解析食物的取舍十分精准，并不因为穷富而有区别。救死扶伤是大夫的本色，皇上也一样得病，只是他有御医常做监测罢了。器脏相同，而接受各异，同样的食物，有的人可能入口即病，而有的人却安然无恙。一种症状，凉热干湿却不尽相同，好大夫每张药方写得都不完全相同。因人而异，因病而变。能下药方并不是一个中医的本领，能看准病源才是好大夫的前提。人是自然当中的一种动物，生在天地之间，长在日月之下，能顺应自然，尊重自然，才是合乎规律的常态。农人按四季规律耕播锄种，粮食不愁不收。大夫按人体盈亏望闻问切，病身不愁不愈。善者常舒心宽怀，智者常勤中补拙。一棵草，一截根，都有性能归属，解悟一物，就能知道一物之妙用。蛇毒也上药谱，狼毫也是宝物，腐根也有妙用。好官员知人善任，好大夫应症对药，好父母儿女孝顺，好风气民情通达。凡高峰都有路，凡险境都能克。天有阴晴雨雪，人有灾病祸福。凡人不可能不病，凡事不可能没坎。只要自己清楚，自己顿悟，世上的事就都不是事。

郝美仙似懂非懂地听着，心里好像打开了一面明镜。

不知何时，郝美仙的身边站了不少人，有油坊的孟师傅、有醋坊的张师傅、有粉坊的尤师傅。这些师傅们都从事着传统工艺作坊的活计，在镇上都掌握着一项独门技术。听完吴先生的大论，就有人发表感慨，结合着自己在榨油、酿醋、漏粉方面的手艺，对天人合一的自然法则作出不少入情入理的辨析。

郝美仙正听得入迷，突然身后有人拽住了她的衣襟。她猛一回头，见是一个女孩。女孩仰着头看着郝美仙，说："姐姐，你这衣服真好看。"

郝美仙见这样一个单纯朴实的女孩喜欢自己，就一把抱住女孩，低头问："小妹妹，你叫什么？"

"宝汝，尤宝汝。"女孩回答。

这时，尤师傅走过来，指着女孩说："不要乱动别人的东西，弄坏了你能赔得起？小孩家家的，一点儿也不稳重。"

郝美仙赶忙回应："没事，没事，孩子挺亲的。再说了，这衣服也不值多少钱。"

说完，郝美仙就提着药包走出药铺。走出药铺，她回头又看了一眼，这个药店的门牌上写着三个字：德善堂。

走出一段路，郝美仙觉得身后有动静，回头一看，是尤宝汝。

尤宝汝学着她行走的步态，腰肢与双臂扭摆得比她更夸张。郝美仙向女孩摆摆手，女孩也学着她的样子摆着手。站在药铺门口的尤师傅把女孩唤了回去。

28

德善堂的对面是理发店。从街道进理发店要上几级台阶，理发店是那种前房后院的格局。台阶上是一连三间平房，窗明几净，没有店牌，连"理发店"三个字都懒得写。正门进去，迎面墙上挂着一面大镜子，镜面上阴刻着"从头开始"四个字。三个房间都有剃头用的躺椅、挂架和洗漱物品。一个砖砌的土炉子在正房，烟道从两旁走开，挨墙延伸到两侧平房。烟道墙间隔着有凹陷的槽渠，是用来洗头的地方。冬天时，土炉上长期放着一把大铁壶，壶嘴"咝咝"冒着热气，主人和客人们喝水洗漱都用这壶中热水。平房后面是小院和三孔窑洞。小院摆有石桌石凳，桌上画着棋盘。只要天气不冷，院子里就有人在摆棋对弈。这其中有等着理发的，也有理发以后消遣的，还有不理发专门来玩乐的。正面三孔窑洞是主人家晚上睡觉的地方。

理发店的男主人姓张，中年以上的来客称之为老张，或剃头老张，中年以下的来客称张师。女主人姓什么谁也不知道，因大儿子的乳名叫宝宝，人们就叫她宝宝娘。早年，张师从山西长治和师兄冯师一起来石城闯荡。几年以后，两人分家单干，冯师留在县城，张师搬至仁义古镇。经媒人介绍，张师从一个偏远的乡村用两石麦子娶来了老婆。

宝宝娘跟着张师兴致勃勃地来到镇上，决心用自己的勤劳与男人大干一番，赚个水满兜胀。可她没想到男人是个只知干活不多说话的人，而且为人处事谨小慎微，这与她能说敢做的性格大相径庭。宝宝问世后，她再也不想去理发店了。看不惯她男人的一举一动，也不想闻那潮湿怪异的腻味。她在自家院里动手盘了一个猪圈，每天上山下地打猪草，灶前熬猪食，凭着勤劳苦干，把一头一头的猪养得膘肥体壮。那些常在她家院子里下棋玩乐的人，实在不愿闻那猪圈的臭味，但也只能忍着。肚脐怎能嫌弃肚大呢？

张师带着两个徒弟前前后后地忙，不到两年时间两个徒弟都不干了。张师寡言少语，徒弟什么地方做错了也不说，只用冷眼相对，徒弟什么地方做对了同样也不说，脸上还是冷若冰霜。手艺的窍门秘籍他从不给两个徒弟说。时间一长，徒弟就觉得没什么前途，都不想干了。穿红的走了，挂绿的来。没几天，就又有人想来当徒弟。连续几茬下来，总算保留下一个智商不高却能吃苦耐劳的徒弟。

宝宝长大以后，常爬到猪圈墙头逗猪玩，高兴时学着猪叫声吆喝着，不高兴时拿一根长木棒往下探着敲打猪头，从来没有帮娘打个猪草端个猪食什么的。更多的时候，宝宝来到前面的三间平房，对进进出出的客人撩撩逗逗。而向爹要钱，是他每次来的必备项目。爹要稍有迟疑，他就撒野，撕撕扯扯的，有时把正在剃头的客人也搅得头破血流。对爹的徒弟也常常胡乱支配，口出狂言。爹要对他一动怒，他就摔盘子砸碗。纵使这样的宝宝，却只对一个客人特别的亲切。

理发店都是男人们来，青少年大都理个平头，中老年都是剃光头。老张问都不用问，根据年龄直接上推子或刀子。

突然之间，来了一个女人，把袒胸露背的男人们吓了一跳。来人正是郝美仙。

老张见到穿着光鲜靓丽的郝美仙，惊讶了几秒钟，然后才反应过来。他对女人说："我这里不接待女顾客，请自便吧。"说着伸出一只手，打开了门。

郝美仙送出一个媚笑，并没有向后退的意思。

"我不理，也不剃，更不刮，你就给我洗洗头发就行。"

老张正在犹豫，宝宝已抢先拽住了郝美仙的手，把她引到一把最干净的座椅前。

把发卡、项链等取下来交到宝宝手里，郝美仙就一头后仰到靠椅上。宝宝端了一盆冷热适中的水，又取了梳子、香皂、毛巾之类，准备好放至靠椅前。老张见一贯好吃懒做的儿子有如此娴熟热情的表现，一时傻了眼。儿子迫不及待地对他说："老张，张师，洗吧，还等啥哩？"

老张只得上前给郝美仙洗发。郝美仙的头发平时扎着辫子，现在从躺椅背后垂下来，瀑布似的，差不多快要挨着地面了。店内的其他客人顿时不说不笑了，都把目光转向老张和郝美仙这边。宝宝缩在老张身边，又是递工具又是端盆换水，像是一个经验丰富的徒弟似的。

洗完头，老张也不知道怎么给她梳辫子，郝美仙说："就这样，我回去慢慢再弄吧。"说罢她如数付了钱，扭着妖娆的身姿走了出去。

人一走，三间平房里的顾客就炸开了锅。没见过女人进理发店的，女人们弄头发都是在自己的闺房中，哪有这么大庭广众面前一览无余地做的。做就做吧，洗完头发却不梳辫子，头发散着就上街了，这"半成品"的脑袋，走在街上会引发多少感慨啊。

还有这宝宝，见到美女也懂得怜香惜玉了，也听话了。

从此以后，每隔一月左右，郝美仙就来理发店洗头发。宝宝总能掐算住她来店的时间，每次他都给爹打下手。街上的人同时发现，郝美仙每次来理发店都是梳了又长又粗的辫子，直垂至小腿以下。从理发店出来，一头又浓又黑的长发从背后一垂到底，差不多挨着地面了。这样一来一去的变化，街道上多了一道道奇异的目光。

29

郝美仙爱到的地方，还有一家裁缝铺。

出北门不远，就是架在沙沟上空的那座石拱桥。往后走是后头街，折拐过桥是东圪塔。就在这个丁字路口，紧挨沙沟有一孔老砖砌的窑洞，窑洞连着后院。临街的窑洞窗前，摆着一台缝纫机。不管白天还是黑夜，路过的人都能听到缝纫机转动的声音。

窑洞主人姓石，镇上的人叫他老石，老石满口平遥话，一张嘴就像跟人吵架似的，嗓门高，话头硬，脾气也急。人长得干瘦干瘦的。一孔窑洞，前半截是男主人的天地，后半截是女人和孩子们的天地，营业区和生活区完全分开。窑门从侧面开，直通后院，进进出出的人都得经过后院。

平遥是山西人多地少的一个县，做买卖的人不少，会经营能计算的人不计其数，据说最早的晋商票号就是从该县的日昇昌开始的。被称作中国银行业乡下外祖父的雷履泰，就是商界无人不晓的创业者。各行各业都有高手大家。分散在全国各地的平遥人挺多，老石就是其中之一。

自从老石落脚仁义古镇后，各家各户的穿着打扮有了质的变化。以前人们穿的那种千篇一律的中式衣裤不多见了，代替臃肿简朴的是精致合体的衣装。

老石不仅能做一般人的衣物，而且很有创新意识，只要你能说出来个大概，他就能在手下做出来具体的样式。冬棉夏单，内衬外罩，他都能做得让你心服口服。

缝纫机的右侧是一个大案板，除了画粉裁布空出的一块地盘，大部分地方都摞着一层一层的衣服。每件衣服都夹着姓名编号，来取新衣的人不用多长时间就能找到自己的衣服。每逢过年换季，老石就忙得不可开交。到年三十晚上，不少人就守在他家，一直等他把家里人的新衣服做好才走，特别是家里有孩子的，必须让孩子第二天早上穿上新衣服，才算一年的劳动没白干。常常是做衣服的老石自家的孩子却穿不上新衣服过年，因为顾不上。老婆戏说他，你这是卖鞋的婆婆赤脚跑。

人是衣架子。爱美的女人都想有几件好衣服，特别是那些家中相对殷实的，女人们就更讲究更爱臭美。郝美仙，自然是其中之一。

冬天，天上飘起鹅毛大雪，远山与近物都是一片白，小孩大人却喜欢在雪天出来观景。白茫茫的田野中，郝美仙穿了件黑毛领鸽灰色大衣站在那里，看上去雍容华贵的，再走近一看，胸口一块红色围巾略加点缀，脸都被映衬得红扑扑的。背后就有女人评价：这哪里是人，就是一只狐妖，不把男人的血气吸干不罢休。盛夏，绿柳垂丝的渠边，郝美仙穿着一件素淡格子单衫和一条垂感十足的蓝裤轻盈地走过，无论从哪个角度看，胸围、腰围和臀围，哪一个围都不加掩饰地突显，都能让见着的男人驻足不前。背后，又有女人们议论：这哪里是人，就是一条水蛇。

有人找到老石开玩笑说："你这个老不死的，把一个女人打扮成这样，是不是要把镇上的男人们都逗坏逗烂呢？"

老石笑笑，并不生气，只说一句："你真会表扬我。"

30

两年后，郝美仙住进了一处小院。

王师钉蹄铺的生意不错，除了女人的平时花销，他第一时间想到的就是置办一处属于自己的院子。

钱这东西就像流水似的，只要你把渠修对了，哗啦哗啦地就来了。

郝美仙忙前忙后的，很快就把小院的各个房间收拾得利利索索。她与王师是名正言顺的夫妻，有婚约、有聘礼、有结婚仪式。她对王师赚到手的钱，花得肆无忌惮，花得行云流水。虽然王师的脑袋长得前棱后勺的，走起路来步子又细碎无声的，但他有赚钱的本事。有钱就有蔬菜粮食，就有窗明几净，就有药费，就有长辫子，就有好衣服，就有忌妒和美丽。至于赵德豹，她也不放弃，每天总得抽出时间过去坐坐，收拾一下小家，再做些吃食，也常听听音乐。对她的这些举动，王师清清楚楚，但没有一点儿闲言碎语。

赵德豹从未去过郝美仙和王师住的小院子，路过也不进去。他每天除了家里就是武馆，连在路上都是跳着步走。

王师与赵嗯嗯合作，赵德豹没权力干涉，但心里憋屈。王师的生意越顺，郝美仙手上的钱就越多。而他虽然长得比王师精干健壮，但这花瓶式的外表迟早要被看淡，女人更注重物质的享受。在实实在在的生活面前，钱就是爷爷，音乐什么的连孙子都不是。

更让人揪心的是，郝美仙搬到那个小院子以后，腰粗了。

这个消息最开始是街面上的一个长舌妇人说出来的。

见赵德豹从对面走过来，坐在三官楼底的几个妇人的眼睛就有点不对劲儿了。贼眉鼠眼的，赵德豹像个刚偷了别人东西的小偷似的，被她们指指点点的。他走到她们跟前，话题就很明了地摆在他面前。她们并不避讳他，形式上她们几个是在围着说闲话，眼睛却老往他身上瞟。

"这镇上最俏气的女人，突然就腰粗了，肯定是有喜了。"

"这两个男人侍候着一个女人，也不知道是谁的种？"

"男人们对付高骡大马都不在话下，对付一个女人还不是十拿九稳？"

"那可不一定，一把二胡也能拉出《天仙配》来。"

赵德豹一下子蒙了。

这一段时间，郝美仙很少来他的小屋，来也是小坐一会儿，他眼拙，没有发现郝美仙的身体有什么变化。

　　来得最多的是另一个女人。

第四部分

31

我爹离休以后，就彻底回到镇上了。他在县城工作多年，不稀罕那些人多眼杂的地方，北门以下的中心街他很少去，常来的地方就是后头街的槐树下。说是回到镇子上，还不如说回到村里了，槐树底下周边人的生活，就是村里人的生活。

饭前饭后，尤其是在傍晚时分，有不少人来听他讲故事。其他时间人们都在忙正事，我爹就在槐树后面的沟坡上开出一块菜地来，有事没事就在这里侍弄几下。本来这是一块沙坡沙沟，谁也没想到这里是种地的地方，只是沙坡下有一片潮湿，我爹正看中了这一片潮湿，认定这下面肯定有水源。他的腿有点瘸，年轻时在基干连打仗时腿里的一片弹壳一直没取出来。但他有的是时间，一把镢子一把锨，有时是站着，有时是坐着，不停地挖，不停地掏，硬是掏出一泓山泉来。然后，从别的地方往沟坡移土，再把院中积沤的农家肥拽运过来。几年以后，竟长出绿莹莹的蔬菜来，惹得后头街的人都来参观了。

干累了，喝口水，就坐在槐树底下凉快歇脚。对面陡壁顶的赵全武这时就会甩出几声鞭响。一个百岁老人了，鞭响虽不怎么脆亮，但经过大陡壁的回旋，还是韵味深长的。鞭响一过，就有几个人凑过来了，我爹脑子里的那些故事便开始活泛起来。

赵全武去世以后，鞭声没有了，但人们还是按以前鞭响的那个时间段来，好像约好似的。

　　成老汉是这里的常客，他也是最会撩逗我爹讲故事的人。有时，也有住在附近的几个妇女来凑热闹。

　　成老汉是个有油没水的人，用村里人的话说，他是那种拽起来一条放下来一堆的人，说话也是有根没由的，嘴上没个把门的。

　　这天，成老汉见来了一个有点身架有点刁乖的中年女人，就对我爹说："你看看，我们村也有这样漂亮精干的女人，真要被选进宫里，也可能就被太后娘娘指定成贵妃、才人什么的吧？"

　　还没等我爹回应，那中年女人就做出激烈的反击，并抓住成老汉的软肋往死里捏。

　　"你们不要看这成老汉鼻涕涎水都挂不住，真要到了要紧时候是真不含糊，功夫硬着呢。他女人看上去疯疯癫癫的，可长得也够漂亮的，一连生了十个姑娘，姑娘都一个赛一个的精干漂亮，你们说还能没故事？"

　　"你这是逼着赶着让我往河里跳，笑话我是个姥爷眉眼哩。"成老汉只能够仓促应对。

　　"你老婆平时跟人说话前言不搭后语，吱聋道哑的，是不是一睡到被窝里就格外灵泛了？"

　　"可不是吗。有的人做事是越做越糊涂，有的人做事是越做越明白。你是不是很想知道我老婆到底是不是一个疯女人哩？"成老汉与其往后躲还不如直接迎上来，与中年女人对峙起来。

　　"疯女人生下的孩子都聪明伶俐，不应该都是你的遗传吧？"

　　"那倒不是，孩子们除了疯这一点儿没遗传她，其他别的优点都遗传下来了。从这一点儿上说，我还是幸运的。也希望你们家都有一个疯女人。老天都在造平衡，这方面差，另一方面就给你补上了。"

　　"会种庄稼的人讲究节令和技巧，你是不是在这方面也有一些技巧？"

　　"看你这话说的，有点跑偏了。不过，你如果真要有兴趣，改天我单独给你说说。"成老汉把话说到这个份上，就不再往深里谈论了。这中年女人也不是不见棺材不掉泪的角色，把成老汉逼到这个"崖口"，就不能再推一把了。

　　成老汉有自己的官名，但他年轻时额上就长着几道深深的皱纹，看上去面相很老，于是不知是谁给他起了个"老汉"的代号，试着叫了出去，成老汉不表示反对，随后这个代号就叫出去了。上了年纪的人这样叫，小孩子们也这样叫。镇上有以孩子的名义称呼的，如拴柱娘、留蛋娘，也有从小就按乳名唤出来的，如二姑娘、六姑娘、三狗狗、四蛋蛋，一直到七老八十了，还这样叫，而真实的名字大多数人都不知道。成老汉是个特例，从年轻时就叫了这么一个老气的名字，一直叫到老年。开始的时候，比他年龄大的长辈也跟着叫，叫得有点不太顺口，等他的年龄越来越大以后，这个名字才算名副其实了。从这点上看，成老汉算是个逆来顺受的厚道人。

　　成老汉这辈子一心想要一个男孩子，可生一个是女孩，他坚信能生女孩就能生男孩，结果再生一个又是不带把子的。就这样连着生出十个全都是女孩，这才松下一口气，不敢再给自己添罪加苦了。

　　镇上爱管闲事的人对他说："你老婆那田地就没闲着，一茬接一茬的，你也真够勤劳的，不怕累坏？"

　　成老汉回应："添人添筷子，反正死猪跌到臭水坑，就那样了，怎样也是个过活。"

　　"你这是好活一阵子，受苦一辈子，以后有要你好看的时候哩。"

　　"都是些赔钱货，想要个男孩，可千亩地里一苗谷，真寻不来。"

　　成老汉的老婆是个疯婆子，只管生，不管养，孩子们在家里吃不成个吃样，穿不成个穿样，饥一顿饱一顿的，谁手快嘴快谁就多吃一点儿，谁不争不抢谁就饿肚子。大的抱着小的，高的引着低的，一出门就是一群，吵吵闹闹，吱吱哇哇，脸上是鼻涕涎水，身上褴褴褛褛。衣服穿得也是长长短短的，还露胳膊露腿的，常常是谁穿了谁的衣服也不知道。冬天的衣服夏天也穿，夏天的衣服眼看着上冻了还没脱下身。晚上睡觉炕上就一张被子，一个长枕，头挨头，身挨身，从左到右，一盖到底，一枕到底。晚上有一个人尿急起身，满炕人都得着凉。姊妹十个的鞋横七竖八地扔了一地，有时炕前的炉围上也扔着一只两只的。早上起来倒尿，满满一铁盆，得老大老二端平稳往外抬，稍不注意就洒一身。

拾柴寻炭，生火做饭，刷锅洗碗，缝补替换，都是孩子们自己的事。踩着凳子和面，捏着鼻涕喝水，老大指挥着老二老三老四，只要能插上手的，凑合能干的，分配了角色都动手。哪个不听话耍赖发懒，脸上甩一巴掌，泪滴还没干，就得赶紧去做。经常有闹嚷争斗的事情发生，经常有鼻青脸肿的姊妹。填到肚子里的就算饭，穿在身上的就算衣。谁饿谁饱，谁冷谁热，说也是白说，没人替你补充，也没人给你加穿。伤风感冒自己扛着，过几天就好了。

疯娘四处闲逛，有时唱歌，曲不成调；有时碎嘴，说得不知所云。遇到有饭就和孩子们抢着吃，抢不到就在水缸里舀一瓢凉水喝进肚里，或夹一筷子酸菜，用水泡着喝进肚子里，就算一顿饭。成老汉整天在队里劳动，能加班的力争加班，比如看场，比如连夜入库，为了多挣些工分，紧干慢干，每年还是缺粮户。对家里的事，成老汉管不了多少，也没时间管。反正虱子多了不咬人，咬得多了，浑身都麻木了。再要有点时间，成老汉就转悠到这棵老槐树下，凑凑热闹，听着，说着，家里的烦心事也就不再多考虑了，过一天算一天。

穷人的孩子早当家。成老汉的孩子们渐渐长开了身子，像一窝燕子似的，隔几天飞出一个，一个比一个漂亮，一个比一个精干。不仅身材眉眼长得匀称周正，而且学习也好。不管是在小学还是在中学，穿着补丁衣服走上领奖台的，肯定是成老汉的孩子。成老汉的疯老婆特别爱见这些领回来的奖状，家里的墙上都贴着奖状，一排一排的，贴得很整齐。

孩子们渐渐长大以后，都知道家里没钱，便学会了自力更生，一到周末，就拿着镰刀、镢头出门了，刨药材根割野草，卖到镇街上的供销社，至少能保证自己一个学期几块钱的学费书费，有时还能买双凉鞋、球鞋什么的。院子里用捡来的砖垒成兔窝，用草喂，等一只一只长大了，就卖给那些收兔子的人，也是一笔不少的收入。

大孩子上到初中时，成老汉要生男孩子的计划还在不停地进行。镇上那些嘴长的女人们就生出一些寡话，说这成老汉面对一炕睡着的孩子，有些大点的孩子比疯婆子的个头也矮不了多少，他怎么能去找老婆办那事呢？这话一提，还真有人开始想当然地猜测。不管人们怎么说，到年头岁尾，大孩子的手中就又牵出一个小孩子。

雨后的庄稼风后的草，孩子们说长就长，有苗就不愁穗，等孩子们长到懂得用发卡盘头、扎辫子，用红布缝制好内裤穿的年龄，家里就开始有雪花膏的气味了。刚到十七八岁，大姑娘就被在村子里架高压线的小伙子看上了，几次见面之后，就发展到非她不娶的势头。大姑娘一手利索的针线活，加上有文化的谈吐，以及看一眼就让人魂牵梦萦的模样，不得不让小伙子深深迷恋。结果，男方给出一笔不菲的彩礼。小伙子见人就说，即便是给金砖银瓦也值得。

成老汉家姑娘们的名字都以"凤"字排列，凤梅、凤兰、凤竹、凤菊……成老汉家生第一个孩子时，正好我爹从县城公路站回到村里休假，他找到我爹让给孩子起名字。我爹见生的是一个女孩，就想起梅、兰、竹、菊这"四君子"。又估计以后肯定会生男孩子，便以"建"字扎根，提出四个字，是"雄、壮、威、武"，即以后若生出男孩就叫建雄、建壮、建伟、建武。八个字先备在那儿，就等成老汉的炕头计划了。我爹跟成老汉说：你老婆有点疯症，去掉病字旁，拔灾拔难，再加一横是个凤字，孩子们不能遗传这个疯，一定得去掉病头。凤是丽鸟，男才女貌，女人的漂亮是资本。而建是建设、新建、重建的意思，希望生出的男孩都英武壮实，能撑起你家的门面。可后面的结果谁也没想到，十个女孩的连续出生，打乱了预设的计划，男孩子的名字没派上用场，女孩子的名字却不够用。成老汉没再找我爹，随便以娥、莲、花、英这些偏女性的字眼续上了。第九个女孩子生出来时，成老汉有点心烦，就用了一个全字，心想，女孩子就到此为止吧，全了。自己也准备"偃旗息鼓"了。过了两年，成老汉还是觉得没个男孩子不行，再一次努力，他找了村里有点经验的人寻求生男孩的诀窍，结果又一个女孩子出生了。这一次，他只好彻底败下阵来，确认自己这辈子就是当姥爷的命了。这"十"全"九"不全，孩子除了性别，长得却很有样子，真正是"十全十美"了，第十个孩子用了一个"美"字，祈愿每一个女孩子都美。

凤梅还没嫁出去，凤兰的媒人已登门了。有了老大的礼谱，老二顺着来即可，这没什么好商量的。

人们突然注意到，成老汉的家开始有变化了。先是原先的房屋翻新重修，再是家里有了现代化的电器设备了。地里的活、家里的活，都有男劳力来干了，大女婿、二女婿、三女婿都是强壮劳力，相互之间甚至有了比赛的意味，都生怕为这个家出力少了。疯婆子也隔三岔五地从镇街上往回买肉打酒的。成老汉出门一声唱，唱的是戏文，戏词听不清楚，但戏谱差不离。

成老汉的家里，差不多就是一个小社会，工、农、商、学、兵，省、市、县、乡、村，各种行业，各种角色都有。女婿们聚在一起，谈政治的、说商业的、议战争的、讲教学的，有三言两语不爱多说的，有长篇大论喜欢演讲的，成老汉在家里的时间也多起来，他手上做着点事情，耳朵里却听了不少外面的新闻。再去后头街槐树下与人们聊天时，他也能一知半解地讲出不少趣闻轶事，精气神也提升了不少。

渐渐地，几个姑娘有随军的有外出就职的，都跟着女婿走了。只有逢年过节，才回来走一趟。

32

成凤菊是十个姊妹中性格最外向的一个，从小在家里属她最能吵闹，却也吃苦最多，她是见人就有话，见事就想说。老大凤梅是个闷葫芦，在家里却是个当家做主的人，平时动手多于动嘴，话虽不多，却是说了就要执行，老二老三都怕她。她安排什么，吩咐什么，跟着干就是了，做好做错不管。老四脑后长着反骨，父母说过的话，像放屁一样，不听。但在老大这里不行，两人一说话就对上茬口了。凤梅长一双丹凤眼，两条眉毛像燕尾，加上苹果型的脸庞和绵厚的嘴唇，一笑，花似的，迷人。但生在成老汉这种家庭里，又是老大，她多半是不苟言笑。眉一立，眼里就露出凶光，连嘴角都含着杀气。一不注意，巴掌就甩出去了。老四凤菊是挨打最多的一个。不打勤的，不打懒的，专打不长眼的。老大凤梅往往下手很重，凤菊红润润的脸上留着五个手指印，可她不服软。她咬着牙，握着拳，面上不敢对抗，心里不服。非要被迫去完成大姐安排的事，她则能敷衍就敷衍，从不上心，少不了就又要遭到大姐的训骂和惩戒。自己喜欢做的事，比如喂兔割草之类，干得起劲，成就也最大。自己的学费书费早就备在那儿了。姊妹几个里，她第一个穿上了从街上买来的塑料凉鞋或球鞋什么的，人前人后地夸晒。

凤菊嗓门好，一出门就唱上了，一首一首的，都是流行歌曲，一直唱到学校的教室门前，才肯打住。头上扎着短辫子，一根皮筋就了事，简单、明快、有朝气，走几步跳一下，唱一声摆一下，头和发辫翘翘的，有点鹤立鸡群的意思。外人看上去，像她娘一样，有点疯相。她却不管不顾，只是自己乐呵着。学校宣传队里她是年龄最小的一个，却常有她的独唱演出。

嗓子一亮，震破天。连音乐老师都说，这女声放在县城的马号舞台上，都没几个人能超过她。

果然，初中快毕业时，她的歌声就唱到了县城的马号台子上。县文化馆玻璃橱窗里，都有了她独唱的特写照片。

古镇宣传队有个叫胡师的人，是总导演。那些年，到县上参演节目，提倡自编自演，胡师最擅长编创，一个简单的底本，一段普通的唱词，一到他手里，编着曲子唱，变着花样导，出彩，出戏。同样的节目他导出来的，比别的演出单位要好得多，观众和评委都买账。

导演很稀缺，好导演就更吃香。古镇宣传队每年在县上都有获奖节目。胡师一亮相，别的宣传队的演员都眼馋。没有好导演，再有演出细胞的人，一样演不出生动与精彩。冬闲时是宣传队排练最忙的时候，一过年，一整个正月，县上的会演就开始了。学校宣传队很少外出演出，但几位音乐教师都爱追求严谨和档次，不愿粗制滥造。一台节目得有几个压轴的，实在下不了手的就去邀请胡师，至少能给个思路。约了几次都没顾上来，最后还是校长出面，并且带了胡师的孩子一同去约，才勉强请来了。

　　胡师在无意中发现了成凤菊，他当即表示，想把她安排到古镇宣传队试试。校长很高兴，当场就答应下来。真要能成，就算是本校培养出的人才，更为重要的是，要再请胡师来帮忙，就有底牌了。

　　一台节目要有各个元素组成，结构上要合理。舞蹈、表演唱、合奏、弹唱、相声、快板、小戏剧，这些群体参与的节目要有，要的是导演的水平。但独唱独奏独舞这些个性节目也得有，哪一方面也不能太弱，整体实力不能被人小瞧。镇上的宣传队有一个独唱演员，放在本镇演，没问题，但要站在县城的马号舞台上，只能说还可以，形不成震慑力、穿透力，压不住评委的视听。这样，成凤菊就被临时借来做独唱演员。虽然还只是个中学生，但一化妆谁也看不出来。曲目选定后，胡师给她讲"戏"，讲歌曲的创作背景，讲主题思想，讲演唱风格，连词曲作者都要讲到。声音是一种形，感情是一种神，把神赋给形，从形上出神，声音有了磁性与弹力，声音就愈发圆润饱满，可延伸出声音后面的故事与情感。霸道的声音占据着空间，声音里的情感再在空间里弥漫、浸透，声音就不仅仅是声音，而是有韵律的美感了。

　　乐队跟着导演与演员一遍又一遍地训练，时好时差，不稳定。导演就在出问题的唱句上反复讲反复练，练到最后，导演还不是十分满意，差点就要放弃了。胡师悄悄对队长说："毕竟年龄太小，入不到词意里。"队长点了点头，表示同意。

　　到正月里，眼看着轮到古镇宣传队进城演出了，独唱这一块还是一个未定节目。临走时，队长突然对胡师说："带上她吧，是成是败试试吧。"

胡师犹犹豫豫地同意了。

正式演出时，旧有的独唱演员仍旧是主角。这个节目不扣分，就算达到队长和导演的目的了。

另一个节目是联唱，其中有一段是成凤菊的独唱，算是给她一个初出茅庐的机会。演出的总体效果还是不错的。

演出结束后，一号评委见到胡师，说："你这演唱队伍里，真是后山里有炭——了不得。"还特意打听成凤菊。

胡师回到队里跟队长说："咱们还是决策错了，该让成凤菊担任独唱一角。"队长马上承认，同样的话，也有几个评委和他说过。

没几天，县剧团的领导来到仁义古镇，找到胡师和队长，说想见见这个成凤菊。

经过试唱，剧团的领导就有了想带走成凤菊的意思。

征求她爹成老汉的意见，成老汉说没问题，走吧。再征求几个姐姐的意见，都说同意。

最后，成凤菊还是没走成，最直白的说法是年龄有点大了。

没走了也好，初中毕业的第二年，成凤菊就成了古镇宣传队正儿八经的独唱演员。

成凤菊个头不高，身材略微发胖，脸蛋圆圆的，皮肤发着光，嘴里一发声，百灵鸟似的，既饱满又清纯，两只大眼一闪，脉脉含情。她没学过曲谱，可有不少歌曲她只要听一遍，基本就能唱下来。除了宣传队，其他一些音乐活动也时不时地有人请她，比如红白事雇的那些自乐班，一见凤菊在场，提议她即兴来一首，她也不推迟，嗓子正痒着呢，一唱，就有掌声，哪能一首了事。公社大队的一些表彰会选举会什么的，也请她清唱一曲。有时在大队播音室，打开扩音器，由两三件乐器伴奏，搞现场直播。她生来就是那种天不怕地不怕的性格，不管什么场合，只要有人敢请，她就敢唱。

33

鸟飞得再高，得有巢；树长得再茂，得有根。这是我爹在槐树底下发出的一句感慨。说完，特意看了成老汉一眼。成老汉觉得这话有含意，就问我爹这话的指向是什么。我爹对他说：你看我菜地里那黄瓜那西红柿，长得好不好？好吧。但没有那长棍搭起的架子，它们怎么长？成老汉像木头似的不知所云。最后，我爹直接把话挑明了：帽子戴得再厚，头上有秃也是病。嗓门就是能把星星唱下来，没有曲谱支撑也和鸟鸣鸡叫差不多。

这下，成老汉听懂我爹的话了。

接着，这话也传达给成凤菊了。

成凤菊像一个久睡的孩子突然省悟了似的，要想在唱歌上再上一个台阶，就必须学会识谱。

成凤菊听胡师说，住在西圪塔的段瑞智年轻的时候曾在太原做过音乐教师，在曲谱理论上是一个非常厉害的人。成凤菊就想跟这镇上老乐师学学识谱。

段瑞智住在镇上最西边的西圪塔，几处肩臂相连、树瓦相掺的深宅大院，看上去茂盛高峻，规制谨严，据说这是郝家几个弟兄经过数年修成的。郝家人崇尚儒学，遵守礼制，代代都有文儒贤士产生。就是经商务农的，也都是儒商智农，举手就拨算盘珠子，开口就是子曰理说。

段瑞智寄居在一孔偏窑洞里，与文弱小巧的老伴相依为命。

镇上的老人们说，段瑞智早年曾是省城大学堂里的教书先生，对古韵古律谙熟于心。

成凤菊找到段瑞智时，他正在打扫院外一条狭长的巷道。

段瑞智对巷道走过的鸡猫狗猪都十分谦卑，对成凤菊的到访更是笑脸相迎。

大门门楣上刻有"拱极"两字，成凤菊问这是什么意思。段瑞智笑着接过话头，低声细语道：凡事可追求极致，但不能登峰造极。进门一堵照壁墙，又有竖排的四行字，上书：

> 泰山乔岳以立身
>
> 明镜止水以居心
>
> 青天白日以应事
>
> 光风霁月以待人

照壁背面是"宾寅"两字。三进门两侧的转墙内壁分别是碎冰状砖雕。院门两侧的墙壁用砖嵌成龟背图。正院左右厢房一题"九思"，一题"百忍"，正面五孔窑洞门楣窗顶都有木雕的各种忠孝节义图案。

在正窑与厢房相隔之间，是段瑞智的偏窑。

坐定以后，成凤菊说："段老前辈，我想跟你学学曲谱。"

段瑞智顺口说："你身后肯定有高人指点迷津。"

成凤菊说："是我爹的意思。"

段瑞智说："也是，也是。"

段瑞智老婆，长一双"三寸金莲"，却勤快热情，马上给成凤菊端来一碗蜂蜜水。

段瑞智每天随生产队出工，常常是一回家，天色就黑下来了。老婆听着熟悉的脚步，迎出门来，手里拿着小扫帚与掸子，衣帽鞋袜除尘裰垢之后，再给男人掀起门帘。进到屋里，暖热的饭菜已备在炕头的小桌上。屋子虽小，却不留一丝尘埃，窗明几净。原先在镇街上的住宅，都腾给了两个结婚成家的儿子。住地是偏了些，但来找他办事的人隔三岔五就有。嫁娶择日，墓穴选地，建房动工，搬家庆典等，镇上的人趁早遇晚常有留足。来者不管贫富贵贱，老两口一律笑迎喜送，从不怠慢。来人拿酒置烟，提蛋送瓜，算作劳酬回报。就是白手求救，空话酬谢，他俩也从不计较。这老两口彻底悟透了人生，乡下人的说法是知书达理。你帮助人，给人办一些要紧关头的事，是别人在求你，人在急用人的时候难免低三下四，但并不意味着他比你低下。把事情做好了，别人想感谢你，拿些连自己都不曾享用的礼物酬谢，是真心实意的，你要坚决拒绝，他心里不舒服也不高兴。但也有事情一过，就不把你当回事，说一些空头感谢的话，这也没什么，你也不是缺那样一点儿东西，至少他还有口头上的感恩，自己心里不亏欠，反倒是有一种安逸。也确实有拿不出什么像样东西的人，嘴上说着，心里也惦着，有朝一日，只要有机会，他还会报答的。段瑞智以帮人为乐，做事只想着往妥当合适上做，并不是为着得到多少而做事的。宁可人负我，我不负人，这是老两口的共识。你能给人办事，证明你的活着是有价值的，价值不是能用礼物来称量的，亏欠人情有时比亏欠钱物更闹心。

对成凤菊的教学，段瑞智像对一个班级的学生讲课一样，认真备课，细心传教，先从节奏开始，再练音准，然后向曲谱过渡。

教了一段时间，段瑞智突然对成凤菊说："你明天不要来了，我这里有事，不能再教你了。"

果真，段瑞智"有事"了。他被那些"破四旧"的红卫兵小将们五花大绑地押上批斗舞台。他的那些"罪恶"，被一桩一桩一件一件地揭露出来，他立马成为了要对无产阶级和贫下中农"反攻倒算"的阶级敌人。那些从前找他办过"阳事"或"阴事"的人，竟然有不少上台揭批他。任何事情都有正反两面，一个角度说是功绩，另一个角度就是罪过。因为他做了不少事，所以罪状也就越来越多。关键时刻，那此起彼伏的口号声中，又引来不少的唾沫星子。

成凤菊嗓门高，又是"中毒"最深的人，大队干部找她去喊口号，不去就是与革命为敌。威逼之下，成凤菊不敢不应承。哪想到，成老汉一个巴掌打过来，把这个还没过河就要拆桥的四姑娘打得鼻青脸肿。他对大队干部说，一个姑娘家家的，以后还要找婆家，站在台上咋咋呼呼地喊口号，不怎么合适。你们非要在我家找这样一个角色，我去吧。大队干部见他这样软抵抗，也没啥办法，对他揶揄道：一个快成棺材瓢子的人了，还喊甚的口号哩？说完，就转身走了。

以后，段瑞智就成了一个被批斗的活靶子，大队批了公社批，有时也"借"到外村批。到了批斗高潮时，还给他坐"土飞机"。

"土飞机"是镇上人的一种叫法。把被批斗的人挪到一个高凳上，一阵激烈的口号声喊过之后，台上台下的人情绪被调动到义愤填膺。这时，在台上一侧主持会议的人就快步走到凳子前，飞起一脚，把凳子踢倒，人从高处摔落下来，就可能造成骨头折断或脸鼻出血，看上去十分狼狈。

这种事发生过两次以后，有一个人就跳上舞台，他告诉主持人，这种惩罚能让人毙命，不允许再这样胡闹了。这个人就是韩如民。

主持人虽然有点恼火，但面对韩如民，也只能咋呼几句。

"你是不是想当阶级敌人的孝子贤孙，是不是想反攻倒算，颠覆无产阶级的革命政权？"

韩如民瞪起三角眼，回应："这可是你说我是阶级敌人的孝子贤孙，我不是想颠覆无产阶级革命政权，而是不想让一个给人们办过事的人被你活活折腾死。你要批斗我，最好现在就开始。"

说着，韩如民就逼近主持人。

韩如民是一个根正苗红的人，主持人也不敢再在他身上纠缠下去。

看着青筋暴突、满脸杀气的韩如民，主持人怕下一幕就是自己的狼狈下场，不再与韩如民较劲了。

再以后，批斗就再没有"坐土飞机"这一项了。有几次，韩如民跟着段瑞智到了批斗现场，亲自看看这"土飞机"还坐不坐了。

34

赵德豹与赵能民是拳班的师兄弟，除了去老爷庙学拳练武之外，更多的时间浸泡到了音乐里。他的家里备着各种乐器，管乐类的笛子、唢呐、笙箫，弦乐类的二胡、板胡、琵琶等，他都能来两下。乐器一到他手中，就能服服帖帖地发出悠扬动听的声音。

自从段瑞智被人批斗以后，成凤菊再不敢到西圪塔学曲谱了，但她对音乐的痴迷一直没有退减。一天，她被一阵笛音吸引，便循着笛音蹑手蹑脚来到了赵德豹的住处。

成凤菊试探着推开赵德豹的家门，一眼就看到几个大队宣传队里的乐手。原来，他们都是这里的常客。从交谈中，成凤菊知道，赵德豹是他们几个的小老师。虽然赵德豹没有参加宣传队里的演奏，但大家都服气他，所以成凤菊对他并不陌生，而且也见过几面，只是没有面对面接触过。成凤菊一露面，几个乐手都有些惊喜，纷纷上前与她寒暄。

赵德豹没有表示出热情，也不冷淡，远远地打了个招呼。

赵德豹又吹了一段曲子，把笛子放下来，开始给几位乐手讲单吐、双吐和三吐。讲一讲，再吹一吹，边示范边讲解。顿挫急促的笛音，被他随心所欲地抚弄出来。

讲完一个段落，赵德豹才对成凤菊说："怎么样，歌唱家？来一段？"

成凤菊并不推辞，说："行，来一段。"

几个乐手分别找到自己擅长的乐器，由赵德豹手上的笛子定调，校好弦音。接着，笛子引出序曲，大家按音节跟了上去。成凤菊的嗓音准确地进入曲谱。

成凤菊感觉到，赵德豹的笛子，时而在低音处推拥着她，时而又在高音处敲击着她，笛子裹挟着她的嗓音，入坯入轨，不断线不抢拍，就像一只雏燕飞到空中一样，遇到追击知道发力振翅，遇到风头知道停顿避让。

接下来，唱第二首歌曲。笛子引出一段节奏感分明的过门，在其他乐器跟附之后，赵德豹放下笛子，顺手取一根筷子作指挥棒，上下挥动起来。整个乐曲随着筷子的节奏，合力推进，章法分明。

成凤菊真正接受了一次音乐的洗礼。

之后，成凤菊就成了这个音乐小屋的常客。她的歌声一进入赵德豹指挥的乐队里，就有一种被规范被控制被抚摸的感觉，使歌声也有了韵味和弹力。赵德豹确实有音乐天赋，广播上最先流行的歌曲一唱出来，他就能凭着记忆准确记谱。成凤菊在赵德豹唱谱的过程中，也有了潜移默化的独特听力，然后，在赵德豹面前，她居然能完整地唱下来。再与乐队一合，那种玄妙美好真是难以言表。

成凤菊的歌唱技巧明显有了提升，再是人多的场合她也敢高歌一曲，再正规的演出，她也敢展示歌喉。这就像是晚秋田地里熟透的豆子又经过磨制成粉漏淋压实而成的豆腐，摆到再怎么典雅或庸俗的宴桌上，都是一道值得品尝的佳肴。一段时期，成凤菊连走路吃饭都带着节奏。赵德豹成为她每日必见的偶像了。那厚厚的嘴唇发出磁性十足的男中音，那灵动深情的双眼一眨一闪都有音乐的旋律。一搭腿，脚步就自动有一种牵引，赵德豹那间小屋有一种魔力，她鬼使神差地就来了。有时，人走到小屋外了，才觉得来得不是时候，只好一个人站在门外痴痴地呆站一会儿，再悄悄转身走掉。

她，爱上赵德豹了。

35

赵德豹听到三官楼底的长嘴妇人们说郝美仙的腰粗了，有喜了，心里先是一惊，生出一股无名的烦恼，随后他就想找到郝美仙，想验证一下。

正好郝美仙这天来到小屋，不用细问，一看，那身子确实是粗了，连走路挪动都带了笨重。

郝美仙先抢住话头，说："你不用担心，这肚里的孩子不是你的。"

赵德豹心里清楚，那个钉蹄的王师虽然买下了一处院子，也把郝美仙唤回去了，但一直不恋家，对郝美仙也没有真正挂在心上。经常在外面喝得是头昏脑热的，一回家连衣服也不脱就睡了，整个一夜，鼾声不断，连家里跳柜奔灶的老鼠都被他搅得东躲西逃的。赵德豹正犹疑着，郝美仙说话了。

"人都说，好花不常开，好景不长在，我也有一把年纪了，也该在这方面考虑一下了。咱们这样下去也不是个常法。你也该成个家留个后了。

凭你的本事和魅力，不愁找一个好女人，以后我就不再来了。你确实也不小了，不是玩家家的时候了。"

郝美仙说完话就转身走了。赵德豹一下有点失落，心里空落落的。

郝美仙刚走了不长时间，成凤菊就一阵风似的跨进门来。

成凤菊一进门，就从身后搂住了赵德豹。

赵德豹是近三十岁的人了，而成凤菊刚二十出头，这个差距，曾经让她犹豫过。在几个夜梦里，她似睡似醒地翻起情感的波浪。台上台下，有不少相识不相识的小伙子对她有过垂青，胆大的也有语言和行动方面的试探，还有凭着家境厚沉地位显赫托人来说媒的。这些人一个一个走来，又一个一个走去，像排了队似的。目光中，有真诚渴望的，有淫邪带钩的，有胆怯羞涩的，有自恃蛮横的。最后，还是赵德豹的目光灼痛了她。那目光漾在音乐的湖面上，波光粼粼，霞彩浮动，丝绸般柔滑而温暖，春风般清爽而透彻。接着，越来越开阔，越来越炽热，直到把她整个人搅得热血沸腾。

成凤菊不是那种拿捏拘谨的人，想好的事不拖沓。再见到赵德豹时，还没等他说曲谱的事，猛然就从后边抱住了腰身。赵德豹猝不及防，躲也不是，迎也不是，三下两下，他就被成凤菊俘虏了。成凤菊的臂力很大，箍得他有点喘不上气来。成凤菊的眼波漾着水，像要吸干他的魂。成凤菊的嘴噏合力很强，像要把他的唾液抽完。

赵德豹莫名其妙地受到温柔一击。虽然他曾有所预感，但他不知道会来得这么迅急而热切。他没权利逃避，他没资格拒绝，也没来得及考虑日后的结局。

赵德豹找到赵能民，对一个知己倾诉内心的欣喜与担忧，是一种分解，也是一种协商。赵能民没有这方面的经验，但他告诉赵德豹，让他好好培植和珍视这段感情，也许，这就是赵德豹幸福生活的良好开端。

成凤菊一味单纯地燃烧着自己。她感觉自己被音乐包围了，赵德豹的每一块肌肉都像弹性十足的节拍，每一处温暖都是悦心的旋律。她沉浸在甜蜜而又癫狂的爱意中，这种爱充满音乐的美感。

两人如胶似漆地相依相恋，常常相跟着进进出出。

等成老汉发觉有点不对劲时，四姑娘的"丑事"已经成为人所共知的秘密。

成老汉把成凤菊绑在自家院子的树干上，不给吃也不给喝，训斥她、抽打她，让她不再与外人接触。但趁成老汉休息的时候，疯老婆就去解四姑娘身后的绳子。等成老汉发现后，就想揍一顿老婆解气，疯老婆把脸和身子交给成老汉，让他打。成老汉挥起鞭子举起刀，最终还是下不了手。他心里一直感恩老婆，不能动老婆一根毫毛，这是他早就对自己立下的规矩。几次三番，成凤菊就是不松口，气得成老汉喊天骂娘。

成凤菊只要一溜出家门，就跑到赵德豹那儿了。落定的烂果长死的疮，她的心死活贴住赵德豹了。

没办法，成老汉只能破罐子破摔了。心想，把住彩礼这道关口，不能松口，前面有三个姐姐走下的路，钱不到位，就别想从我这家门娶走人。

36

赵德豹手头没有余钱，与郝美仙的事让赵家颜面大失，赵全武差不多就是被他气死的，现在撑着赵家门梁的赵德龙对他也颇有微词，成凤菊又来了这一番不正规的强攻硬打，无论如何，他再不可能得到家里的支持。他没钱，而且也没计划出去借钱。在这一点儿上，成凤菊很是恼火。哪有又要娶媳妇又一分钱也拿不出来的？成老汉那里这一关也过不去。

两人摆开阵势要谈婚论嫁时，赵德豹对成凤菊说："我没说要娶媳妇呀。我没钱我就不娶媳妇。"

"那咱俩现在这算啥？我的身子你也要了，我的人现在也坐在你家里了，这算啥关系？"成凤菊一脸的无助。

"我想和你结为夫妻，可你爹不让。用钱逼我，我又没钱。就是出去借也借不到你爹要的那个数，还是不能娶你。再说，我以后拿什么还别人的钱？从小到现在，我一个人能过吞糠咽菜缺吃少穿的日子，以后再要过被人逼债要钱见人低一头的生活，我连人品人格也没有了，我还有个什么活头？"

成凤菊见赵德豹这样一副死皮赖脸的样子，一摔门，离开了小屋。

她一个人回到家里，找了一块长布，把自己的肚子死死地裹紧。她感觉，她与赵德豹的几次越规偷情，可能已经有了他的种子。她听说，用这种土办法能把自己肚子里的小生命勒死。她一边流着泪，一边缠着布条。这时，她的脑海里翻波卷浪的，姊妹中，平时在一起生活，都是你狠我凶的，相互同情相互安抚的时候很少。她要是有个哥哥多好，在家里她连个倾诉的对象都没有，连个帮她出主意想办法的人都没有。有个哥哥，至少对赵德豹是种威慑，或者有个弟弟也行。敲锣说散话的人不缺，真正立杆子定风向的人没有。肉多骨头少的家，外人凡事先小看你一眼。

这时，她的疯娘出现在眼前。她也不避讳，不管不顾地做自己的事。她没想到，疯娘蹲下身子帮她一起缠起来。缠完后，她一下扑在疯娘的怀里，痛哭起来。疯娘紧紧抱着她，用手抚摸着她的头。

突然，她隐隐听到，有人在敲院门。

成凤菊的家，主要的生活区是一大间一明两暗的大厢房，门在中间，紧临街道，进家门往左又有一扇小门，门内就是一大家子人居住的地方，屋里盘着大炕，炕墙上嵌着大窗户，窗玻璃外就是大街。炕头是炉灶。右厢房黑咕隆咚的，堆放着农具家什。大厢房往里才是院子，院子里建着一排面积不大的小房子。院门在收秋打夏或有柴炭之类的大件要进院时才开，平时都从里边插着门闩。

现在，成凤菊和疯娘就在院子的一间小房子里。敲门声不轻不重的。成凤菊心里有点紧张，她第一个想到的是赵德豹，接着想到的是成老汉，不管是谁，成凤菊此刻都不愿见到。

疯娘把门闩拉开，进来的人出乎意料，是大队书记郝大个。

郝大个披着一件外衣，不急不慌地问疯婆娘："你家四姑娘在不在？

县剧团团长想请她去唱歌。"

成凤菊一步跳出房门，奔到郝大个跟前，说："叔叔，我在这里呢。"

郝大个说："你换件衣服，来大队找我，今天大戏开场前，县剧团团长特邀你高歌一曲。"

成凤菊这才想起，每年十月初一古镇大会连办三天，被邀请前来演出的县晋剧团要唱三天三夜大戏，今天是第一天。

37

县剧团的团长，就是几年前来大队宣传队差一点儿要带走成凤菊的那个人，从副团长升上来的。他们那一批招进剧团的人有不少都成名角了，他还是一个配角。但他在县剧团里是一个举足轻重的人，县剧团曾在省城太原连续演过一个月的戏，这个剧场演罢就又被邀请到另一个剧场。仅一出《三关排宴》就演出不下二十场，省报一角天天都登有广告信息，买票观看的省城戏迷们，被这个来自最基层的剧团的演员们扎扎实实的唱念做打深深折服了。这功劳至少有一半是他的。他们那一批中他是第一个被提拔到副团长位置上的，专业水平一般，办事能力却异常突出。

正午十一点，团长在锣鼓镲铙与管弦器乐的欢快演奏中登场，戏园里嘈杂喧闹的声音渐渐安静下来。

"亲爱的观众朋友们，咱们又见面了，欢迎大家对我们演出工作的一贯支持和捧场。"说完，他向台下做大幅度弯身的鞠躬。

台下爆发出热烈的掌声。

"新媳妇熬成婆的，小伙子变成爹的，抱孙子抱成寿星的，捉铅笔改成捉钞票的，小姑娘出落成大美女的，大家好。谁也知道，我们县剧团都不是吃干饭的。今天，大家想见的十四红、满堂彩、唱破天等都来了，肯定让戏迷们过足戏瘾。不过，现在第一个亮相的这个人，你们可能都认识，应该说，她也算我们剧团的一员。三年前我就招录她了，可惜因各种原因，没去成剧团，但她已经是县城马号大剧场里人所共知的歌唱家了。

纸里包不住火，现在我们请她为大家高歌一曲。欢迎！"

掌声中，成凤菊登场。

一曲《绣金匾》，霸气回荡全场。预热暖场的气氛被一阵又一阵的掌声喝彩声点燃。

成凤菊在观众依依不舍的目光中退回幕后。

一阵柔和轻快的弦乐响起，大戏拉开帷幕。

成凤菊坐在舞台一侧，一边唱着茶水，一边和团长闲聊。剧务和导演在后台不停地忙活着。各个演员纷纷穿行头拿器械，准备出演。

透过台侧的空隙，成凤菊可以看到台下观众的表情。

舞台正面的一大片场地是坐着凳子的人，左右两边和后边是站着的人，形成一个簸箕状。戏园在封闭的公社院里，两边和后边窑背院的花栏后也站满了看戏的人。

下院右侧站着的人群有些拥挤，有些人发出被挤痛的喊声。再一细看，有几个人专门在人群中制造混乱，负责治安的人不断地发出训斥声。

突然，成凤菊发现，赵德豹就站在右侧离舞台不远的地方。赵能民站在最外层，正盯着那几个制造拥挤的青年。成凤菊知道，这几个留着长头发穿着牛仔裤的青年人是从南山矿来的小混混。

大戏正式开演后，成凤菊向忙前忙后的团长道别，从旁侧一扇小门下台。几级台阶的下面，站着向她招手的赵德豹。

她快要走下最后一级台阶时，眼看着就要拉住赵德豹的手了，突然，赵德豹被人猛推了一下，冲撞到一边，她的面前站着两个长发青年，都向她伸出接应的双手。成凤菊赶忙退回上一级台阶。其中一个青年跳上一步，强拉住成凤菊的胳膊，一把把她拽了下来，直往自己怀里搂。这时，赵德豹就在身边，成凤菊想，赵德豹不可能对她视而不管。

这两个混混很快就被人用力拨在两边。成凤菊定神一看，不是赵德豹，赵德豹非但没靠前救她，反而躲到了两三米以外的地方，静观事变。救她的人是赵能民。赵能民两手从人缝中插进来，双肘一发力，两个青年人就被甩在后面了。等两个混混爬起来再想与赵能民理论时，其中一个人的腋下已挨了赵能民一掌；另一个，被及时赶到的韩如民扭摁到地下。其他几个同行的混混见遇上了硬茬子，也不敢再造次了。

整个过程，赵德豹就是一个看客。

回到家里，成凤菊悲痛得泣不成声。一个七尺男儿，见到自己的心爱之人遇上危险，不是挺身而出拼死相救而是充当看客，这让她心痛难忍。这种就是连猫猫狗狗都懂得的感情，你赵德豹怎么就没有呢？挑明挑亮，我怎么就挑上赵德豹这样一个漏油灯盏。没有钱，成凤菊也有过一丝与赵德豹悄悄私奔的想法。现在看来，跟上这种不担当不负责的人，一旦遇上一些难事坏事，自己就遭殃了。

成凤菊的心，彻底凉了。

38

我爹割了一把鲜嫩嫩的韭菜，又掐了一撮香菜，坐在槐树底下乘凉。成老汉急匆匆地赶过来，凑在我爹身旁，用胳膊肘捅了一下我爹，说："四姑娘做下傻事了，咋办？"

我爹不让成老汉再往下说，问他："你缺钱不？"

成老汉回答："三个姑娘嫁出去以后，女婿们都有眉有眼的，要说也算熬出来了。不能说不缺钱，但三个女儿都还是有良心的，对我这个穷家帮衬不小。"

"啥也不要说了，回家准备嫁四姑娘凤菊吧。"

"这赵嗯嗯，三扁担打不出一个响屁来，与这种人结亲，是八辈子倒了霉了。父子俩连个彩礼钱都不想给。从鞋帮大养到门扇高，不要说穿衣吃饭，就是买盐倒醋的钱也得我花吧，我容易吗？就这样让他赵家白逮个便宜？不行，我得逼逼他。"

我爹颤了颤手中的韭菜，说："这韭菜割一茬鲜一茬，不割就老得不好吃了。割下来，鲜嫩鲜嫩的，再鲜也得赶紧吃，放上两天就不好了，不仅不鲜了，还有臭味呢。还有这香菜，老远就能闻见香，放在饭里合味顺口。你越早吃，越有味道，你不想吃也可以，等着烂吧。"接着，又说，"孩子的事，你和凤菊一口咬定，就是他赵能民的，不改口。听我的，回去顺顺利利嫁女，说不定这是一桩最令你合心的婚姻哩。硬要逼也可以，就怕你逼不出赵家半个子儿来，倒逼你姑娘生出一些什么事。你的事你做主，我只能给说到这里。"

成老汉一脸疑惑，定定地望着我爹。我爹推了一把成老汉，说："回去吧，高高兴兴嫁女。"

成老汉头一歪，走了。

成老汉的影子还没完全消失，赵嗯嗯已坐在我爹身后。

赵嗯嗯与成老汉不对眼，皮毛不合。成老汉在场的时候，赵嗯嗯就躲开了。赵嗯嗯坐在槐树底下，成老汉老远看见就再不往跟前走了，看一眼都嫌晦气。

老天不公平，成老汉想要个儿子，可生出来的都是丫头片子，而赵嗯嗯一连生了四个儿子，做梦都想要个姑娘，第五个从娘胎里跌到炕面上，还是个带把子的。赵嗯嗯比成老汉聪明的一点儿是，不再生了，五个儿子从挖屎弄尿到裁衣做鞋，从捉鸟逮狗到揭瓦掏蛇，整天搅得四邻不安。家里的粮食根本不够这群饿狼吃，隔几天就得套上牲口磨面，有时顾不上吃新面，眼看着瓦罐见底了，煮一锅玉茭或红薯吃，照样吃得一个不剩。五个饿狼一样的儿子，一个比一个能吃，一个二号锅，蒸上几笼窝窝头，一下笼，连酸菜咸菜都还没来得及调，每个人三个五个早进肚了。半大的小子吃穷老子。多亏赵嗯嗯祖上传下来的一门绝活，不时地也有一些额外的添补。这样，总算把五个孩子养活到有门扇高了。可接下来的问题更严重，每个孩子都面临着结婚，房子要准备，彩礼要准备，花钱的地方太多了。

赵嗯嗯祖传的绝活是制作银器。心灵手巧的赵嗯嗯，在这行当上很出巧，能根据不同时期的不同时尚，做一些更细密更玲珑的物件。凭着银匠手艺，世代家族，一直过着殷实的生活。镇上的人说，这小锤子一响，黄金万两，他吃的就是这一口。从小，他就熏陶着自己的孩子们，想让他们把这项绝活承继下去。常说的话是：灾年困不住手艺人。别人有不少想跟着他学，他明确答复：传内不传外，祖上规矩。

老大赵能民，对银器这一行死活不待见，听见这敲敲打打的声音都嫌烦。从小就不愿多在家里待，却对耍枪弄棒的事特别喜爱，整天跟上那些拳师们研究擒拿格斗。老二赵能智没有辜负赵嗯嗯的一腔热情，觉得那一块银子在爹手中七敲八砸的，不长时间就能打制成精美的饰品，很有意思。镇上那些贵妇人一看到自己合心思的饰物，从兜里往外掏钱的动作也不吝啬，这更让赵能智心动不已。

除了赵能智，老三老四老五对银器这一行，也都想学学，用他爹的话说，学会这一行，保证以后吃穿不愁。赵嗯嗯教自己的孩子技术，十分用心。最早上道的是老二，没几年已经能独当一面了。

接着，有媒婆登门了。媒婆对赵嗯嗯说：至少有两个姑娘看上你家老二了，你选一个，我去说，保准能成。

赵嗯嗯想了想，说：能不能给老大先说一个，他的年龄已经不小了。

媒婆说：人家看上的是老二，老大怕是不好说哩。

赵嗯嗯说：隔过老大给老二成亲，就怕老大成了村里的"瘤疙瘩"哩，一辈子打光棍，没毛病也是有毛病，谁还嫁给你呢？

媒婆说：那我再想想吧。扔下这句客气话后，媒婆就走了。

赵能民再回家，赵嗯嗯就开始叨叨上了，说你再不找对象，就去和"瘤疙瘩"一起淘粪吧。

赵能民很不高兴，对爹说："瘤疙瘩"也是人，不也活得自由自在的？一个人吃饱全家不饥。

这话气得赵嗯嗯直翻白眼。

赵能民年近三十岁，在农村算是老青年了。青春年少时，耍枪弄棒，懵懂无知，他爹赵嗯嗯整天在捉巧捕秀的银器上拐不出来，几个吃天喝地的孩子逼得他见钱眼就钻，形成了谨慎吝啬的习惯。在外人眼里，这家人过得抠屁眼涮指头的，说媒娶媳妇的事，没人登门。七拖八拉，最佳黄金期过了，又一批二十四五的小青年上来了，眼看着一把子的人生儿育女的，赵能民只能干咽唾沫。想当兵离开村子，年龄超了；想外出跑个运输什么的，生产队没批准。村里又一茬子的姑娘也纷纷披红上轿了，他这个老青年根本不在筛选范围。现在，天上掉下个林妹妹，赵嗯嗯的家里就坐着一个姑娘，而且，扬言死活要嫁给赵能民。这种突然而来的惊喜，像一碗浓稠的蜂蜜水一下倒进喉咙口，把这赵嗯嗯给噎住了，一时乱了手脚。更让赵嗯嗯受不了的是，这个女孩是镇上一嗓子能喊破天的"歌唱家"，又是他平时最反感的成老汉家的女儿，年龄比赵能民还小出七八岁。从哪个方面想，他赵嗯嗯都觉得不可思议又不知所措，像吃下一口火烧火燎的烤红薯似的，从嗓门到喉咙一路的烧灼难忍。

这个女孩就是成老汉的四姑娘成凤菊。

赵嗯嗯有点心神不定地坐在槐树底下，想对我爹说什么，却没有开了口。我爹煞有介事地拍了拍赵嗯嗯的肩膀，指了指对面的菜畦，开口说话："我记得当初，最笑话我的人就是你，你知道我为什么选这块不毛之地种菜吗？"

赵嗯嗯想了想，说："是因为有这块潮湿的坡地吧？"

我爹笑着说："算你聪明，做一件事要把最主要的东西看明白，其他事都是次要的。你在这附近住了一辈子，就是不懂这个。现在你应该知道我的苦心了吧？"

赵嗯嗯说："是懂了些。"

我爹说："你不懂，现在你也不懂。你就懂抱着你那一堆软细银器打转转，打转转也打不出个一二三四。你听说过抱着金碗没饭吃这句话吗？"

赵嗯嗯摇了摇头，嗯嗯啊啊地说不出什么。

我爹说："你现在赶紧打制两套金银首饰，拣贵重的原料来做。一套让能民送给凤菊，一套让凤菊送给她疯娘，要做出你最好的手艺。而且，告诉你儿子，把成老汉家种的庄稼该收的都给收回来，凤菊家的水缸每天给担满，家里的柴火每顿给备足。这样，你漂亮的儿媳妇和胖胖的孙子都能稳稳地坐在你家的炕头。至于彩礼钱，你也要有个姿态，不要老那样抠毛涮皮的，一个大姑娘，爹娘从小养大不容易，一下子成了你家的人，总不能不讲一点儿道理吧？你尽你的心，你表你的态，做到就行了。反正儿子永远是你的，孙子永远是你的，你说是不是？"

赵嗯嗯连烟锅带烟包一下扔到我爹手上，一转身走了。

39

成凤菊那天在戏园唱完歌回家后，一连多少天没有出门，不吃不喝的，一个人就在院子里那间小屋蹲着，最后哭得连眼泪也没有了。一副胖胖的身材，没几天就瘦成一身排骨了。

一天下午，成凤菊突然不见了。

一家老小撒开人马到处寻，生怕她一时想不开做下傻事来。

成老汉首先想到的是赵德豹的家。

赵德豹的家用一把锁锁着门。

同院的人说，这个小伙子不见几天了。问过和他常玩的几人，都说不知道。

成老汉回到家时，家里人告诉他，成凤菊跑到赵能民家里了，并对来找她的人说，从此以后，她就是赵能民的媳妇了，不想再回家了。

成老汉找了一个中间人来赵家说这事。

中间人来到赵家，先见到成凤菊，说："你嫁谁是你的自由，但现在就这样住在赵家不走，别人会笑话的。你爹那儿有口风，同意你的选择。结婚是人生一件大事，咱不能不值钱，咱成家要正大光明地喜事喜办，他赵家也应是明媒正娶。这不是偷鸡摸狗的事。"

中间人又把赵能民和他的爹娘叫在一起，说："成老汉以前的三个姑娘，都是唢呐吹过大拱桥红红火火嫁出去的，现在四姑娘成凤菊比她三个姐姐又有本事又漂亮，哪个小伙子见了不想多看几眼？谁娶了她是谁一生的福气。你赵能民有这个运气，她成凤菊又死心塌地要和你能民一辈子好。咱现在三方对面，你赵能民表个态，娶，一句话，咱就堂堂正正地娶她回家；不娶，也是一句话。就这样人不人鬼不鬼窝在你家一个大活人，算怎么一回事？不只是成老汉丢脸，你赵家在镇上说起来也不是什么光彩事。你赵嗯嗯也表个态，咱养儿娶媳妇，抱孙子，是好事，好事咱就好办，好事咱就办好。你老两口，不想娶这个儿媳妇，也说一句话，你儿子也许能找个更好的，这成凤菊也不愁嫁不出去。你们都表个态，我这就回去和成老汉商量，看你们的态度行事。"

赵能民走到成凤菊身边，伸手拉住对方的手，成凤菊顺势把头靠在赵能民的肩膀上，泪水布满了憔悴的脸庞。

赵嗯嗯拉住中间人的手走到屋外，悄悄说："很感谢你来给我们办这天大的好事。这事，能民愿意，我和老伴没意见。大儿子办喜事，是我头一桩大事，我一定全力以赴。只是成老汉那儿，还希望你多多说合说合。"

中间人说："你放心，这事我出面，你就放心，肯定能办得妥当一些。事已至此，他成老汉也不能太过分了。"

成凤菊跟着中间人回了成家。

赵嗯嗯这才想起自己该去槐树底下见见我爹。

成凤菊出嫁那天，成老汉始终没有迈出院门一步，他的脸上堆着一丝笑容，但前来办事的人都知道这笑容不甜，是强装出来的。他的疯老婆却是满院满街地跑。她穿了一身鲜亮的衣服，胸前挂着精致贵重的银坠子，腕上套着缀着花纹的银手镯。好多女人追上她，瞧她身上这满镇上最亮眼的佩戴物品，谁见了都说没见过这么漂亮的好东西。疯婆子不仅主动给人看，而且银坠子还专门露在胸前的衣服上，摆过来摆过去地晃悠，戴银镯的手腕也特意挽起袖口来。她要不说话，别人还真以为她是一个贵妇人。也有不少长嘴妇人们议论，说这疯婆子稍一打扮，真是个美人哩，难怪她生出来的姑娘个顶个精干漂亮。

这一天，与其说是成凤菊的大喜之日，倒不如说是疯婆子的大喜之日。以前，她走到哪儿，人们都躲着她。现在，她走到哪儿，都有一群人追捧她、欣赏她。

喜欢闹点事态的人，见疯婆子回到院子，就把她拉到成老汉面前，一比较，俏皮话就出来了。

"这哪儿是两口子呢？一个是貌若天仙，简直就是西施再世；一个是肤黑如炭，土眉灰脸，放到垃圾堆里也轮不到捡拾。"

另一个人上前拽住疯婆子的胳膊说："嫁给他，作践你了，还不如回我家跟我一起过哩，看一眼也养人哩。"

疯婆子一个丑相甩过来，摆脱他的手，跑到成老汉面前，当着众人的面抱住成老汉，又往脸上亲了一口，惹得院子里的人哈哈大笑起来。

开玩笑的人便说："你们看这成老汉，真是有福气，这么漂亮的女人一心一意恋着他，搁谁谁也忌妒哩。"

成老汉拍了拍疯婆子的肩膀，苦笑了一下，回头对大家说："辛苦大家了，咱各干其事吧。"

赵能民娶亲的婚队，从北门穿过一条小巷来到广场，再从古镇的中心地绕出外街，差不多走了半个镇子。

结婚这一天，赵德豹就在小屋里窝着。小屋的窗子外就是小巷，他看着自己的好朋友赵能民牵着成凤菊在人们的簇拥中走过，心里很不是滋味，退回炕沿，抄起一把二胡，刚拉了几下，弦断了，他索性扔在一边。这时，郝美仙的影子在他的脑海里晃了起来。王师与赵嗯嗯合作，他赵德豹没权利干涉，但心里憋屈。王师的生意越顺，郝美仙手上的钱就越多，而他虽然长得比王师精干健壮，但这花瓶式的外表迟早要被看淡，女人更注重物质的享受。在实实在在的生活面前，钱就是爷爷，那音乐什么的连孙子都不是。赵德豹更知道，赵嗯嗯的大儿子就是他的师兄赵能民，赵能民的媳妇就是成凤菊，就是几天前死活要跟他的成凤菊。这支在他手上含苞欲放的菊花，一转眼便在赵能民眼前鲜艳怒放，他心里肯定苦涩难忍。

他与赵能民是好朋友，现在，这算不算夺妻之恨呢？他与成凤菊的孩子将来一出生，当爹的人是赵能民，而不是他。赵德豹知道自己不缺女人，不管是比他小七八岁的成凤菊，还是比他大七八岁的郝美仙，都愿意跟着他，而且都是死心塌地地要跟他，可是越往后发展情况就越不好，最终自己还是一个人单过，他像一只采遍百花却无处酿蜜的野蜂，更像一头走近兽夹子却不知掉头的山猪，落脚不定又行程受阻。

就在赵德豹这样胡思乱想的时候，门口进来一个人。是韩如民。

韩如民说："你跟我去见一个人，咱要找的姑娘不比她成凤菊差。"

第五部分

40

镇子中心街与后门前，有一条深巷相通。深巷一侧，是茶壶庙。茶壶庙内部设置的旧景不再，规模建置却宽大敞亮，庙内建着粉坊。韩如民与赵德豹走进庙门时，尤永吉正在漏粉。

尤永吉与韩如民用眼神做了一个交流，却不敢停下手中的活计。

直径约一米的大盘瓷缸内，放着和好的软细白皙的面糊。一口大锅沸腾着热气上扬的水。一只脑袋大小的葫芦瓢端在尤永吉的手中。他左手持瓢，瓢内装有近十斤重的漏粉；右手握拳，拳头不停地向瓢沿边锤砸敲击。葫芦瓢在沸水上空绕圆移动，瓢底的洞眼在振动中漏下长长的粉条。入锅的粉条，被站在一旁的徒弟手中拿着的两根长棍不断地翻搅。一瓢漏完，尤永吉再从缸中取粉装瓢。煮好的粉条，徒弟用一把大漏勺舀出，先放入凉水中冷却，再晾搭在横棍上，之后放置在木架上；另一个徒弟再把木架整体端挪到有阳光有风吹的庙楼上晾晒。尤永吉这边，一旦开瓢，一缸面糊必须连续不停地抖漏完，否则，面状与水候都会变异降温。更为重要的是，粉条的湿度硬度韧度都会受影响。

赵德豹从未见过如此场面，尤永吉那托举面瓢的功夫真让人佩服，左手向上承重，右手向下敲击，要在热气蒸腾的锅面上旋绕，要在平衡匀称中漏出粗细一般的粉条，而且一大缸面要一鼓作气做完，这真不是闹着玩的。师徒几个大汗淋漓地漏完粉，尤永吉让几个徒弟完成后续工作，自己匆匆洗过手，就带着韩如民和赵德豹走出粉坊。

尤永吉的家就在隔壁，没几步就到了。

坐到客厅，茶沏好，尤永吉就走了。院子不大，却是二进门的深宅。不一会儿，尤永吉从里院的门口走出来。进了客厅，尤永吉认真看了赵德豹几眼，就招呼着韩如民喝茶，随便聊起粉坊的一些杂事。

院子外响起一阵"咯噔咯噔"的皮鞋声，赵德豹隔着门窗看去，是一个似曾熟识的身影，心中一惊。正在愣怔间，那身影已来到眼前。

赵德豹忙站起身来。

尤永吉对韩如民说："小女宝汝，这两日身体不太舒服，在家闲着。"

接着又对宝汝说："这是你韩叔叔，快给倒茶。"说完面向赵德豹，"这位就是我的恩人赵全武师傅的三儿子吧，快坐下喝茶。"

韩如民忙接话："我与赵德龙同岁，从小一起淘玩练武，深受赵师父偏爱，在您面前，当属小辈，不敢与您同辈相称。宝汝前些年见过，那时还是个小姑娘哩，真是女大十八变，我也快不认得了。"随后对赵德豹说："叫尤叔叔吧，这个尤叔叔可不是个一般人，镇上的人见了不叫师傅不讲话，人品和技艺都是我学习的榜样。"转身又对尤永吉说，"你家宝汝姑娘不会差的，看她这懂礼识信的，真让我忌妒。"

赵德豹一时尴尬，不知该说些什么，手脚无措着，手心都冒出汗了。见韩如民与尤永吉热心热肺地谈着，他这才轻松了一点儿。

尤宝汝意味深长地看了赵德豹一眼，然后对父亲说："爹爹，你先和大哥聊着，有什么事再唤我一声。"说完，一扭身，跨出门去。

赵德豹听着一阵皮鞋声走远，像一只木鸡似的呆坐在那儿。

赵德豹隐隐约约听见韩如民在夸奖着自己，同时也讲到了自己的大哥赵德龙。这时，他才知道，让他来相亲，是大哥赵德龙的主意。怎么跟着韩如民从尤家大门出来的，他就不清楚了。

尤永吉从老家河南逃难到仁义，在马王庙被蛇咬了，是赵全武和赵德龙把他从死亡线上救回来的，这个恩情他终生都记着。韩如民被赵全武认为义子，与赵德龙亲如弟兄，在赵全武的葬礼上韩如民身着重孝，全程忙累，这些往事历历在目。尤永吉刚开始落脚仁义镇时，在周边沟坡开荒了些小块田地，又在山间峰梁摘些野果，一边在街头做地摊小买卖，一边种些粮食填肚充饥。赵全武与赵德龙没少帮助，什么时候见到他，总要给点钱，家里缺什么东西，赵全武就打发赵德龙送来了。后来，在赵全武和赵德龙的扶持下，开设了一个粉坊，一家人的生活才开始出现转机。尤永吉刚开始独立经营这么一个粉坊，倍加精心，因资金缺乏，货源从赊欠开始，先小打小闹，稍有起色，再渐次扩展。在镇上，独此一家粉坊，他听从赵全武劝导，勤苦诚信，又与人为善，生意由亏转盈，年终盘点，竟有了一个令人心花怒放的收益。后来他把妻儿也接了过来，一家人的生活日日向好。粉坊之外，又置买了房产。再后来，私坊充公，归入集体，由大队统一经营，他仍旧担任大师傅。

现在，韩如民带着老三赵德豹前来相亲，这肯定也是赵德龙的意思。只要女儿尤宝汝没啥意见，他会尽力成全这件事的。两家恩上加亲，岂不更好？

尤永吉眼看着女儿一天天长大，女大不中留，就想有个合适机会把宝汝嫁出去。赵全武对他有恩，赵德龙子承父德，在镇上威望挺高，就答应见见面。这赵德豹虽然与郝美仙有点说不清楚，但一旦建立起一个家，就会安稳下来。这样，也就解了他的心头之结。

41

这次相亲之后，赵德豹心乱如麻。

长兄赵德龙与义兄韩如民的好意，他不是不懂。从小到大，两位哥哥对他十分庇护，凡事总罩着他。虽然有时严酷无情，但也是恨铁不成钢。

尤宝汝从身材到走姿，活脱脱是又一个郝美仙。骨子里虽还缺点什么，但她年轻体健，活力四射。与郝美仙相比，小了至少有十岁，清纯可爱，天真无邪，正像一朵含苞欲放的桃花，经风一吹，就会展瓣吐艳。郝美仙柔弱娇嫩，正如一枝病梅，总让人心生怜爱，加上她含情脉脉的眼神，细腻温纯的个性，正是一个现实版的林黛玉。王师是郝美仙的夫君，外人看来，赵德豹就是一个偷情鬼混的西门庆。纵然郝美仙再怎么情真意浓，这种生活若长此下去，恐怕自己的一生就毁掉了。但与成凤菊的相处，却也让赵德豹倍加丧气。

赵德豹想把自己从幽深的泥潭里拔出来，重塑一个新人形象，也是为了扳回赵家在镇上的好名声。这样一想，他就把小屋的门换了一把锁，郝美仙便再也进不去了。如果在路上见了郝美仙，赵德豹老远就躲开了。

韩如民把赵德豹叫到自己家里，对他说："这几天，你就吃住在我这里，老爷庙你也暂时不要去了，我和尤师傅说好了，也和大队上沟通好了，你就到粉坊那儿帮忙，这也是个考验你的机会。勤快点，把你教武习拳的力气用在粉坊里。另外，婚期定在一月以后，这一段时间，让你嫂子带几个徒弟给你收拾一下那乱七八糟的小屋，新媳妇进门，屋子再小也得有个洞房的样子。再以后的生活，就看你自己了。"

赵德豹含着眼泪看看韩如民，退出了堂屋。

韩如民的院子在古镇一条小巷的尽头。赵德豹每天起床后，先挑起水桶到一里地以外的水渠担水，把义哥家的水缸添满，再去粉坊做事。

粉坊设在茶壶庙内，庙内的所有房间都能派上用场。出庙门，就是古镇后门前，距离水渠不远，只有一路之隔。按当时的归属，粉坊是大队经营的副业生产销售集体单位。粉坊的创利空间很广，用现代行业术语叫"循环产业链经济体"。头道粉面做粉条，二道粉面既能制面酱又是优质面食，可对外销售。粉渣粉汤可喂猪，猪粪又可以成为附近菜园子的优质肥料。每年生产和销售粉条达18000余斤，黑面酱和二道粉面的销售又是一笔可观的数字。粉渣粉汤还可供养殖生猪200余头。尤师傅主管制粉，大队分配给尤师傅几个帮手，分别打理各种事务。猪场另有负责人经营。会计出纳各有分工。原料选入与产品销售有专门人选。尤师傅的老婆主管与古镇几十家养猪户的对接。粉坊院内的四间大瓦房，用作粮食仓库、成品仓库和制粉车间。后院沿楼梯可上茶壶庙楼，中间五角菱形底座，三层阁楼高耸，周围有充足占地可立杆晾晒粉条。正常气候条件下，当天制作的粉条当天就可晾干入库。院内空地处，整齐有序地排列着晒沤面酱的大缸。面酱制成黑酱，卖给各家各户，是炒菜入锅的必需佐料。

以粉坊为主体的产业，形成粉坊、猪场、肥料的经济循环链。市场供应的定向加工与对外销售并行，再跟养猪产业形成供应链，这组成了粉坊独特的经营模式。

粉坊的工艺和技术主要有两大块：一是粉面制作。古镇粉坊制粉原料配比为杂粮混合，主要有高粱、红薯干、绿豆等。河南粉以红薯为主，陕西、山西粉以土豆为主。高粱是高产作物，配以红薯干是为提高粉条质量考虑，加少许绿豆是为了增加凉性和压沉功能（加入绿豆有易于粉面沉淀和避免翻瓮）。随着粉坊生产量的增加，当地生产队种植高粱、红薯的田地也逐年增加，有买主，自然就有产量。粉坊制粉主要工序有：泡粮、磨粉、筛滤、撇瓮、打粉面和压二道粉面。最难掌握的是温度。一年四季的温度变化决定泡粮时长和撇瓮火候，一旦温度失控会影响粉面的质性变化，翻瓮中头道粉面与二道粉面极易混淆。再就是粉条制作工艺流程，加工后的湿粉要经过烘干、滚碾、过箩、打糊、和面、漏粉、洗粉和晾晒等。根据粉面干湿、质量和数量多少决定配糊比例。配比不是固定不变的，很具灵活性，这是直接影响当天漏粉是否流畅、粉条是否筋道的关键核心技术所在。漏粉是讲究技能的一道工序，操瓢漏粉，不但要技术，还得有体力，特别是臂力。将葫芦瓢绑在手腕上，每瓢粉有十斤左右重，须腕部助力方能平衡。漏粉时瓢要举得与头部平齐，或高于头顶，持瓢的左手要不停地小范围移动，右手半握拳不停地击打瓢边，粉条才能均匀漏入锅内。漏粉人要具备两个硬功夫：一是漏粉前，必须徒手在开水锅中抓水洗瓢，二是每日开始漏粉，头盆粉面近五十瓢，不能停歇，要一气搞定。实际上，看一个制粉师的"道行"深浅，仅从手腕勒痕便可得知。

粉坊正常运转，定员五人，即粉面车间两人、粉条制作三人。赵德豹是个新手，需熟悉业务。不几日，一个年轻徒弟有病离开，又有一个大龄"二师傅"因年老退出，眼看着粉坊人手严重短缺，赵德豹很快就成为一个主力。早饭前，赵德豹在磨坊车间干，上午就到制粉车间去参加漏粉。制粉坊是出成品的地方，也是应用技术的关键所在。正常运行情况下，尤师傅一般都在制粉坊技术把关。赵德豹在粉坊主要配合尤师傅配糊、打糊、和面与糙粉等技术层面的工作。尤师傅看到赵德豹人年轻，又勤实猛憨。粉坊最苦重的三件事不久就落在赵德豹身上。早起过六大淋（过滤磨过的粉浆），这是粉坊一天工序中最苦重的活，干活时要出苦力，还得会用巧劲，再强壮有力的人过三淋都会累得筋疲力尽，气喘吁吁，满头大汗。只要过完六淋，就能下工回家吃早饭了。饭后挑五十担水，赵德豹年轻力大，五十担水只挑二十五次，每次挂四只桶，一边两只，这样能节省一半的路程。每桶水约34斤，四桶就是140斤左右。从粉坊到水渠接水处约80米，全程往返约2000米，其中140斤负重是1000多米。然后，赵德豹还要实打实地漏近五十瓢粉。这三件重活虽疲累些，但赵德豹干得十分起劲。

粉坊做出的粉条润滑爽口，筋道味美，因是淀粉制成，属于多糖类食品，含人体必需的各种营养成分，不管放在谁家的饭菜里，都是人们久吃不厌的上佳食品。粉条的销量常常供不应求。

从心底里，尤师傅对这个还未过门的女婿还是比较满意的。

42

结婚前一天，韩如民把赵德豹叫到跟前，吩咐道：你的努力，塑造了你自己，尤师傅不仅一分钱的彩礼不要，而且结婚所用的车辆、衣物以及宴席费，他都一揽代包。尤宝汝是他的第一个孩子，我估计陪嫁也不会少，这是他在镇上的第一件喜事，镇街各家商铺及名贤要员都要前来捧场，规模不会太小。他现在也是镇上有些声望的人物了，资产应该也有一个惊人数字。你家的情况虽然也不差，但你这几年漂泊在外，生活不怎么富裕，这下子好了，跌进了蜜罐罐，就等着享受吧。明天，一定要顺利地把新媳妇娶回家。

第二天，婚礼举办得却并不顺利。

先在尤家那边出了状况。赵德豹与南馆师徒们在门外等候新媳妇出门上车时，有人出来报信说：尤宝汝不嫁了，有人来抢婚了。

几个年轻拳徒赶忙向前走去。突然，尤宝汝从大门处推搡着走了出来。一个年轻人追出来挡在她的面前。两个拳徒立刻挺立在她身前。见来人不是什么善茬子，年轻人便赶忙辩解："她是我媳妇，从小就订下的，怎能说嫁人就嫁人呢？"一个拳徒问："你是她什么人，敢在这儿凑热闹？"年轻人回答："俺是宝汝的河南表兄，我们两家大人从小就给我们订了娃娃亲。她现在不能嫁给别人，她是我媳妇。"

有人提议，叫来尤师傅，问问有没有这回事。

尤宝汝趁机挣脱包围，往赵德豹这边跑。那年轻人又一次不顾一切地追上拦住她。

正好，韩如民就在眼前。他一手捏住年轻人的肩胛，一发力，只听到那年轻人的骨头都在"嘎嘎"作响。韩如民吼道："哪儿来的野驴野马在这里撒野？今天是我家娶媳妇办喜事，谁也不能胡搅蛮缠。你家的事，你回去跟你家的人去说。娃娃亲那是旧社会的陋习，在这里不作数。赶快躲开，闲话少说。"

年轻人见面前这个大汉一脸凶相，手劲又这么大，再要一用力，怕连自己的肩胛骨也要被捏碎，只得摆了摆不服气的头，不敢再多舌，让开了。

尤宝汝坐上缠红裹紫的大马车，赵德豹跳上英武高骏的大红马，婚队向前走去。

鼓乐齐鸣，镲铙震耳。围观者人山人海。

不常露面的乐师"能让和尚"举着幽亮的笙管，吹放有度。远近闻名的唢呐手"震山响"仰着光亮的头颅，撮嘴鼓腮。

过拱桥时，赵德豹突然发现给新婚马车驾辕的竟是王师。难怪这王师在钉蹄铺干得顺风顺水的，原来与各类骡马有一种特殊缘分。赵德豹又想到了郝美仙，转身向人群里看去，还好，没发现她。赵德豹不由得出了一身冷汗。

绕了半个镇子，婚队穿过北门三官楼，马车停下，人们徒步走入小巷。赵德龙站在大门口迎接。一群妇女在小屋里里外外忙活着。

新郎下马，新媳妇被伴娘引着，小屋门前挂着一张大红毯，上面贴着大红喜字。乐队欢天喜地地吹打着。主婚人、证婚人、介绍人依次入场，结婚典礼仪式热热闹闹地进行着。赵德豹像个木偶似的，任凭什么人都能随便摆布。

围观的人群中，那些长嘴妇人们不停地在议论。

"这新媳妇真漂亮，这个孩子总算是有福可享了。"

"漂亮不假，要我说，这漂亮之外能看出一股狐妖气。你看走起路来那腰扭得，像不像那个郝美仙？"

"是啊，我半天也在想，像个什么人，对，就是郝美仙，那个郝美仙以前就在这个屋子住着呢。听说，有两个男人伺候着她呢，想想都觉得有意思，是前半夜一个后半夜一个，还是……"

几个女人笑得东倒西歪的。

"这又一个郝美仙来了，这女主人换了，男主人没换，也不知晚上能闹出个什么动静来。"

"你有兴趣，今晚就贴在这小屋听听房，不就一清二楚了？"

这些话，声音时高时低的，时远时近的，有些赵德豹也听见了。他的心里有些堵。确实，尤宝汝的一举一动，与郝美仙十分相似。正这样比照着，赵德豹眼角的余光瞟见了郝美仙。

郝美仙一直在小屋里收拾整理着，贴窗花、铺被褥、清洗家具。见新媳妇刚要入洞房时，一闪身走出屋门。

只那一瞬间，赵德豹看出郝美仙的肚子比之前更大了。他的心里又添了一分惆怅。

新媳妇刚坐在"洞房"不久，有人提议，让两位新人演唱一段。墙上的一把二胡递到赵德豹手里，点出的歌曲是《梁祝》。尤宝汝等赵德豹手中二胡的序曲一完，就亮开了嗓门。一句还没唱完，就被一阵掌声打断了。断断续续地，一首曲子总算演到尾声。

节目还要往下继续，突然有人传来一个坏消息：娶亲队伍里一个小伙子的手被雷管炸断了两根手指。

小屋里一阵混乱，不少人都抢着往外跑。

赵德豹后来也走出门外，又被人劝回来了。在大门口，他回身往院里走，见郝美仙一个人在暗处站着。

"你那《梁祝》拉得走调了，宝汝唱得也没跟上拍子。"郝美仙低声说。

"谢谢你来帮忙。"

郝美仙用手指点了点自己的肚子，姿态上有些扭捏，背过脸递过一句话来："不是你的孩子。"

赵德豹没再问什么，快步回到院里的小屋。

43

婚后第二天，赵德豹就来到粉坊了。

尤宝汝一个人也在小屋待不住，就到娘家帮助做点家务，有时也到隔壁的粉坊看父亲和赵德豹他们漏粉。

这天，尤宝汝对赵德豹说："我想请郝美仙来咱家做客。"

赵德豹说："这个家虽小，但你是女主人，你想请谁都行，我没意见。"

郝美仙一直没有被请来。

又一天，尤宝汝又说："郝美仙最爱逛街，有事没事总能碰上她，可现在她老一个人待在家里，不愿出门了。除了那个越来越大的肚子，整个人瘦了一大圈，脱了形似的。他那个男人王师，有时一整个白天也不回家，就她一个人，连自己的吃喝都懒得做。我想带她出来遛遛，散散心，可她就不想挪动。这女人，生得那么美，可就是没人心疼。"

赵德豹说："你既然是她的好朋友，就多去照顾照顾她吧。"

尤宝汝见赵德豹不冷不热的样子，一脸的不高兴，说："你们男人就没一个好东西。"

之后，尤宝汝在娘家住的日子越来越多。

宝汝娘来到粉坊，悄悄对尤师傅说："今天我和宝汝见了见吴先生，说宝汝有喜了。"

尤师傅对站在身边的赵德豹说："这段日子你可以迟到早退，粉坊的事有我呢。"

赵德豹点头应承下来。

不几日，郝美仙突然来到小屋。

郝美仙有气无力地对赵德豹说："孩子的预产期就在本月月底，到时候我那男人怕是指望不上了，他现在整天不归家，对孩子的事一点儿也不上心。我已约了镇上那个助产婆四老娘，产后的一切衣物用品都准备好了，实在没办法时，我也许让人叫叫你。"

赵德豹说："这孩子力争顺产出来，你要有信心，不管是男是女，都是你以后的一个依靠。"

郝美仙说："这孩子不是你的，你不要太多担心，他能不能长大成人，看老天吧。只要我活着，就要让他不受制，以后是什么样子，听天由命。"

说完这句话，郝美仙就转身出了门。

正好在门口遇上了尤宝汝。

"美大姐，快进门，我请你来多少次，今天来了咱姊妹就多聊一阵。"

郝美仙说："今天没事，出来转转，你不在家，只有你男人小赵，不便多待，正好碰上你回来了。你看我这身子，稍坐坐，我就走。"

两人又回到小屋，赵德豹腾座倒水。郝美仙说："别人都说咱俩像姊妹，在吴先生药铺见到你时你还是一个小孩子呢，你看现在，你成了一个大美人，而我成了一个丑鬼了，这又笨又朽的，没人想看了。"说着，斜眼看了看赵德豹。

尤宝汝说："美姐的美，什么时候也美，我学都学不来。等你生完孩子，养好了身子，一样让男人醉倒一大片。是不是呀，赵德豹？"说着，推了一把赵德豹。

郝美仙发现尤宝汝也有了身孕，两人又开始谈保养方面的事情。

赵德豹见两个女人谈得热火朝天的，就说自己去去粉坊，退了出来。

44

郝美仙生产那天，适逢镇上集会，镇街里里外外都挤满了人。

老爷庙里，戏班的开场锣鼓敲得震天响地，不少人从镇子各处往那里赶。

视履钉鞋铺前排着一长溜前来钉蹄的骡马，赵嗯嗯里里外外嗯嗯啊啊地笑脸相迎每一位来客，王师更是忙得不亦乐乎。

有人来报，说王师你媳妇正生孩子哩，快回家看看吧。

王师看了看报信的人，说："我知道，生吧，不就是生个孩子吗。"

等了一会儿，又有人来报，说："你媳妇是难产，这可是人命关天的大事啊。"

王师仍一脸木然，低声说："你着急啥？谁家不生孩子？车到山前必有路。"

这时，赵嗯嗯着急了，不再嗯嗯啊啊了，他夺过王师手中的竖铲，训斥王师："就没见过你这号人，媳妇每天暖心暖肺地伺候你，咋就喂出你这样一个狼心狗肺的败家子。快你娘滚回去吧。"

王师这才慢腾腾地去换衣服。

郝美仙这边，真正遇到了难产。

产房外面围了一群女人，有几个就是常在北门洞前嚼舌头的长嘴妇人。这些女人，嘴没把门的，见什么人也爱议论一番，可到了紧要关头，尤其是她们了解到有什么大事发生时，总是不失时机地前来帮忙。她们的消息很灵通，知道郝美仙看上去光鲜亮丽，实际是个可怜之人，也知道她那个男人王师是个掂不出轻重不怎么负责的人。顾不上赶会，也顾不上看戏，相互一商量，就早早来到郝美仙的住处了。她们都有生小孩的经历，多多少少知道一些分娩的必备过程和办法。在她们的帮助下，产前的准备工作都有条不紊地做得很周到。这时，她们都在产房外候着。

助产婆四老娘退出房间，向跟前的女人们两手一摊，说："我接生过成百上千个孩子了，没见过这样难产的媳妇。"

房内，郝美仙身下垫着的被褥血红一片，旁边的瓷盆里也接满了血。两三个女人焦头烂额却束手无策。这时，有人把吴先生推到面前。吴先生看着郝美仙昏迷不醒的样子，试了试她的鼻息，又翻了翻她的眼睑，退出身来，问跟前的人："谁是她的亲人？"

半天，无人回应。这时，尤宝汝站出来说："她的亲人不在跟前，你就直说吧，还有什么好办法？有啥事，我承担。"

吴先生用征询的目光看着四老娘，然后在她耳边嘀咕了几句，四老娘这才对大家说："大人危在旦夕，小孩也尽力接生了，没什么好办法了，只有一个不是办法的办法，那就是大人小孩只能要一个，也许还有一救。只要一个，也得我和吴先生冒险一试。可这主人不在，谁能担起这种责任？"

"要大人！"一个声音从后面喊过来，人们一看，是赵德豹。

四老娘问："你是谁？"

赵德豹说："不要管我是谁，快去办吧，一切责任由我来负！"

四老娘与吴先生迅速回到产房。

事情突然出现转机，孩子生出来了，但只有微弱的生命体征，能不能活下去，还得等等看。郝美仙则还在深度昏迷中。四老娘深出一口气，撤出身来，有女人马上给端来洗手盆。吴先生走到跟前，赶紧对大人小孩实施抢救。

尤宝汝前前后后地忙活，一转身，发现赵德豹跪在房前一角双手合十祷告着，祈求母子平安。

等王师回到家时，一切复归平静。一群女人马上围拢过去，七嘴八舌地训斥起来。

"跟上你这种男人，算倒了八辈子霉了，连女人的命都不要了！"

"你去跟母驴母马过吧，还要女人干什么？"

"挣了几个臭钱，不知道脑袋往哪里放了！一身的牲畜气。"

王师没敢搭腔，低着身走进产房。

45

郝美仙昏迷了几个小时，天快黑时，醒来了，但已是元气大伤。孩子也安然无恙，浑身都是皱皮，眼睛连睁也睁不开，无精打采的。一个长嘴妇人说："这孩子命苦，能不能活下来，还不清楚。"

王师连看也不看孩子，跟郝美仙也不说话，愣怔怔地蹲坐在地面一角，像头死猪似的。

尤宝汝忙前忙后的，到天大黑，把睡着的孩子抱到郝美仙跟前，才回了家。临走，她对王师交代："这个男孩子能不能活下来，你是关键。美姐能不能尽快好起来，也看你了。"

王师捋了一把胡子，不置可否地笑了笑，长长地叹出一口气。

第二天，郝美仙的母亲和舅舅从河南赶来了。王师这才表现出少有的热情与勤快。

郝美仙母亲个头不高，却是个精干利索的人，对郝美仙母子尽心竭力地伺候。但郝美仙自身的体质很差，又没奶水，孩子常常处在嗷嗷待哺状态，一哭就是一夜，做些汤汤水水的也很难喂进去。这孩子生来就是一副倔骨头，宁肯哭死，也不进食。

母亲眼含热泪对女儿说："这孩子怕是不好养活，咱河南老家有一个专治婴儿病的专家，让你舅舅抱回去找人家看看，也许还有救。等孩子好些了再给你抱回来，你看行不行？"

郝美仙浑身虚弱，眼里漾满泪花，她摸着孩子的手，很久也不愿放开。她舍不得孩子离开自己，又觉得母亲的话也有些道理。嘴里不说行，也不说不行。

母亲又说："我也不可能常在这里陪你，家里一大摊子事，你爹最近身体也有毛病了，等你好些了我就回去了。这孩子就跟我一阵子吧，你这样子，气血亏得厉害，你连你自己也照顾不好，不要说这孩子虚弱成这样，就是一个活蹦乱跳的孩子你也照顾不了。要是这孩子的命好，等他彻底好起来我就给你送来了。"

第三天，郝美仙的舅舅就把孩子抱走了。

郝美仙哭得撕心裂肺的，临走，母亲对郝美仙说："你和小王给孩子起个名字吧。"

王师说自己不懂这些，推说自己铺子里忙，就走了。

母亲正要对王师说句什么，郝美仙一只手挡了下来，告诉母亲："叫郝雄魁吧，生的时候体弱，让他以后有个强壮的身子骨和好的前途。"

母亲问："不姓他爹的姓？"

郝美仙回答："不姓，这种人怕以后靠不住哩。就姓咱家的姓吧，你和我爹也能像孙子一样对他，他就是你二老的亲孙子。"

母亲说："那就先叫这个名字吧。"

又一个月左右，等郝美仙能挪着身子下炕了，母亲也回河南了。

46

每天上午，赵德豹把粉坊水缸担满，再过完六大淋，就走了。

他到东园的菜地里摘些新鲜蔬菜，再在镇街上买些水果和肉食之类的营养食物，给郝美仙送去。

有时也能碰上和郝美仙在一起的尤宝汝。

不管尤宝汝在不在，赵德豹总是东西一放，转身就走了。

有一次，他刚出门，郝美仙就叫住他，说："你以后不要送这些东西了，让人看见了不好。你要在这段时间多照顾照顾宝汝，她也快生了，身体不敢亏了。"

赵德豹没应答，一溜烟走了。

第二天，食物照送不误。郝美仙知道这赵德豹是在发飙，暗自感动的同时，也在为他担心着。王师这边，不管也不问，吃什么喝什么，谁送的，怎么做，一概不搭不理。他每天依旧早早就出门了，到晚上天黑以后才回家，基本不在家吃饭。郝美仙只能拖着虚弱的身子给自己做饭。

钉蹄铺跟前就有一家小饭馆，王师每天都下馆子，让店家炒个热菜，再切点牛肉，倒几两白酒，自酌自饮着，一副一个人吃饱全家不饥的样子。这一段时期，他给郝美仙的钱也越来越少了，有时甚至连给都不给了。两个人貌合神离地过着，也不吵不闹。有时晚上回家后，他也拎着酒瓶，一边从衣兜里掏出几颗花生豆往嘴里扔着，一边嘴对着酒瓶滥饮，胡子上老是湿淋淋的。喝到酣醉时，不管是在地面上还是在炕头上，倒头便睡。天还没亮，早没影了。郝美仙对他也不多问话，各随各的便，树上的鸟地下的狗，互不干扰。

有一天，尤宝汝来照顾郝美仙，突然问："我家那口子赵德豹，是不是看上你了？"

郝美仙说："你看我现在这个样子，衣服不整，脸上满是皱褶，连虱子都懒得啃我这身干皮肉，脸上苍白得连水分都没有了，走几步就喘气，连我都讨厌自己，谁能看上我呢？"

同样的话，尤宝汝回去也问她娘。她娘不往深里说，只是感叹："我咋生了你这样一个傻闺女呢？"

尤宝汝肚子越来越大，她娘把与猪场联系买卖的事推给别人，整天就围着闺女，酸酸甜甜地吃着，有时也到粉坊转转。

赵德豹一下子变得寡言少语了，到了粉坊，一点儿也不惜力，见什么干什么。一下工，也不到丈母娘那儿去看媳妇，径直就回自己的小屋去了，再不出门。

院子里的人，常能听见小屋传出拉二胡的声音。

那乐曲，悠扬而凄惨，如诉如泣。

一位路过的长者对院子里的人说："这孩子心情不好。"

一位老妪，逮着赵德豹的身影，对他说："你这二胡的声音，太搅缠人了，晚上老做噩梦，能不能不拉了？"

赵德豹说："不拉了，你再不会听见二胡的声音了。"

果然，院子里再没出现二胡的声音。

但院子里的人也没清静下来，赵德豹开始练武了。夜深人静时，他一个人来到旁边的广场上，又劈掌又扫腿的，一个人把一个偌大的广场搞得烟尘滚滚，厮杀连天。

有时太晚了，院门从里边关了，他就跳墙飞檐的，睡在家里的人以为是有夜贼进院了。更有一次，赵德豹竟然一掌把门扇劈开进院了。表面上他不与同院的人搞任何对抗，谁的话也能听进去，背着大家，他敢拆墙毁门。此后，大人小孩见着他，也不再多说一句话了。

这些事，有人传给了韩如民。韩如民就特意找到他，问："你这样折腾，是不是想让满院的人都成为你的仇人？"

赵德豹低着头回答："哥哥提醒得对，我不会再这样了。"

以后，院子里渐渐安静下来。

赵德豹不再在晚上练武了。但每天天不亮，他就一个人开门出去了。有人见他跑到镇子外的沙沟里练武去了。也有人看见他天黑以后坐在村外的山梁上拉二胡。

47

韩如民循着二胡的声音，在镇子外的一座山岗上找到赵德豹。

周围，都是黑漆漆的灌木丛，只有赵德豹坐着的这一小块地方放着两块石头。韩如民摸着野荆踩着滚土碎石往这边走，差点与一条簌簌而过的毒蛇遭遇。他来到赵德豹身边时，山下沟边的狼嚎声已一声接一声地叫起来。再一细听，挨近村边的各家院落里隐隐传来与野狼较劲的狗吠声。此消彼长中，镇子的夜晚从对抗与威慑中开始了。韩如民知道，镇子周边的院落，常有狼跳羊圈钻鸡窝拱猪棚的事发生，各家的孩子白天不出院晚上不出门，一不小心就有可能被狼叼走。狗与狼白天在田角地头夜晚在村边院前常有拼杀撕咬。没有特殊事，大人们晚上也轻易不出镇子。

韩如民是个武师，走夜路，脚下都带着风，从没有畏惧过路贼野兽。这一次，他也有点心惊肉跳了，那条飞一般游走的毒蛇从自己面前滑过，蛇身足有胳膊粗细，真要与自己纠缠一番，还不知是个什么后果哩。

等赵德豹停住拉弓，韩如民才问话："你怎么就这样喜欢黑夜？你的二胡能压倒远远近近的狼嚎声？"

赵德豹给韩如民腾出一块石头，声音低沉地回答："哥哥的恩德我一生都记着，也许我命中该有此一劫，但比起一生都在黑夜中的阿炳，我幸运多了。"

"你有过黑夜，可你更有太多太多的阳光，为什么总要弃明投暗呢？"

"不是我喜欢黑夜，有时候大白天都有阳光被黑暗遮住的时候，日全食就是特例。一个女人，在她光鲜亮丽的时候你喜欢她，她也会像阳光一样照亮你温暖你，可在她灰暗、衰老、无助的时候，你还能不能喜欢她呢？如果在你心里她真的是太阳，那么这个太阳一旦被黑暗遮掩，或者叫蹂躏，你还能喜欢她，这种人也许才是一个真正的人。"

韩如民从来没见过赵德豹如此深情地讲过人性，脑子里闪出郝美仙的形象，半天无语。突然，他在赵德豹的肩膀上拍了两下，转身走了。

又一天，尤师傅把赵德豹叫到自己家里，让宝汝和宝汝娘躲出去，制造出一种很正式的氛围，与赵德豹展开正面对话。

"宝汝快要临产了，作为男人，你在这段时间应该多陪陪她，让她有个好心情。要说，我们这里，嫁出去的女人泼出去的水，完全可以不管或少管。可你的情况特殊，宝汝在我们这儿老住着，她娘心疼女儿，给吃好的喝好的，这不是什么问题。关键是你，像是与己无关似的，有时还躲着她。我不知道，你这是什么意思？"

"爹说得是，爹和娘对我和宝汝全身心付出，我确实做得太差了，以后这一段日子我会尽力照顾她。"

尤师傅见女婿这样通情达理，还想再说点什么，忍住了。

这时宝汝娘进了家门，脸上没有好气色，眼里也射出怨恨的目光。果然，她没顾及尤师傅的预先提醒，像打一梭子机关枪子弹似的把一颗颗"狠毒"射向赵德豹。

"你要钱没钱要本事没本事，我闺女嫁给你图了个啥哩。没有就没有吧，还挺有脾气，自己的女人怀了孩子，还躲着闪着。她怎么你了，挖了你家的祖坟了？我们家咋了，该下你了还是欠下你了？我白天黑夜照顾你的女人，你倒好，躲得八里地远，你这是做下有理的事了？"

赵德豹像只战败的公鸡似的，坐在一把椅子上，低头不语。

宝汝娘把哽在喉咙里的怒气咽了咽，又一轮"子弹"上膛了。

"你以为你和郝美仙的事我们不知道不清楚？我们第一次见你前就知道了。韩师傅说你是个重情重义的人，韩师傅说你是个可怜恓惶人，我们看在你哥和韩师傅的面子上，把女儿嫁给你，韩师傅也对我们保证过，他对你改邪归正有绝对把握，我们这才答应了这门亲事。宝汝比你小了七岁多，一心一意地和你过日子，你把她一颗好心当成是驴肝肺，真是一朵鲜花插在牛粪上了。算我们瞎了眼了，选了你这样一个不负责不守道不懂事的人。你说吧，这日子过还是不过了？"

赵德豹依旧坐在那儿，蔫皮塌脸的，一言不发。

宝汝娘还要过去推搡赵德豹，被尤师傅挡住了。尤师傅对宝汝娘训道："你还有完没完了？这是泼妇骂街哩？还不嫌败兴？"

宝汝娘突然号哭起来，被尤师傅劝到了另一间屋子，号哭声夹带着怨骂声一阵高一阵低地传到赵德豹耳边。

48

此后，镇上的人再也没听见赵德豹的二胡声，也再没见到他到沙沟练拳的身影。

赵德豹每天把自己耗在粉坊里，脏活重活抢着干，身上像有使不完的劲。见到人也不多说话。下工以后，就到隔壁尤家的院子转转，看有没有什么苦力活。

水缸里的水，每天都被他添得满满的，连水桶也不让干着，家里做饭用的喝水用的，甚至浇花的洗澡的水，都充足供应。接下来，他又开始砍柴。引火用的荆条团，像一面面墙似的把院子里过道上都码了一人多高。再到山上砍野树枝捡树干，回来就在尤家的院子外，用斧头劈成一尺长的干柴，就势垒在门外的墙根处。

有邻居来串门，见到这柴墙，就有感而发："咱宝汝真是找了个好女婿，肯吃苦又勤快，这柴火足够你家几年烧了。"

宝汝娘听着这话，并不接话，一脸喜气地把客人迎进门来，好烟好茶地招待。

有几次，宝汝端了水给赵德豹喝，话还没说几句，就被她娘叫过去了。趁着见到宝汝的机会，赵德豹把在山里摘到的酸枣之类的时鲜东西递给她。

到吃饭时，宝汝不顾娘的反对，出来叫赵德豹。可赵德豹早就离开了。他不吃尤家的饭。

赵德豹回到粉坊，撕一块二道粉面，用手拍成小片片，下在大煮锅里，捞出来放在一个大碗里，再铺上一层粉条，扔进些盐粒，用一双长筷子上下一搅，"呼噜呼噜"地拨进嘴里，很快就解决了饥饿问题。

眼看着天气开始转凉了，尤宝汝的产期也越来越近。赵德豹不敢回自己的小屋，就休息在粉坊里。没有床铺，他就蹲在炉灶前眯盹着。隔一会儿，他就到尤家院门外看看动静。实在困累了，他干脆就躺在炉洞的白灰里睡着了。

有一次，赵德豹被尤师傅发现了，看他灰头土脸的，就对他说："家里有床，你可以回家去睡。"

赵德豹忙起身打扑身上的土灰，回应说："不用不用，我不觉得苦。"

随后，宝汝和她娘也来看他了，劝他还是回去休息的好。

赵德豹不说什么，但始终没有到尤家去休息，更不敢回小屋睡觉。

郝美仙这边，赵德豹有一段时间没和她见面了。但郝美仙能感觉他常来，尽管王师不管不顾，有时连晚上也不回来，而她家门外的窗台上灶台上常有一些生活用品摆放着。她知道这肯定是赵德豹在暗中帮衬她。尤宝汝自从问过她那句话之后，再没有来过。她有好几次想去尤家看看将要临产的宝汝，但一想到宝汝娘，还是退出来了。她也知道，赵德豹这一段日子很不好受。她不知该怎么办才好。

郝美仙的生活出现变局，不去理发铺洗头了，也不去裁缝店制衣了，吴先生的药铺倒是常去，差不多成了一个药锅子，脸上蜡黄蜡黄的。穿衣服也不怎么讲究了，有时踏着拖鞋披着睡衣就走到街上了。

那些坐在街口的长嘴妇人们见到她，话题也发生了变化。

"真是红颜薄命，男人整天不归家，孩子又不在身边，一朵鲜花就这样被淋成泥碾成尘了。"

"好花不常开，好景不长在。女人漂亮不是错，但漂亮过后都是错。老天给你资源，老天也能破坏资源。你有风光的时候，你也有倒霉的时候，落架的凤凰不如鸡。"

49

尤宝汝的生产十分顺利。

临产前，宝汝娘说："这孩子不能生在尤家的炕上，好歹是他赵家的骨血。"

赵德豹收拾好自己的小屋，就让尤宝汝回家了。

镇上的接生婆四老娘腰腿疼，行走不方便，赵德豹背着她来到小屋。尤师傅把吴先生也提前请到了家。大人小孩的衣物宝汝娘早就准备得齐齐楚楚。

婴儿八斤重，一落地，就哭出了声。

宝汝娘抱着孩子，对躺在一旁的宝汝说："是个男孩，挺亲的，你也当娘了。"

宝汝努力地直起身子，看了看孩子，又躺下了。

全家人都喜气洋洋。

赵德豹从镇上一户农家捉来只乌鸡，宰杀了，交给宝汝娘，坐月子养身子促奶水，炖汤喝。又在街市上买了高海拔山区出产的好小米，送回家。

赵德豹睁大眼睛看着安稳平静睡着的婴儿，宝汝娘就在不远处站着。婴儿甜甜的睡姿，让赵德豹心生联想：自己出生时，父母是不是也和现在的自己一样，充满关切与期盼？

几天以后，为了方便照顾，尤宝汝搬回了娘家。

赵德豹每天都要多看一会儿孩子，但宝汝娘始终没让他抱过孩子。这天，他又凑在炕前戏逗孩子，宝汝娘走了过来，拨开他，凑近孩子，整理被褥，可能怕他的粗声大气吓着孩子，一举一动有了嫌弃的意思。赵德豹又看了一眼睡在一旁的尤宝汝，悄悄走出屋子，走出了院子。

次日，赵德豹把尤家所有的水缸添满，又把院子里外清扫一遍，悄无声息地走了。

此后几天，赵德豹再没有来尤家。

50

郝美仙一个人来到小屋，见赵德豹没精打采地躺在炕上，再看看屋子各处都是乱七八糟，便开始收拾起来。

正在这时，尤宝汝进门了。

"美姐你辛苦了，这里的事就不麻烦你了。我来吧。"

尤宝汝一边说着，一边往炕前走着。

"我想来看看你，你不在，看见家里乱成这样，顺便给收拾一下。你回来了，就不用我动手了。好吧，我看小赵有点累了，你又刚坐过月子，也不敢太劳累了。你小两口在吧，我也没有什么事，我走了。"

郝美仙转身出了屋门。

赵德豹从炕上坐起来，挪下炕。

尤宝汝一脸恼怒地对赵德豹说："我想请她，她不来，我不在家的时候她来了，这是什么意思？你给我说清楚。你不要以为我是个傻子，她那眉眼都在你身上，你俩咋回事？她那二两臭肉比我的值钱？"

赵德豹动了动嘴，却没说出什么来，转身到柜子前收拾一把散放的二胡。

尤宝汝紧跟过来，从背后捅了赵德豹一下，让他回答她的问题。

赵德豹突然转过身来，面对尤宝汝，一脸的恼怒。

尤宝汝起手一个巴掌打在赵德豹脸上。赵德豹举手招架。尤宝汝浑身像围绕着震裂乌云的雷电，一边怒吼一边厮打。赵德豹被逼得乱转圈子，紧躲慢躲，腿上手上脸上还是受到了尤宝汝猛烈的攻击。

尤宝汝手脚十分麻利，一边追撵赵德豹，一边见啥砸啥。柜子上摆放的镜子、灶台上摆放的碗盆、墙上挂着的板胡笛子琵琶，都被她摔在地上。最后又看到赵德豹那把最心爱的二胡，正要冲过去，被赵德豹堵在面前。尤宝汝气急之下，照着赵德豹的脸面撕挖。赵德豹顺势一推，把尤宝汝推了出去。尤宝汝后退不及，重重地倒在灶台边的地上，手脚被摔碎的碗盆扎破，鲜血直流。

赵德豹愣怔在那儿，眼里的怒火还在燃烧。他想过去扶扶尤宝汝，正犹豫着，尤宝汝一串狠话飞过来。

"你这个畜生，家里穷得炕洞子响，第一眼见你时就知道你不是个东西。你以为你和那个臭婊子的事我不清楚？满村人谁不清楚？一对狗男女，还不如猫猫狗狗哩。不是我爹硬劝我，谁会嫁给你这猪狗不如的烂货？你敢动手打我，我今天和你拼了。"

尤宝汝一边叫骂，一边站起来向赵德豹扑过来。

赵德豹推开尤宝汝，跑出门外。

51

尤永吉和儿子尤宝强找了赵德豹两次，却没找见，就把小屋的窗玻璃敲碎，又用砖头砸门板。尤宝强还要放火烧小屋，被尤永吉挡住了。

尤永吉来到武馆找到韩如民，把赵德豹和女儿尤宝汝打闹的经过一五一十地告诉给他。韩如民听了尤永吉的叙述，也坐不住了。

几天以后，有人说，赵德豹在沙沟后面的八亩塬住着。

这八亩塬是野狼常常出没的背阴山沟。以前，曾有一位猎户住过的一孔窑洞，而今早就废弃了。就算是大白天，几个成年人相跟着才敢来这里种地。赵德豹提了一把二胡，又拿了些米面，一个人住在了这里。

天黑时分，镇上劳作的人都回到家中，村边响起此起彼伏的狼嗥声，各家门前的看门狗也不甘示弱地吼叫起来。顺风的时候，细心的人就能听见，在狼和狗的对吼声中，有一阵游丝般的二胡声传来。

准备入睡的各家炕头，有了关于赵德豹的一些话题。

有人说，韩如民去过一次八亩塬。也有人说，尤宝汝也去过八亩塬。反正，赵德豹再没在镇上露过面。

几年以后，有人又传话说，赵德豹在一个师部文工团担任首席二胡的演奏员。

赵德豹的那间小屋，窗玻璃的碎碴还在窗台上散着，门板前还扔着几块砖头。

第六部分

52

　　谁也清楚，韩如民师傅看上去慈眉善目，常爱发出一阵爽朗的大笑，和人相处时不计较，认为吃亏是福，多以吃屈忍让为主，但在他身上有许多故事。到武馆学拳的人好多是以他为样板的。

　　古镇北门前靠左一侧，有五孔老式窑洞，临街。头两孔，一孔住着父子两人，紧挨着一孔就是铁匠铺。父亲五十多岁，一身的结实肌肉，大冬天都是赤臂光膀的。儿子跟着父亲整天抡大锤，体壮如牛，镇上的人用力几拳打到胸脯或肩背上，连痕迹都不留。另三孔窑洞，是外分内连的那种，开着理发铺。这是继老张理发铺之后又一家理发铺，前后相隔了有十多年，所不同的是，老张理发铺开在中心街，而这一家开在北门外。老张那时主要是给男人们理发，而这一家也兼顾着女人们的烫染。这一家的理发师是一个女人，姓樊，大名金莲，看上去脚大手粗的，做起事来却有章有法。樊师傅是个性情开朗的人，镇上的人都知道，所以说话也就不怎么讲究，荤的素的，随便你开什么玩笑都不在乎。有时她也主动迎合你，激发你，让你把想说的话说尽。不知不觉中，披布、剪推、润须、刮脸、洗头、吹发，你坐在绵软的靠椅上还说着笑着，她手中的事就办妥了。时间不长，不理发的人也常想来这里聚聚。古街上断不了有来来往往的游人，顺便进来坐坐，说说笑话，谈谈新闻，高兴的事共享，不愉快的事，说过也就忘了。

理发店起了个挺霸气的名字，叫"古镇一号门店"。过三官庙楼底，才是琳琅满目的店铺，不过北门，编不到序列里，叫零号还差不多，但樊师傅的丈夫说，理发是干什么？是头等大事，凡事凡人都得从"头"开始，头是什么，头就是一，镇上的人说一件事的开始叫"头开始"，也就是一开始，所以叫了个一号门店。其实，樊师傅的男人也没想过要用店名压倒谁，就是朋友间的一句玩笑话让他有了这个念头，这种解释，也是他一时心血来潮瞎编的。话说多了，人们也不在意，随你起什么名字。等到把牌子挂起来时，有人不高兴了。铁匠铺的父子俩脾气都不好，父亲人叫"杨师"，儿子顺着叫"小杨"，也有叫"小杨师"的。杨师腾出手来，走到门外，对着理发店就是一通叫骂。

"哪个没屁眼的人起了这么个名字？你叫一号，我算几号？论位置也该是我排在前面的，再有相好的，也不能不进玉菱地就脱裤子吧？"这话骂得，挺刻薄的，细一琢磨，也不无几分道理。

铁匠铺整天玩的是硬的，而理发店每天玩的是软的。杨师在叫骂的时候，儿子小杨也没闲着，他握着一把刚打制成的斧子，插了个斧把，蹲在父亲后面的一级石阶上幅度很大地磨，旁边放着一盆凉水，手撩着水往青石上洒，水溢在斧刃上，前后推动，溅起亮光光的水花。架势上是给父亲助威，看上去杀气腾腾的。马上，北门附近围了一大堆人。有解释的，有劝的，更多是默默看热闹的。这杨师，不知道威风抖到一定程度就得收场，而是愈演愈烈。这铁匠铺火炉里的铁块烧到一定程度就得取下来，可杨师傅不懂人的火气发到一定程度也得取下来淬火。他这个打铁的，把自己的脑袋也打成一个铁疙瘩了。在他再一次准备发作的时候，樊师傅的男人走出了门。

樊师傅的男人就是韩如民，人称韩老虎。他走到杨师面前，不置可否地看了看对方，又走到小杨跟前，"刺"的一声，把自己的白衬衫撕开，露出结实的胸膛，说："小伙子，有力气，往我这里砍。"说着指了指自己的胸腹。

小杨怒目圆睁，把正磨着的斧子提在手中，身旁的人正要劝阻，小杨已抢开斧把，飞速向韩老虎的胸腹砍去。"嘭"的一声，斧子在腹面上一落，马上就弹回来，把小杨的身子都弹得转了半个圈。人们正在疑惑间，韩老虎一个跃步，跳到面前两米多高的墙壁上，不偏不倚地挂在墙上，那样一二秒钟，他捏住一只毒蝎子，跳回到地面，用手撕拽了几下，扔掉一些零碎爪须，然后把蝎身一手摁进自己的嘴里，咽下肚子。

　　这一场面，惊呆了不少围观者。杨师的叫骂声，渐渐地没有底气了。韩老虎回到理发店，取出一把鸡毛掸，对着自家门楣上的牌子，细细地掸刷起来，还回头对围观的人说："戏再好，也没有不散场的，大家可以回家抱老婆孩子去了。"这略带调侃的一句话，说得人们再没意思看下去，纷纷离场。

　　人群里一个跑过江湖的老者，悄悄对旁边的人说："这老虎厉害，比真老虎也厉害。不吃人的老虎更厉害。"没等人们问明原因，他接着说，"你们谁见过能挂在墙上的老虎？你们谁见过敢生吞毒蝎子的老虎？你们谁见过一斧子砍下去不流血的老虎？"他这一提示，人们才恍然醒悟过来。这个话题一直延续了很长时间，一直延续到多少年以后的各种话题里。不是亲眼所见，谁也不相信这是真的。

　　有人说，当天，就在韩老虎的家里，由他主持，两个铺子的主人举着酒杯，喝了个通宵。这下，韩老虎的声名就传得更远了。这韩老虎，厉害是厉害，可从不正面树敌，用他的话说，矛盾无处不有，但矛盾尽可能不要过夜。一过夜，芝麻大的事，也能泡肿成西瓜大，再要去解决，就费劲了，至少，对方心里老有一个疙瘩。不定哪个时候，就又要爆发。当下解决，可能对方的怨气火气比较大，但你要有足够的胸怀，多说两句自己的不是，谁的心也是肉长的，来回一想，屁大的一点儿事，再纠缠下去，就没意思了。这个过程只需十分钟左右，随后就是酒话和友情了。几杯酒下肚，一切事态就都不算什么了。偶尔再说起这事，对方也会不自觉地说出自己的过错。相互谦让着，只有麻辣辣的酒是真真切切的。

樊金莲跟了韩如民后，一鼓作气生了五个儿女，身子明显有点发胖了，但细心的人能看出来，樊师傅骨子里俏气，说话的声音略显沙哑，却含着磁性。这也是不少人想来理发铺的一个潜在原因。

有一次，赵德龙在傍晚时来到理发铺，身后跟了一群欢奔乱跳的狗，进进出出的。这位师兄在这个时候专干一种营生，也是他父亲赵全武传授下来的，就是天黑以后，到野外逮獾子。在獾洞口，点燃一堆柴火，柴火里掺了辣椒，用衣服往洞里扇，逼得獾子眼燎嗓呛后，就抢路逃跑，待它从洞口一出来，那些腿快牙利的狗就派上用场了。狗把企图逃跑的獾子叼咬住，并不下死口，而是拖着半死不活的獾子回到主人面前，让主人装到布袋里。回到古镇，不回家，而是来到理发铺，让樊金莲在炉灶上支好一口二号大锅，把獾子放在沸水锅里摊推剥皮之后，换水，再熬。樊金莲扔进些花椒、大料和一把盐，大葱与蒜连皮也不剥，洗洗就下锅了。獾子肉质鲜嫩，是极好的下酒菜。每天晚上练功的韩老虎和两三个师兄弟，体力消耗殆尽，又饥又渴的，派一个小徒弟到古街酒坊打些酒来，就围坐在大锅前，肉连切都不切，撕扯着从铁锅里拿在手上，烫得龇牙咧嘴地往口里送。酒倒在碗中，各自喝各自的，喝多少没人管。又把一些蹄爪和内脏下水之类，扔到外面那群狗中，让它们也享受一顿美餐。

这獾子是个好东西，用獾皮做的衣服，冬天御寒；獾油，是烧伤最好的外用药物；人吃了獾肉，浑身阳刚气足，内力憋胀。身体不好的人吃了獾肉，身上要起疙瘩，几天也消不下去。

这天，赵德龙坐在韩老虎家的床前擦拭随身带的猎枪。樊金莲就站在身旁与他聊天。擦着擦着，师兄把枪管对准了樊金莲的裆部，也不知道是有意还是故意。樊金莲很是夸张地喊了一声，后撤身子的同时，一个巴掌打了过来，师兄一躲，巴掌又折回来，是手背与脸的接触，劲是减了不少，可那脆亮的一声还是让在场的人听见了。

樊金莲佯怒，说："你这是獾子肉吃得太多了吧，是不是昨晚又让老婆蹬下炕了？"

师兄避开她的话题，回道："这老虎的屁股摸不得，母老虎的屁股更摸不得。这老虎的枪有多长，你清楚，我更清楚。你可能不知道，小时候我们一起玩，比赛过枪的射程，老虎的枪一出来，能射到瓦檐上。那时我们就说，这老虎，将来要不是狮子之类的，不敢搂招。你是真有本事，把这只老虎硬给打趴下了。我这枪，叫土枪，虽然是铁的，但在你面前，也还不是小菜一碟？"

"你们男人就没个好东西，话一说出来，就带一股尿臊味。"

师兄摆了摆手，没词了。

坐在一旁的韩如民，哈哈一笑，开口了。

"你好歹比我大两个月零一天，这大伯子调戏小弟妹，是犯讲究的。你弟妹再好看，也只能表面上看看。长枪短枪的，她心里再痒痒，也不能对着你泼野。"

师兄应答："这大两月小两月，还不是你两口子说了算。你们两口子的事，我能知道？老大老二老三还有老四老五两姑娘，你俩哪个月办事，哪个大几月小几月，我说了能算？"这话又有点歪了。

樊金莲顺口说："你这臭嘴，要当我的老六吧？骨头太大了，我可没那生你的本事，你还把我撑死哩。吃着碗里的，看着锅里的，也不知道你这胃口有多大哩？看来我那小嫂子还是没有把你伺候好，今晚再打回獾子，我专门留二斤肉送给嫂子吃，让她好好收拾一下你这嘴上不把门的采花郎。"

师兄马上说："好好好，弟妹饶了我吧，今晚獾子的心肝五脏全归你。"说完，两根指头伸进嘴里，吹出一声口哨，一群狗迅速聚拢到跟前，蹦出门，冲进漆黑的夜幕中。

韩如民走近樊金莲，用手在她裆部抚了抚，说："没事吧？你这扇门得经常关紧。你当是北门？谁想进谁进，谁想出谁出？今天是遇上师兄了，要遇了别人，这玩笑就开大了。"

樊金莲重新紧了紧自己的裤腰，一把手摸住韩如民的脑袋，面露喜色，调侃道："你这师兄平时看上去挺敦厚老实的，其实也是个大色鬼，家里养着一个比他小十多岁的小媳妇，见着别的女人还不安分。我这老婆子了，哪里是他下手的猎物，他也就是当着你的面逗个乐子。真要是想胡来，我衣兜里就随时装着剃须刀哩，再不老实，就把他那物件割下来喂猫喂狗。"说着，顺手从衣兜里掏出一把剃须刀。

韩如民哈哈大笑起来，忙用双手扶在老婆的肩背上，把她按坐到床沿上，随后一个人蹲到墙角，去解绑在腿肚上的铁瓦。

这时，外面一个亮嗓门喊进来："明天是咱古镇的大集会，你这古镇一号门店，也不收拾收拾，迎接南来北往的客人?"

两口子停下手头的活，愣怔在那儿细听，都辨出了是铁匠杨师的声音。两人心有默契地相互竖起了大拇指。

53

仁义古镇的集会，古来有之。从北门到南门，沿街的店铺都把落地的竖板门扇拆掉，醋坊、酒坊、油坊、布店、饭店、杂货店，无死角亮相。各家店门前摆摊的一个挨一个，琉璃碗盒、动物皮角、红糖烧丝、簸箕麻绳、弹弓皮夹、锨锄斧勺，无所不有。街上的人，像煮饺子似的，蠕动着，嚷叫着，走一小段路，得半个时辰。

没办法，人群从两条深巷直挤到外街的后门前和广场上。外街上，靠近沙沟桥旁的是骡马牛羊大会，大小牲畜都远远近近或卧或站在沟口。戴着草帽含着烟锅的、勒着毛巾披着大衣的、叼着卷烟掰牙看口的，专爱干这营生的牙人们，更是忙得不可开交，时而在这边把手伸进卖方的衣襟下，捏指掐数，时而又跑到买方跟前低首密议。成交的、等待成交的，都乐呵着。古镇人在集会上绝不放过机会，大多都是挑一块抢眼的地盘，支棚摆桌，卖各种特色小吃。那些从十里八乡来赶会的人，十有八九，逛累了，看饿了，总要坐下来吃点什么，那些压饸饹的、调凉粉的、煮熟肉的、捏饺子的、打饼子的，甚至有卖茶水、烤红薯的，都忙着把零票整票往衣兜里装。这是地盘优势。外地人做的食物再好吃，摊棚一般都搭在不显眼的偏远地带。

从里街一条巷道延伸到广场上的区域，场面大，人也不少。要把戏卖艺的、敲着铜锣逗猴玩的、摆狗皮膏药治病的、顶碗滚球上高杆的、把巨蟒盘在脖子上售蛇胆的，还有围了布墙让人瞧凶险动物的。看热闹的人，有穿着花哨嘴上涂着口红的村姑、有流里流气皮鞋擦得铮亮的帅气小伙，也有不遮不挡露着大乳房给孩子喂奶的妇人。

午时一点左右，庙院里的开场锣鼓响起，县剧团三天三夜的大戏正式开演。人们开始从四面八方往庙院涌动。

从古街去庙院，北门是必经之地，理发店门前挂着的"古镇第一门店"显得格外惹眼。涌动的人群中，突然喊出一声"第一店，美人店"。这喊声把不少人的眼光撩逗过来，都望向比街道高出一级台阶的理发店。有些中青年人脚下的步子，也就有了倾向性。

理发店本身这一天人就不少，此时，进进出出的人更多了。

"哪个是老美女，哪个是小美女？"

说这话的小伙子，问着问着，被挤到了店门口，连店主人也听到了，声音没有了距离感，也就失去了私密性。各种目光在店门内外乱搜寻着，都想看看美女到底长什么样子。

樊金莲每逢这些节日，总要梳洗一番，为的是给来送钱的人一个好印象。她的身材虽然略显胖点，但周正清明的脸盘上，眉眼鼻子与嘴的搭配，长得很开，很喜人，看上去确实够得上一个成熟型的美女。来帮忙的还有她的两个妹妹，一个近四十岁，一个二十多岁，阶梯式地呈现出不同年龄段的美人胚子。粗一看，个头脸型身材差不多，再细一瞧，老大贤明稳重干练，脸庞温厚；老二俏皮精干敏感，眼神刁钻；老三潇洒多情亮丽，脚步跳脱。有些见过世面的人当着面就夸，有些内敛木讷的人背过身说好。头发不太长的小伙子，专门坐下来要花钱理发，为的是多让其中的一个美女扶着脸颊刮胡须，感受那种轻柔润滑的手感。赶着去看戏的路人，凑过来瞅一眼，转身走了。挤不过来的，就远远瞟一会儿，不知道看清了没有，人走到戏庙院了，嘴上还在说"真好"。

在三官楼二层有一个能通观街里街外的亭廊，韩如民不在理发店帮忙，而是站在廊柱前静观一街动静。

隔上一段时间，赶会的人就能听到几声响亮的鞭声，"叭，叭"，这是韩老虎在三官楼上对着街道悬空甩出的鞭响。是一种提示，也是一种警戒。古镇的人都知道，他是集会治安保卫队的名誉队长，也知道他正常情况下就在这北门楼上待着。外村外县外省来的人不知道，这拥挤忙乱的集会却有着一条严密严谨严格的治安暗线在无形中维系着。

人多的地方，也是最容易出事的地方。大戏一开场，这韩老虎就从北门顶上的三官楼往下走了。他手上握着一条长鞭子，这鞭子是师父赵全武临终前特意赠予他的。握着鞭子，师父的形象与德行就常在他脑海里萦绕。甩出一声鞭响，师父的威望与影响就还在镇街上轰鸣。他身上穿着练武用的宽裤子大袖衣，进出戏庙院，没有人拦挡，连闭月羞花的女戏子们见到他，都象征性地抛个媚眼。

在他正要进入戏院的时候，保安队的一个小伙子挡在他面前，说广场上出事了。那里正有一个江湖骗子向围观的人套钱。韩老虎没等小伙子把话说完，脚下就生风了。走到北门附近，蠕动的人群堵住了他的去路。他挤到自己理发铺的台阶上，一个飞身跃起，踩着人头逆向奔跑起来，人们只感到头顶上一阵风刮过，谁也没想到这蜻蜓点水式的空中飞人就是那个体壮如牛的韩老虎。

广场上，围观的人们已不多了。一个治牙痛病的南方人正站在一位中年人面前，在他嘴里的牙根处拨弄。韩老虎在围观的人群中听见一个刚从卫校毕业的年轻人说，这是假的，是一个骗局。他走近南方人跟前，仔细地看那从牙根处移出来的筷子，果真，那筷子尖上有两三只小白虫蠕动着。筷子从口里移出来，小心翼翼地，南方人举着筷子向中年人展示，同时也让围观的人看清楚。人群中有人发出感叹。南方人口上也不闲着，说一些虫吃牙的治疗方法，又在近旁的背箱里取出些药物："牙疼不是病，疼起来活要命。吃了我的小药丸，保你就去根。"那个中年人，看着从自己牙根处取出来的白虫，露出一副惨相，赶忙问南方人多少钱能买一粒，买几粒能治好。南方人并不着急，而是面向围观的人展示那蠕动的白虫。也有几个人手伸进衣兜里准备掏钱。

韩老虎一时不知该怎么处理，摁了摁自己的腮帮，觉得自己的牙也有点隐隐作痛。这时，人群中的那个年轻人走了过来，指了指那根筷子，说："你敢让我看看你这根筷子吗？"南方人突然怔怔地盯着这位年轻人，随后用一只手拍在对方肩上，说："小伙子，你将来一定是当大官挣大钱的人，你这发亮闪光的印堂，你这偏长招风的耳郭，肯定在今年之内就有好事等着你，我在这里向你表示祝福。"小伙子被说得满脸通红，退后一步，不再说什么了。

韩老虎正迟疑着，一个人从南方人手中一把夺过筷子来，单手一折，那筷子便一分为二。韩老虎一看，是自己的师弟赵能民。原来那筷子是空心的，里边全是白虫子。筷子尖有一个一般人根本看不出来的小洞，小洞的开合，全在南方人手里的一个机关上。挤出一两只小虫以后，洞口就关闭了，筷子完好如初。南方人眼看事情败露，就要收拾东西走人，村里的几个人把他挡住了。那南方人做贼心虚，不敢多停留，极力挣脱着身体，企图乘乱溜之大吉。他被几个人缠得难以脱身，就使出毒招，用肘子撑开众人，又打出一组阴阳拳（民间拳法）。赵能民先是挡开南方人的肘击，没想到自己被摔出一个趔趄，正要回身来几记硬拳，那南方人已退出人群十几米远。韩老虎回过神来，抽出插在腰带上的鞭子，在空中一甩，"叭"地发出一声脆响，喊出一句："喂，小子，你跑不掉的！"随即脚步开始移动。那个南方人回头看了一眼韩老虎，撒开双脚跑得更快了。他哪里能跑过韩老虎。只见韩老虎一个蹲地急速前滑，那南方人就被绊倒在地了。古镇的几个治安队员见状，登时围了上去，摁住南方人，用绳子绑了，押回公社院。

赵能民走到韩老虎身边，一边拍打着他身上的土，一边说："让你抢头功了。"

韩老虎回应："这些江湖骗子没几下子，哪里是你的对手，这些阴招只能糊弄一下平头百姓。"

赵能民拿过韩老虎的鞭子，试着朝空中甩了几下，声音又脆又亮。

随后，两人各自走开了。

54

路过自家理发铺时，樊金莲正走出门来，对着韩老虎就喊："整天管别人的事，自家的事就不能回来帮帮忙？累得人快死了。"

韩老虎一脸假笑，口上应着："帮，帮。"说着就走到正在台阶上扫地的三妹面前，搂着她的胳膊说："老婆，咱回家里歇歇吧。"

三妹抬起头来，一脸的嗔怒："姐夫，你把我看成是谁了？"

韩老虎赶忙纠正自己："你看我这人，又看错人了，你和你姐年轻时一模一样，漂亮得让人心疼。"

樊金莲一块毛巾扔过来，正好打在韩老虎的脸上，他顺便用手接了，在自己的脸上擦起汗来。擦完回头又对三妹说："今天这集会，人多，肯定有好小伙子能看上咱妹子。你多留心点，争取找一个比你姐夫我更好的人，也再不要给你姐做这出力不讨好的脏活累活了。"说完，他对着不远处的樊金莲迅速立正，敬了一个礼。樊金莲正要骂他，他早就一溜小跑离开了。

戏院外不远处，一群人正围着一个凉粉摊看热闹。

两个戴着军帽的年轻人已经把面前桌上的两碗凉粉吃完了，却坐着不走。腰上围着白围裙的中年女主人说："一碗两毛，两碗四毛。"两个年轻人对女主人的话不理不睬，赖在凳子上不掏钱也不起身，其中一个把军帽檐用手拨在脑后，露出茂密蓬松的头发。

男主人看着这状况，赶忙说："你俩的凉粉钱我们不要了，请走吧。"

一个年轻人说:"刚才我们吃了几个旱地西瓜,又吃了几碗饸饹面,还没一个人向我们要钱呢,你这小小一碗凉粉,还要钱?大概你们还不知道我们是哪儿的吧?"

男主人说:"我们也不打听你们是哪儿的,也不向你们要钱,你们这些爷爷们我惹不起,请到戏院看戏吧,马上就开演了。"

年轻人说:"看我们老大的意思吧。"

顺着年轻人的目光,人们把视线转到"老大"身上。那个老大正在凉粉摊调料台前,与一个姑娘撕拽着。男主人见状,赶紧跑过去,对那"老大"说:"这是我的女儿,让你们白吃白喝,还要欺负人,这有点太过分了吧。"

"老东西你躲远点,我能看上你女儿,是你们的福气,她要是跟上我,保准吃香的喝辣的。"

"叭"的一声,那个"老大"的军帽被一条鞭梢叼到空中,转了一圈,落在不远处的沟渠里。

韩老虎出现在凉粉摊面前。

"这位年轻人,你没钱就吃人家的凉粉,这里是你家?要抢人哩?没人管了?"

两个年轻人马上站起来,左右夹住韩老虎,一个用手臂架住老虎,一个挥出拳头朝老虎的面门打来。韩老虎顺势一扬臂,这一拳打空了。这手臂从空中落下来,用力往后一顶,架着他的那个年轻人胸前挨了一肘子,斜倒在一侧。老虎再一蹲,一个后扫腿,打他的那个年轻人,横空摔在几米外的地上。

韩老虎不急不慌地走到那个"老大"面前,说:"你们是南山矿的子弟,我认得。正要找你们呢,去年赶会在戏院里拥挤打群架,把戏都给闹停了的,是你操纵的吧?今天又来这儿耍赖,好吧,那咱就耍耍吧!"

那"老大"圆目怒睁,放开手上拽着的姑娘,正面对着韩老虎。不知什么时候,手中已捏了一把匕首。他说话的声音不高,却含着杀气:"看样子，这事你要管到底了？"

韩老虎说："我是治安队的队长，我不管谁管？"

"今天这是碰上硬茬茬了，不见血不行了。"

"小伙子我告诉你，我身上要有一层皮出血，你的命就放在这儿了。"说完，韩老虎退一步，两脚一前一后蹲出一个虚步，双手立掌挺在胸前。

对方站住了。

这时，又一个年轻人出场了。他走到韩老虎跟前，说："行了行了，这些人都是我的朋友，让他们走吧。"

韩老虎一看来人，见是自己的二儿子亮亮，骂道："你狗日的整天不交一个好人，净和这些赖皮混，看老子不毁了你。"说着，一个巴掌扇过去。亮亮也有韩老虎一样的骨头，硬撑着，招架着。韩老虎双手把儿子的肩背一挽，亮亮的两只手腕被抓捏在身后。最后，他把儿子用绳子绑在一棵柳树上，捡起掉在地上的鞭子，对着儿子就抽。

亮亮一声不吭，任由韩老虎抽打。

在跟前围观的人看着亮亮被鞭子抽出一道一道的血痕，都来劝解，但韩老虎就是不肯放下手中的鞭子。最后，还是赵能民出面，韩老虎的手才被挡了下来。

那几个南山矿来的子弟，趁机溜走了。

戏院里的戏文演得正上劲，一个老生与一个小旦的对唱，引来一阵阵的掌声。武场的板镲见缝穿针地导引助阵，文场的三弦与低胡左右不离地跟随伴奏。这悠扬婉转的女声诉说，与铿锵高亢的男声垂询，不进戏院也能听得出来，这是在省城都得过大奖的名角"小爱爱"与"十四红"的唱腔。

县剧团开场戏就拿出压轴剧目来演，在集会第一天，就把气氛推向了高潮。

韩老虎解开儿子亮亮，让他马上回理发店帮忙，自己捡了鞭子，走进了戏院。

55

集会结束以后的第二天，韩如民韩老虎就遭遇了一次南山矿子弟们的阻击。

韩如民的正式工作单位是汾局电厂，与同是汾局下属企业的南山煤矿在一个地方，从仁义古镇顺着天河流域走到与汾河汇流的三岔口，就是这个叫南山的地方。

韩如民每天骑着一辆自行车上下班，二十里的河床路，只消半个小时就能到达。天黑以后下班，再骑着车子回到古镇。

南山是一座顺河延伸的大山，南山矿的采区，就在南山脚下，距离南山公社还有五里地的路程。这五里地，修着一排排矿工们住的平房，有单身居住区，也有家属区。那些年，这五里路，被山乡百姓称为"鬼门关"。村里有到南山街上卖点山货的村民，一路过这里，总能遇到几个矿子弟的骚扰。说是尝尝味道，实际就是要白吃白拿，桃杏梨瓜之类要拿，南瓜白菜萝卜之类也要拿。有时还要把卖山货的逼到家属区，强行压低价格，卖给矿上居住的家属。你要听话还能赚点小钱，你要耍脾气使个性，不仅钱赚不到，连人也要扣你小半天。村里有在部队当兵的，寄回来一顶军帽，你要路过这段路时一定得装在兜里，要让他们看见，非抢走不可。你要反抗，军帽要被抢走，人还得挨打。矿区子弟虽不是个个都坏，但气氛造成这样了，有些好人也能跟着变坏了。子弟学校是有，但没几个正经读书的，当时的人们，觉得读书不读书无所谓，子弟们长到一定年龄，就被矿上招录了。按指标逐年安排，没指标按接班、顶班也能走得通。这些子弟们多数留着长头发，穿着喇叭裤，经常在路边街口闲逛。不管你是城里来的，还是乡下路过的，只要一到这个地盘，通吃。附近村镇赶集上会，他们三五成群地相跟着就来了，谁要敢不把他们当回事，就和你胡来。如果哪一次让他们受了气遭了罪，这笔账就记下了，等你在哪一天要路过他们的地盘，就得加倍偿还。

韩如民的二儿子亮亮在这鬼门关，就有过一次生死遭遇。亮亮看上了古镇老街贺老二家的大姑娘小慧，有事没事爱在贺老二家的门铺前闲绕，见到小慧一露面，就想上前搭讪两句。这天，小慧提着一篮子鸡蛋去南山集镇上卖，亮亮知道后，也尾随而去。他告诉小慧，自己也正好有事要去南山。两人走到鬼门关，遇上了这批矿子弟的纠缠。情急之下，亮亮极力保护，最后双方竟发生了打斗。小慧的辫子被一个赖皮拽住，鸡蛋也差点倾倒摔烂。亮亮拼着老命上前解救，小慧挣脱了，亮亮却被摁在一堆煤面里。隔着赖皮们，亮亮喊叫着让小慧赶紧逃走，自己一个人留下来与几个赖皮厮打。

　　韩如民平时老教育几个孩子，不要惹事，也不要怕事，早上练功时也会叫醒他们，想把自己的一身武功传授给后代。几次早起之后，亮亮觉得这练功枯燥无味，就打死也不早起了。刚学一点儿皮毛的亮亮，现在遭遇到这几个整天以打架为乐的矿子弟，三下两下，就被打趴下了。然而，亮亮是个硬骨头，加之父亲韩如民教过拳术的几个套路都能耍下来，只是没有练到家。逼到紧急处，不知哪根神经突然来了灵感，他学着父亲的手法，使出一身蛮力，硬是把几拳冲向了要制他于死地的赖皮，算是挣脱了包围圈。跑出几米以外，又回头站住，指着那个领头的"老大"说："你打不死我，就算你们倒霉了，下次要弄不死你，我就是狗生下的。"

　　这"老大"，还是比别人多出一点儿智慧，就在别人还要扑上前去追打亮亮的时候，他阻止了。他从一个赖皮手里夺过亮亮的军帽，远远地扔过去，口上说："你小子，是个好汉，我认下你这个朋友了。你以后再来南山这段路时，我请你吃饭。"

　　亮亮和他爹一样，是个讲义气的人。仁义集会凉粉摊前，亮亮挺身解救南山矿几个子弟的一幕，正体现了他的这一点儿。而韩如民并不知情，对儿子亮亮不依不饶地实施了捆绑暴打。

　　韩如民惩治南山矿几个赖皮的事件，埋下了日后的祸根。这一关，绝对躲不过。他每天上下班，必经这五里地的"鬼门关"。当然，他也是有心理准备的。

一进入地盘，第一拨矿子弟赖皮先迎住了韩老虎。韩老虎不想恋战，上班时间不允许他耽误，三个子弟，三招两式就搞定了。骑车又走了两里地，第二拨人又挡在路中间。五个子弟，带头的是"老二"。老二让一个身边人认定是韩老虎之后，二话不说，一挥手，人就围上去了。韩老虎拎起自行车刮风似地甩了一圈，围着的人就退开了，他迅速跳上车子，猛蹬几脚，人就被他甩开了。老二与其他人随后就追。

最后一拨人是六个赖皮，是"老大"带着的。话说韩老虎到汾局电厂要过一座桥，桥上横着站着一排子弟，每人手里都握着一根镢把。韩老虎把车子撑在一旁，知道这最后一拨肯定不好对付。他迎面来到这排人跟前。站在中间的，就是那个在凉粉摊前要和他动匕首开打的"老大"。

"三年等个闰腊月，你也会有今天？"

韩老虎正要应答，却听见身后有人嚷嚷，他回头一看，之前那第一拨人和第二拨人也赶到了。这些人有的手里拿着砖头，有的拿着菜刀。他此时是退不得进不得，两边是桥栏杆，桥下是天河水在翻波卷浪。前后被夹击着的韩老虎，没有任何路可逃。

韩老虎便对那老大说："我就在你后面的电厂上班，现在上班时间到了，咱改天再玩，行不行？"

"什么时候玩，现在是我说了算。你的话和放屁差不多。"

"小伙子，你可别玩得过火了，我不和你这小孩子计较。"

"我就是想看看欺负过我的人，是什么下场。"

"那天，我可是给你留了后路。你以为我儿子能救了你？我那是专门教训教训我儿子，不想让他和你们这种人鬼混。要真抓你，那天你是跑不了的。"

"我不管那天，就说今天，看你能不能过了这道关吧。"

韩老虎前后看了看，放开嗓门喊："你们各位都听清了，你们都还没长大哩，你们的爹娘还等着你们结婚成家抱孙子哩，我不想伤害你们任何人。但前提是你们谁也不要挨近我。真把我逼急了，我也不知道我会干出什么傻事来。"

那天在凉粉摊前挨过打的年轻人率先扑了上来，两人手中的镢把，横空挥舞着，直逼韩老虎。韩老虎眼看着空中挥动的镢把左右躲闪着。趁两个人不注意，韩老虎侧身卧地，一手抓了一把桥面上的灰土，往空中一扬，顺势走出一个斜步，一只手臂搂飞两根镢把，另一只手臂把两颗脑袋夹在腋下，痛得两人嗷嗷直叫。韩老虎没有停下动作，像舞火轮似的，将两个赖皮的脑袋夹在腋下头对着头，身腰和腿脚横飞在空中，以他为中心，以两个年轻人的身长为直径，旋转起来。桥面上一片尘烟。韩老虎是个心善如佛的人，他这时要一放手，两个年轻人就会从两个方向，分别从桥栏上飞下天河，摔不死也得被淹死，但他没有这样做。

那个老大见这架势，忙招呼老二那边，十几个人纷纷靠近韩老虎，企图阻止老虎的发威。

密集的棍棒开始往韩老虎身上打去，他全然不顾身上挨了多少下，韩老虎看准老大的方向，脚下在慢慢移动。突然，韩老虎劲一松，那两个年轻人死猪一样撇在一旁，那老大的后脑被一脚钩住，转瞬，两只脚就被韩老虎倒提在手中。其他人这才停住扑打。韩老虎提着倒挂的老大，在围攻他的一圈人面前游走，那老大的头部顿时在桥面的灰土中高低不平地磕碰出闷响。

韩老虎说："现在，这个带头闹事的人有两种死法，一种是锯分式……"他边说边做着示范：他双手把人倒提到空中，再用两只手往两边拉，"从裆部开始分离，一撕两瓣，这种死法看上去有点残忍。"

"另一种死法是漂流。"韩老虎双手一用力，那个老大整个人打摆子似的悬起来，接着，手上的人不见了，只能看见他手上的两只脚。老大的身子倒垂在桥栏外面，"这种死法体面些，不过最终也是喂了鱼虾。你们都是这老大的患难弟兄，看看这事怎么解决好，出个建议。"

"你是爷爷，是我们的亲爷爷，放了他吧，我们再不敢找你的麻烦了。"说这话的人是老二，说完就"扑通"一声跪在地上。接着，十几个人都顺势跪下，求饶不止。

韩老虎心想这些赖皮整天称霸一方，也知道能软能硬的道理，于是，他的心一软，把那个老大提回桥面，说："你们都是还未成年的年轻人，爹娘养育多少年，盼着你们成人成家，放着好路不走，硬要耍赖斗横。要不是看在你们爹娘的面子上，我让你们一个一个都变成鬼。"

韩老虎说完话，一把放下手中的人，转身推着车子去上班了。待快要走出桥头时，回头一看，那十几个人还齐刷刷跪在那儿。

"告诉你们，我每天都来上班，你们想找我不难。你们做什么事，我也会了解到的，今天仅仅是个开始。"

56

韩如民韩老虎的故事还有很多，后面我还要讲到，镇上的人都能讲出几例。就冲着这些故事，我从小就和几个小伙伴对他十分崇拜，这么大的镇子，没有他这种主持公道的人，连赶集上会都不可能安稳。

那时，法规法制还不怎么健全，村镇上的歪事邪事常会发生，甚至偷人的抢人的骗人的事都有。拳师们与当地执法人员常有配合。能真正让那些不怎么正经的人有所震慑的，就是这些爱扶贫惩恶的拳师。拳师十条戒律中，让这些徒儿们有多吃亏多吃屈的忠告，但帮贫救弱惩恶除霸主持公道这些事还是要该出手就出手的。

社会上也有不少欺负小孩打老汉的烂人，你没有十足的底气，你就不敢出面制止。再有，你走到半路上，突然就冒出一个要与你过不去的人，怎么办？

有韩如民这样的现成榜样，学拳就成为几个孩子不约而同的选择。人的一生，至少几十年，要经历许许多多事，不一定哪一天，你就遇上坏人了，到时候他不和你讲道理而你又没能力招架他，眼看着你就是砧板上任人宰割的肉，一点儿脾气都没有。不要说伸张正义扶弱压邪了，你连自己的安全都保证不了。在一定场合，在特定时间，拳头就是唤回自尊与自信的东西，甚至是确保生命与家庭的东西。

在懵懂初开的童稚理念中，拳术成为我心中既深奥又神秘的向往。

第七部分

57

北方农村不缺乏一些机巧聪明的人。原始状态的生产劳动，农夫与作物的接触主要在手上和肩上。播耧，点种，锄苗，收割，扬场，这些活儿在手上，会做的人出的力少，出的活细，懂得农活窍门窍道的人，省时省力，还出活。尤其在时节紧逼的关键时刻，种锄要又快又准，收取要又急又忙，抢在墒后，赶在雨前，避开霜冻，备好仓储。根据田地的土壤，选择春播的粮种。夏秋收获的成果，决定农家一年生活的盈亏，以及丰寡。山田适合种耐旱的作物，如小麦玉米高粱豆类等，水地适合种瓜菜。农谚有"一亩园十亩田"的说法，瓜园菜园凭着足够的流水滋润，收入一般是其他作物的几倍以上，但精湛的技艺和勤劳的管护是前提。

人民公社时期，公社管着大队，大队下面又有若干个小队。农村人都叫社员，社员们上地劳动都是集体出勤。考察一个农村男人的主要标志是肩膀。一副肩膀放上二百斤以上的担子，不抖不颤，先得到人们的赞赏。迈开步子一走，更能看出一个强劳力的功夫。夏收时节，远在十多里以外的山地，经过一个上午或下午男女老少的收割，成捆成堆的麦子分放在田地里，就在大家都筋疲力尽的时候，男人们才开始了最为苦重的劳动。一根尖担竖插在地上，一根带栓的绳子垂直铺开，一把一把的麦穗山一般靠摆上去，男人用膝盖顶住麦捆，发力勒拴绳结，麦穗相互斜插在一起，被结结实实地捆绑成不易散架的"荞麦棱"麦捆。男人把尖担顺绳口插入麦捆，两臂一发力，麦捆被高举在空中，男人的双手一上一下举着麦捆，走到另一捆麦子前，把尖担的另一头插进麦捆，放平上肩。

尖担略略上翘，两边一吃重，几乎被压平。颤一颤，左右平衡一下，把肩膀挪到重心中点的位置，才迈开脚步。新烤熏出来的尖担，一般男人使用不了，要有些巧劲的男人才敢上手。搞不好担子一旦扭转反向，不仅两大捆熟透的麦子轰然落地，颗粒全都撒落地中，而且，担子可能在瞬间折成两截。这种尖担当地人叫"摇担"，摇担在肩上落稳以后，开步又是一个难题。如果颤幅过大，还可能反转。颤动适度，不仅放在肩上的重量能明显减轻，而且行走的步态尤为洒脱。微尘轻起，两头麦捆上下跳颤，重量落在肩上时，正是一只脚踩实地面的时候。麦捆颤悠上去时，正是双腿前行的时候。远远看去，只见麦捆有节律有风声地前移，不见中间挑担子的人。这时，男人的风度气质都能顿然显现。用摇担，走起路来既省力又迅疾，可会耍摇担的人并不多。

走过一段一段的麦地，再往沟底走就是沟岔崖壁的路面了。山地路径，多为"之"字形靠崖小路，不到拐点，不能换肩，二百多斤的重量，不管多远，一直要谨慎行走，不能让麦捆与崖壁挤擦，也不能与外沿的野丛乱藤纠缠，脚下坑坑洼洼，碎石虚土，都要走得一步一个脚印。拐点换肩时肩膀上的肉有时要重叠挤压，再有多大的疼痛，也要咬牙挺住。如果这时一松劲发软，人与麦捆都可能掉入悬崖绝壁之下。偶有与从沟下上来的挑空担的相遇，挑空担的的担绳要巧妙躲开，挑空担的要从下来人的腋下钻过。路太窄，没有别的选择。

沟底，一般都备着马车。挑麦担的人，把前面的麦捆扬起，探到车上，等车上的人脱担松绳之后，麦子落入车位，再抽出皮绳，团在一起，扔下马车。站在车旁的挑担人错开一步，用尖担再把后面的麦捆高高举上车顶，再松绳解结。

如果车上的麦子已经装满，挑担人就必须顺着沟道负重回村了。

收打麦子的时节正是五黄六月天，这个时段也是雷电风雨最爱发生的时段，麦黄一夜熟，抢收打场入库要一条龙贯穿，说来就来，稍一迟钝，或者麦粒落地，或者被风雨侵袭，一季的庄稼就可能毁于一旦。紧锣密鼓，男女老少全家、全村出动，夜晚还要连轴转，田头送饭，通夜加班，一刻也不能松懈。有病的，夏收过后再看，有事的，夏收以后再办。主要的农作物就是麦子一项。老弱妇幼，以割麦为主，青壮劳力，以挑担运输为主。女人们一人两垄麦行，右手握着镰刀，左手抓着麦穗，低头猫腰，按节奏换步向前推进，身后是一堆一堆的麦山，前面是一拥一拥的立穗。艳阳高照，草帽起伏，脚下的路走得稳健而快捷。为了提升割麦的速度，常常形成比赛，比赛也不能慌乱，一慌乱就可能失去节奏，磨得锋利的镰刀，搞不好不是割破手指就是"挂红"腿脚。"嚓，嚓，嚓"，人们一前一后地排成"雁阵"，心中都较着劲，谁也不甘落后。最先割到地头的，再空开一定的麦垄，回头向新一轮的麦群进发。女人或男人在农村的形象，一般在一个夏季就可能塑造起来。干脆利索，硬功加巧力，一上手就知道你做活的能耐。被人称道的姑娘，或让人佩服的小伙，都是在农活上高人一筹的，在日后的嫁娶中往往优先被看中。一般来讲，干农活利索的人，在做家务上也错不到哪儿去。娶上这种女人或嫁给这种男人，一生的光景不会太差。赤日炎炎，实在饥渴得不行了，有人就爬上地边的杏树，摘下些麦黄杏来，扔进嘴里，充饥解渴。

村民们天不亮就开始在麦田劳作，一直干到太阳升到半空，人们开始念叨起送饭的人。得着一点儿间隙，抬头往山下看看，还不见送饭人出现，就有骂声飞出来了："狼不吃的羊倌，还不见鬼影，是不是昨晚上又让女人给拾掇来，腿肚肚软，走不动了。"这骂声，往往有响应，说着笑着，手下的活儿也就有些松劲了。送饭人突然在沟坡上成一个黑点出现时，最先发现的人就会尖叫一声。大伙的心里像落下一块石头，像盼星星盼月亮似的，总算盼到饭菜了。肚子里饥饿的咕噜声愈发响亮了。

送饭的人是羊倌，羊倌从各家的大门口收齐装着饭菜的坛坛罐罐，拴紧在筐笼上，一路吆喝着，挑着越来越重的担子，向村外十多里外的山地进发。如果有哪一家的饭菜备得迟了，就会耽误时间。羊倌把饭菜送完，再到村外的羊圈解锁开闸放羊。

古镇原本是以商贸为主，但随着人口的急剧增多，北门和南门以外的地方新修了许多房屋，古镇两山以前荒芜的沟坡田地，都一点一点地被填平开垦出来。虽然人多地少，但为了填饱肚子，大多数人还是以务农为主。镇子边长年流着清水的仁义河，河流两侧，有不少河滩地，这是农户们的"珠宝"地带，从东园到西园，挤挤挨挨的，都种着蔬菜和瓜果。

每天古镇的街面上都摆着水灵灵又新鲜的蔬果。东园有两个种菜能手，是从山东搬过来的兄弟俩，姓肖。西园也有两个种菜能手，是从河南搬来的郝家兄弟俩。因每年卖菜的收入十分可观，所以东园被人们称作"东淘金圪垯"，西园叫"西淘金圪垯"。后来，菜园子都归大队管理了。

秋收相比于夏收时间稍长一些。秋收的农作物有多种，根据成熟的先后顺序投入劳力。高粱，玉米，其它谷类，豆类，薯类，依次收获。秋季的雨也有，但不像夏雨那样迅猛激烈，而是细绵麻缠，常把田头地里搞得阴冷湿凉。不过，雨天并不影响人们的收割，那些农作物也不像夏季的麦子那样不禁雨淋打落地上。车马要到的地方如果是滩田，都是平地，运输起来也就方便多了。女人们依旧是以手头活为主，男人们的担子下不了肩。常在田间挑担的男人，肩上都长了死肉，书面语叫茧。除了用尖担挑高粱穗豆秸外，好多果实如红薯玉米土豆之类则改换成筐笼来运输。

又种地又经商的人很少。种地要的是根据季节旱涝选择下种的粮食种类，以及精细勤劳的田间管护。而经商要的是对进货优劣品种的辨识、运行规律和销售季节的掌控，以及收售盈利的算计，专业性较强的还要有对一种商品在技艺和制作上的娴熟精湛。大队根据每个人的情况，把一些有商业头脑的人集中起来，搞集体副业，发展经济。

有一个人引起了古镇人的广泛关注，他把农业和商业结合得十分完美。刚刚长到十七八岁，他的聪明才智就充分体现出来了。

他叫张长林。

58

母亲刚过二十岁就生下了张长林，因怀孕期间营养充足，他一落地，就四肢挥舞着要奶吃。母亲当时年轻，又是第一胎，鼓鼓胀胀的乳房，却挤不出奶，大人小孩都着急。母亲被奶胀得难受，孩子吃不到奶饿得大哭。找有经验的人前来"开奶"。成人的嘴，含住年轻母亲的奶头，一点一滴地往外吮吸，直到奶腺完全疏通。一旦疏通，母亲的奶水就流天灌地地涌出来了。张长林连一个奶子都吃不完。还没过两个月，母亲的奶水突然没有了。张长林一夜一夜地啼哭，母亲的奶头像一口一下被淘干的井，硬是挤不出来奶了。别的食物很难喂进他的嘴里，他便一天一天地饿着，哭着。眼看着孩子干皮瘦柴得活不成个人样，没办法，母亲只好把他抱到后头街刚生了孩子的一家去喂奶。开始，只是抱去喂喂奶，晚上就抱回家来。可半夜醒来，孩子又要吃奶，没完没了地哭，搞得全家人都跟着受累。后来就干脆晚上也跟着奶母，随时可以吃饱喝足。

奶母左边一个孩子右边一个孩子，晚上哪个孩子饿了，自己抱着奶头就啃，有时两个孩子同时醒来，一人抱着一个奶头各吃各的，两个孩子相互之间没有抱怨也不忌妒，像孪生兄弟似的。吃足喝饱之后，有时两个孩子能相互在一起戏耍好长一段时间。就这样，母子之间，兄弟之间，渐渐产生了深厚的感情。张长林要被母亲抱走一两个时辰，奶母能想得流出泪来。再后来，张长林一见母亲来就哭，哭得死去活来。这样，母亲只好让孩子就留在奶母身边。三四岁，七八岁，十来岁，张长林一步也不想回母亲那儿，就算硬拉回去，不一会儿，就一个人又跑回来了。

张长林的母亲对奶母说："这孩子长这么大了，还要吃你的喝你的，这几年，给你的奶钱也不多，再要给下去，我怕没有这个余力了。"

奶母说："谁问你要钱了？这孩子已经是我家的一个成员了，还说什么钱不钱的？你给的那几个钱连买件衣服也不够。我们把他当自己的孩子，他以后长大想回去是他的事，他要不想回去，我这里就有他的吃的喝的穿的用的。钱的事你再不要给了，我能养活起。"

母亲看着孩子在这里快快活活的，只好转身走了，眼里溢出几串不舍的泪花。

张长林在奶母家叫林林，与他一个奶头叼大的兄长叫荣荣。两个孩子到学校上学，老师问荣荣："你叫什么名字？"荣荣回答："张长荣。"老师又问林林："你叫什么名字？"林林回答："张长林。"

等母亲知道这件事以后，张长林的名字已经被学校的师生传叫开了。张长林的姓，是奶母家的姓。

张长林的奶爸叫张富贵。张富贵的祖籍是离仁义古镇二十里远的一个叫张家岭的地方。张富贵与哥哥张富有的父亲叫张有贵，两个儿子把父亲的名字一分为二，各占一字，再加一个"富"，希望以后的日子都能富有富贵。祖辈有酿醋的家传，到了张有贵这一辈，醋业时兴时衰，在村里过着不穷不富的生活。哥儿俩刚一成人，做出的醋在村里销量有限，父亲就让兄弟俩相跟着挑着醋担到古镇来卖，每次来，天不亮就出发，二十里的路，到太阳能照到古镇街面一半人家的店铺时，两人就来了。只需半天时间，醋就卖完了。天不黑时，兄弟俩正好能赶回张家岭。几年以后，父母相继过世，兄弟俩一商量，就携家带口地搬来古镇，想在醋业发展上寻求更大的空间。

水深鱼自活，山大鸟常鸣。不出所料，凭着张家醋艺精到醇正、本分诚信的经营理念，兄弟俩的买卖做得风生水起。

一天，张富有与张富贵协商：咱分开干吧，这镇子用醋量挺大，咱们的摊子可以再扩大一些。张富贵表态：我也早有此意，但一直没敢和你提出来。

兄弟俩前街一个"富有"醋坊，后街一个"富贵"醋坊，各自充分调动自己的智慧与才能，既有暗中比拼的想法，也有明里相互照应的意思。

张长林整天泡在张富贵家，母亲那里反倒成了亲戚家似的，偶尔才回去一下。一回到张家，翻箱倒柜的，比张长荣还随便有理。奶母看到他这样，一脸的笑意，她和丈夫张富贵说："这孩子，养熟了，在咱家比荣荣还有理霸道哩。"

张富贵说："吃谁家的奶，像谁家的人。这孩子说不定比咱家的荣荣还有出息。"

确实，张长林很早就表现出与别的孩子不一样。他除了和张长荣玩耍，一般不和同龄人在一起瞎混，常喜欢和比自己大一茬子的人在一起。有事没事，就跑进醋坊里转悠，有时还帮一把手。不像张长荣，赶着撵着也不想进醋坊，大人逼急了，才进进酸味十足的醋坊。

奶母是个勤劳的妇女，醋坊杂务之外，长年养着一头肥猪，到年终腊月才宰杀，除去自家过年享用，也到镇街上卖。每天，奶母都要到沟畔田沿打猪草。张长林为了帮奶母减轻负担，常常一下学就提着草筐和镰刀割草去了。他眼快手快，知道哪些地方有猪最爱吃的草，扛着冒出沿外的草筐，踏着月光就悄悄回来了。

奶母给张长林倒一碗蜂蜜水，再摸着他的头搂到自己怀里，眼中漾出晶莹的泪花，说："林林知道心疼娘了，娘这辈子遇上你算娘积下德了。"

除了帮奶娘割猪草，张长林也特别爱玩游戏。

那时，孩子们喜欢一起玩游戏，全镇的孩子玩的游戏种类差不多。前头街和西圪塔的孩子常在广场上玩技巧性较高的"打瓦"，后头街的孩子们最爱玩带有刺激性的"打捻耳"，东圪塔的孩子玩的是又刺激又有技巧性的"打板"。

张长林不和同龄人玩，老参加到比他大一茬子的孩子中，开始时谁也不想要他，觉得不在一个水平上。后来，他只要一到，孩子们就来了兴趣，非要他参加进来不可。孩童本质里的贪玩，好像总应该有一个能被"捉拿惩罚"的对象才能玩出兴致。每一次，大孩子总想把他预定为被捉拿对象，而每一次他比谁都"溜"得快。

尤其是在广场上玩的"打瓦"游戏，只有他一个来自后头街的孩子，又是一个年龄偏"小"的孩子，遭人戏弄，就成为大家的一种共识。头打瓦、二撩油、三蹲蹲、四外圪搗、五里圪搗……共同的打击目标是前面摆着的一块立砖，所有参与的人用"石头、剪刀、布"排定顺序以后挨着来，第一个人失败之后，第二个人来，以此类推。直到把十二个项目全都完成，最后剩下的那一个就是败家。轮到张长林，最多用三个轮次，他就能全部完成所有步骤了。看别人五六个轮次还在那儿你争我夺的，他已经坐在一边等候了。他有游戏天赋，想捉到他一次很难。西圪塔的孩子们称他为"小猴精"。他天生的灵巧性与命中率，一般的孩子比不了。虽然他玩得不多，但却能掌握住要领。

东圪塔的孩子在自己地盘上不知天黑天明地"打板"，突然闯进一个后头街的孩子，大家便有了一种让他"脱裤"而归的冲动。大家用纸烟盒叠成三角板，用废书页叠成四方板，两个人到七八个人参与都可以。所有人的纸板都摆在地下，轮着去扇，扇哪个都行，扇翻谁的谁再补，谁扇翻归谁所有。一般来讲，哪个板空隙大或斜度高，最可能成为可俘获之物。但大家要盯上一个人，谁也只扇你的板，你很快就可能耗尽"板"源，这是明明带有欺凌性质的打击和贬损。张长林的板，被几个孩子轮番扇下来，差不多就要"弹尽粮绝"了，耳朵里还要灌进不少小瞧低看的不敬言词。可一轮到他发起攻击，基本上就歇不下来了，他是哪个板好扇就扇哪个，所以成功率也高。有时候在他手下，所有参与游戏的人都要补一到两次板。每一次，他都能满载而归。东圪塔的孩子称他为"板板王"。

后头街孩子玩的游戏带有野性，有时还要付出血的代价。"打捻耳"就是这样一场游戏。大小不同的砖错落立起来，参与游戏的人站在立砖前向七八米以外的一条线投送自己手中的一块扁石。谁的扁石离线最近谁先打，离线最远的最后打。一群人站在线外，向立砖瞄准投射。最中间最远的那一块立砖叫"司令"，两旁立着的砖是"执行官"，司令有大司令二司令，执行官也有第一批和第二批，根据参与者的多少而定。六个人参加摆五块砖，八个人参加摆七块砖，第一轮打不完，第二轮接着打，只到所有立砖都"各有其主"，剩下的那个人便是被惩罚的对象。"大官大官忍不忍？""不忍不忍实不忍。""罚几个，下命令。""五个五个加五个，圪捻（当地方言，指用手指搓）麻叶加劲劲。"被惩罚的孩子站在中间，左右各两个执行官，捻住耳朵，往下拽，拽一下算一个，十五个下来，真要平时有点隔阂的孩子，差不多耳根就被撕破出血了。即使第一轮轻柔点，还有第二轮。"二官二官忍不忍？"又有另外两个执行官上来捻耳朵。总有一个与你关系不好的人在一旁等着捻你。也有平时关系不错的或"孩子王"之类的人站在被惩罚者的位置，这时就有可能被大官"忍"了的，但还有二官的"忍"与"不忍"。执行官的手劲，也是含着关系的，十个捻不出血，五个也可能捻破耳朵。

张长林一般在第一轮就击中一块立砖，从没有被惩罚过。

这种游戏越玩积怨越深，后来有的大人也参与进来了，连平时不怎么对眼的两家人也在这游戏上找到出气口了。再后来，就没有人再玩这种残酷的游戏了。

另一种游戏应运而生。

后头街的人叫"打子子"。在一块方砖上，每人五颗或十颗摆上杏核，站在几米以外的线上，用手中的桃核投射。第一个投射的人叫主家，手中的桃核叫母核。主家瞅着砖上的杏核击打，打落多少归自己所有。别的人可以打砖上的杏核，也可以直接打落在地面的母核。打落砖上多少都归自己，要打中母核，所有砖上的杏核全归你所有。砖的面积大，母核的面积小，难度大的收获多。主家在直取砖面的同时，还要考虑到母核的落点，落点要离别人太近，直接击打母核的人就多。母核一旦被击中，一场游戏就结束了。只要母核未被击中，砖面上还有一颗杏核，游戏就不算完。三五个人玩耍的"打子子"，张长林不参加。十几二十几个人时他才参加。而且，他很少打砖面上的杏核，专打母核。不出三轮，母核就会被他击中。第一轮就击中母核的，得到的砖面上杏核就特别多，要两只手捧着才能装进自己的口袋。后头街的孩子叫张长林为"一坛坛"。

这种游戏既有趣味又有实惠。杏核一去壳，就可食用，逢年过节，每家每户的桌子上都摆着这一盘菜。剥皮煮熟后，加进葱丝、盐、醋，就是极好的下酒菜。张长林家里有一个空坛罐，是他让奶娘给准备的，日积月累，张长林赢回的杏核快要把坛罐装满了。有熟知内情的人传出来，爱给人起外号的人就给他起了这么个"一坛坛"。

张长林在学习上不钻研不下功，看到课本就头晕，老师在课堂上讲的那一套，他没耐心听，坐也坐不稳，老有小动作。一听到下课铃响，他比老师跑得还快。一出教室就折腾上了。抢案子打乒乓球，捡起棍棒练武术，抬起腿脚顶拐子，什么好玩玩什么。

一天，张长荣对母亲说："林林今天在学校节目表演中打了一套拳，全校师生都给鼓掌了。"

奶娘觉得张长林有点委屈，玩点什么，老是躲着大人偷偷地来。她把张长林叫到跟前，说："娘以前也知道你偷偷练拳，这不是什么坏事，明天晚上，娘就引上你到古镇北馆见师父，咱正儿八经地练。他们要多少钱，娘出。"

张长林说："我只是随便要要，不去这些专门练武的地方，娘不要再替我操这份心了。"

淘气归淘气，张长林对奶娘心里边贴着，他不想给奶娘增加任何负担。相比之下，张长荣实在敦厚，也听话，在学习上表现得十分勤奋，成绩也排在班里前几位。在玩耍方面，却老是只输不赢。在人前背后，不怎么被人关注。

59

张家在后头街置买的院子外，就是沙沟，是镇子与大山接壤的地方。每天晚上，睡在窑炕上就能听到院外的狼嗥声。张家的看门狗，一到晚上就蹲在大门口。张长林给这条狗起名叫"跑枪"，意思是跑得快，咬得狠。为了防止狗脖子受伤，他用硬皮带做了一个有铁钉向外的脖套。跑枪能听懂张长林的话，白天让它守院它就不出院门，让它跟着自己就紧随身后。

跑枪不像别的狗，天一擦黑就与绕在村边的狼对吼。它不动声色地蹲在院门内，在有什么人或动物靠近院门时才发出低沉而凶狠的吼声，吼声带着杀气。

　　张长林晚上就睡在离窗子最近的炕上。从跑枪的叫声里，他能听出院里院外的动静。有一天半夜，张长林从跑枪的吼声里听出了危险，跳下炕就跑出了门外。等一家人走到院子里时，张长林已经在院墙角了，他打着手电筒，正在察看猪圈的后墙。战斗刚结束，跑枪气喘吁吁地跟在他的身后。

　　原来，蓄谋已久的狼群这一天晚上盯上了张家筑在院落一角的猪圈。平时镇子周边的院落常有被狼入院掏鸡窝拱猪圈的，畏于跑枪的凶悍勇猛，对离山沟最近的张家猪窝，狼群一直没敢下手。这天，能闻见肥猪肉香的狼群终于发起了一次有组织有步骤的攻击。院墙外就是沙沟，野狼惯常的战法是，跳进院子，挖开圈墙，钻进圈内，先把猎物的喉咙咬住，摁住不动，等脖血流尽，再拖出来，拽到比较安全的地方，然后撕咬破碎，吞食进肚。一旦野狼得手，把猪拖到院外，就是几个老猎手在场也无济于事。

　　这群野狼十分狡猾，知道跑枪不是一个善茬子，它们便不跳墙进院，而是在院外的圈墙迅速掏洞，既避开了跑枪的视线，又能随时撤离现场。这一招当然躲不过跑枪敏锐的听力，但跑枪再怎么厉害，在沙沟里狼的地盘上与群狼对抗也讨不到便宜。狼却怕人，人一露面，野狼就不敢恋战。张长林平时练拳时爱使一根长棍，长棍就在家门外立着，一伸手就拿到了。随着张长林一阵声嘶力竭的叫喊，又有一束手电的强光照射，跑枪的战斗力被充分调动起来，开始与群狼殊死搏斗。慌乱中，张长林穿了一条奶娘的宽裤，戴了一顶奶爹的棉帽，口中喊出的声音也是刚变过声的小伙子的嗓门。野狼见势不妙，最终放弃了快要掏通的猪圈墙，逃回沙沟了。

　　第二天，张长林拜访了几个经常上山打猎的猎手，回家以后自己琢磨着做了两个铁匣子。一到晚上，就把弹簧撑起，拴放在猪圈最易掏开成洞的地方。野狼里肯定有老奸巨猾的首领，不上当，不做不必要的牺牲，再没有敢来侵犯张家的猪圈，但却有两只不知死活的黄鼠狼成了铁匣子的战利品。

随着年龄的增大，张长林再无心求学，早早便辍学回家。他对套牲口喂骡马赶胶皮车挺感兴趣，对农田作物的播种锄割收获也干得很有心劲。别人不敢要的摇担，一到他肩上，像燕子双飞似的走坡串梁，翩翩起舞。在张长荣努力成为一名三好学生的时候，张长林已是一个腰圆膀壮的全劳力了。

对醋坊制作的全过程工序，张长林也了如指掌，渐渐成为张富贵的一个得力助手。制醋行业，最重要的物资就是水，每天早饭前，张长林就把醋坊的所有水缸都担满了。

仁义河的水，从上游开始就被截出一股，顺着山腰沟桥，一直流到镇子的旁边。人们称这个涌波翻浪的水渠叫下渠。除了带动两台水磨，也供着全镇人的饮用。镇里人一般不在中午和晚上挑水，因为沿途有人洗臭脚涮粪桶。各家都在早上挑水。水流十里浑也清，水流十里脏也净。

挑水与耍摇担一样，同样是个体力加技巧的重活。脚下慌乱不定，两桶水挑回家都是半桶。肩上平稳衡定，水桶就只晃不溢。张长林挑水从下渠到后街，距离算是最长的，但脚下的路走得既快又稳，脚面的起落，担子的颠颤，水桶的平静，谁看谁眼热。

60

富贵醋坊的出醋量越来越大，镇子上的人家差不多每顿饭都离不开醋。那时的粮食比较匮乏，好多人家不到年关节口吃不上白面，平时都是吃着粗粮。不管干蒸还是水煮，入口都粗糙难咽。但要调上一点儿带醋的菜，下咽就顺畅多了。买两根黄瓜，用刀在案板上一拍，放些盐醋，调着吃。摘一个茄子，切成片状，上笼一蒸，一匙盐一勺醋，味道挺好。胡萝卜、白萝卜，配上辣椒、葱丝，加盐加醋，满口喷香。就是大白菜，有醋盐搭配，再怎么扎嗓子的粗粮也能顺利下咽。

"有钱没钱，买醋买盐。"穷家也好，富门也罢，没醋不成饭局。饭馆炒菜，快熟时，一匙醋加入，醋香扑鼻，菜品口感脆、开胃。农忙送饭，没筷子可以折两根树枝，没醋就调不起食欲。

醋，有零卖，有整批。快到饭点时，总有镇子里的人家打发孩子来买醋，用玻璃瓶的，肯定是穷人家，急用急买。用塑料桶的，肯定是宽裕家庭，用多买多。每逢穷人家遇到张长林，瓶子肯定是倒满，给钱不给钱，给多少，他不问。他想让每个穷人家都能吃上醋。

也有不少外村外县的人前来打醋，他们整买零卖。富贵一家人对这些批发商十分热情，因为他家的主要收入全凭这些大客户。批的数量越多，卖的时间越长，说明他家的醋越受欢迎。遇到饭点时，富贵还要炒两个菜招待来客，不喝个歌甜花香，不让走人。

有时，也有捎来口信的，让醋坊送醋。张长林小的时候，常来帮忙送醋的人是赵德虎，赶车驾骡耍鞭子是赵德虎的拿手活，干得又顺当又起劲，却不说待遇。张家人知道这活又耗时间又费力，也不亏待赵德虎，至少给他好酒好肉地吃喝两顿。家里有稀罕的吃的用的，也让他回家时带上一些。这样，赵德虎有事没事也常来醋坊转转，与渐渐长大的张长林关系处得挺好。赵德虎头脑灵活，本事多，也是影响张长林爱悟事能出窍的一个关键人物。

一天傍晚，张家院子进来一辆马车。车主头上勒着白毛巾，额上两个毛巾头倒八字上扬，他举着鞭子来到张富贵家的正窑，说要买一桶醋拉上回家。

富贵马上差人从醋坊装满一大桶醋，临要装醋上车时，车主突然冒出一句："身上的钱不便易，改日专程派人来付款。"

"那不行，我不认识你，你要一走再不见人影，咋办？"

"咱都是做买卖的，谁没有个不方不便的时候？你不能把我看得连一桶醋都不值吧？"

"好吧，那你给我留个联系方式。"醋桶装上车后，车主给富贵留了个地址。

马车正要启动，赵德虎与张长林走了进来，听父亲说明刚才事情的原委，张长林觉得不对劲，拦住了车主的去路。他围着马车绕了一圈，也没发现什么，张长林找不出不让他走的理由。

即使这样，张长林仍说："不给钱，不能走。"

车主面带不悦地说："你家这是大人说了算，还是小孩说了算？改日给你钱不行？"

张富贵正在愣怔，张长林大睁两眼，对车主说："听口音你是霍州人，你也是个做醋的。你太聪明了，你这是一箭双雕，一是你就存心没打算给钱，想一走了事；二是你知道我家的醋卖得好，把我家醋拉回家以后来研究醋的情况，以便做出比我家还好的醋。行家偷艺，多试几次就能学个差不多。你下马车以后，没有直接来我家屋里，而是先在院子里绕了一圈，我爹都看清了。你的车上有醋味，这辆车是你常年运输醋品的工具。"这话说得有一定道理，充分说明张长林还是发现了一些问题。

这时，赵德虎发现了更为要害的问题。他对车主说："你现在车上拉的物品，都是做醋的原料。"

车主眼见诡计败露，凶神恶煞地回击："尽是瞎说，你有什么证据？"

赵德虎取了张长林练武的白蜡棍，走到车后一捅，车上的一个麻袋破开一个洞，流出来一溜高粱壳。

这时，跑枪走到车主跟前，一口咬住了他的裤腿，死活不松口。

张富贵如梦方醒，跳上马车，开始查看车上放着的麻袋布袋里到底装着什么。

张长林的火气一下被点燃了，他也跳上马车，挪下两麻袋原料，对车主说："卖出去的醋不退，凭你回去怎么研究吧。没有钱，可以放你一马，就用这些原料顶上吧。要过秤也可以，我估计我家还吃点亏呢。趁天黑前赶紧离开我家，以后不要让我再见到你。"

张长林说着，从赵德虎手中夺过长棍舞动起来，收势时，一头点在车主脚下，弹起来时棍子差一点儿划住车主的脸，另一头结结实实地拍打在辕骡脖颈上。辕骡一受惊，慌忙迈开四蹄，马车启动了。

车主一脸无奈，先前的巧嘴簧舌全都没有了。跑枪对着车主狂吠，跳扑着，像要撕咬下车主一块肉似的。张长林的棍子一直在跑枪的嘴前拦挡着，不让它下口。

赵德虎对车主说："快走吧，再迟一步，怕你出不了这个院哩。"

临出院门，张长林又撂过去一句："一路小心点，进北门出南门，还会有人盘问你的。"

事后，奶爹告诉张长林："咱在镇子上一直以本分诚信起家，不做那强买强卖的事。"

张长林说："爹爹说得是，但林子大了什么样的鸟都有，对付这种无赖，咱不能手软，他这桶醋要让白拉走，恐怕咱是八辈子也找不见他了。他这人看上去人模狗样的，实际上是一肚子狼心狗肺。"

"北门南门怎么还会有人盘问呢？"

"我这是吓唬他哩，让他不要以为走这镇子如走平地一样，一个外地人，不知道谨言慎行，诚实做人，他吃亏的日子还在后头哩。"

赵德虎对张长林竖起拇指，说："咱这林林是个男子汉了。"

这以后，张富贵把好多醋坊的重要事务都交给了张长林来办。

61

北方农村的春天，十年九旱，而这时节正是禾苗成长需要雨水的时候。"春雨贵如油"，旱情严重时，粮食就可能歉收，甚至绝收。镇里的龙王庙，每年都有前来祈雨的老农。农民守着自己的庄稼地，把锄草保墒施肥这些能做的事做好，就等一场救命的透雨来滋润了。一有福雨降临，再有雨后的阳光一照，庄稼拔节成长的速度十分惊人，一天一个样，刚还是过膝跨腰的，两三天就长高到能盖住人头。农民们站在地边，眼珠子都看得快要蹦出来了。但这样的年景并不多见。

　　仁义古镇是个村镇接合地，靠天吃饭的农民，一旦知道田地里没什么指望了，就凭着地理优势跑到镇街上，打些零工，做点小买卖，一家总不至于饿肚子。那些偏远的易旱的田地，逐渐也就不怎么被人重视了。有一搭没一搭的，实在没事时，随便种点什么，收不收，看老天爷。

　　张长林在一个偶然机会接触到外地的一个种子专家，了解到他做醋的主要原料高粱，有一个耐旱的品种，那个品种的高粱低个头，大脑袋，既不易被风折断枝干，又不太受干旱的影响，还高产。这让他心智大开。

　　不久，张长林生出个想法，便与赵德虎商量，赵德虎听后思来想去，还是觉得这事没把握，只是把能做成的好处与做不成的坏处给他分析了一番，就不再管了。张长林是个只要有三分胜算就要去试试的人，他平生第一次做出了一个大胆的决定。

　　他与好些农户商量，想把那些偏远干旱的地块花钱转租到自己名下，再雇用一些农工来种收，亏盈都是他的，农户的租金和工酬一分不少。这个想法很快就得到了落实。农民们没有一个不愿意的。遇旱年时连种子钱都收不回来的烂地，现在又收租金又赚酬劳的，谁不愿意呢？

　　这地都租了，张富贵才知道了。本想劝劝张长林，又觉得劝也劝不住，只能静观事态了。开弓没有回头箭，张长林紧锣密鼓地按照自己的规划一步一步地实施着。

　　高粱本就耐旱，张长林选的这种低个大头高粱种子，更耐旱，有雨疯长，没雨也长得挺有生气。张长林运气不错，自他大面积种植高粱之后，春季的雨水不能算多，但也时不时地下上一阵子，而且，头一天雨，第二天天就晴朗了，有雨水的滋润，又有阳光的照射，这高粱想不长都难。一年下来，作为原料的高粱，一个醋坊用不尽，还得仓储。

　　最让张长林心花怒放的是那块背阴地八亩塬，村里的人谁都以为那是一块出力不产粮的烂地，高粱苗却长得秆粗穗壮。这地方，有不少废弃地，仅有的两家也把地三不值二地租给他了。张长林有时在这里一待就是一天，那个赵德豹住过的羊圈，不仅能让他遮风避雨，还能让他躺睡休息。

高粱脱壳之后，一车一车地拉到粉坊，高粱粉条是当地人最爱吃的副食。一年的高粱米，供应粉坊一年制粉富富有余。粉坊省去了外出采购原料这一道程序，凡属张长林拉来的高粱米都免检。这些米果实饱满，质量上乘，出粉量大。一颗颗珍珠似的高粱米被制粉师傅抓一把到手心里，再从指间漏下去，眼睛能放出金光来。

高粱壳是醋坊醋醅的主要原料。张长林通过晾晒、分类、装袋、入库等一系列程序保管好，分季节一批一批地往外搬，员工们见醋坊的生意这么好，都干得劲头十足。只要子弹充足，再大的"战役"都敢打，心里不虚。

赵德虎与张富贵闲聊，说："你这干儿子，是个干大事的料。"

张富贵乐得合不拢嘴，口上一连串地说："你多指点，他服你。"

62

张长林专门熏烤出一批摇担，又让镇上的皮革师打捻出一根根坚韧耐磨的皮绳，亲自到偏远的八亩塬给几个壮实的小伙子做教练。红扑扑的高粱穗，留一尺长的带绿叶的秆，用镰刀斜切下来，再左右错位地铺垫在担尖前的皮绳上，下宽上窄，形成不容易散架的三角棱，搭绳入扣，压实勒紧。抽出担尖，沿高粱捆的斜面插下去，再举着高粱捆对另一捆的斜面插下去。放平上肩，前后掂一掂，把着力点调整到中心位置，开步前行。对真正的挑担能手来说，劳动是一种享受。走平地，一阵风尘轻扬，脚下的路走得轻盈洒脱，比空人走还要轻快威武。遇到下坡，速度减慢，脚下的路要踩实，肩上的中心要平稳衡定。

一旦学会使用摇担，就再不想换成别的平头尖担了。用摇担挑东西，不仅肩上的重量感觉能减轻一半，不那样死沉死沉地压人，而且，走起路来有精神有风度。一颠一颤之间，路就走出去一大截。

沟底，备着辆一辕四套的马车。马车一般由两个人来驾驭，一个是站在辕杆上挥鞭指挥车马的大把式，一个是车尾控制刹车皮带的拉轿子的。两人默契配合，前呼后应，逢坎遇水，攀坡渡河，急行慢走，都有一种无形的合力在凝聚着，融合着，照应着。

张长林在农田这一头，轻车熟路，备耕蓄种，犁耧锄间，割担收打，全程了悟；张长林在制醋另一头，耳熟能详，备料采曲，入缸发酵，淋醋进瓮，直到买卖盈亏，心底有数。

张长荣从学校毕业后，无心打理醋坊买卖，凭着能断文识字，被部队一个带兵员看中，当兵去了。

63

每年七月初十，是仁义古镇赶会的大节。连着三天，镇街内外，人山人海，耍把戏卖艺的、摆场子打拳的、撑帐篷做小吃的、跑江湖兜售狗皮膏药的、拉牛羊倒买倒卖的，各种山货农产品、玻璃陶瓷制品、棉麻丝织品等，都从外村外地运送来了。

张家醋自然不可或缺，在一个醒目的位置，停着一辆大马车，车上摆着两大桶醋，一桶是平价的，一桶是高价的。几里地以外，就能闻见醋香，平民百姓口袋里掏不出太多的钱，但醋香撩人，买一瓶平价醋回去尝尝还是可以的。吃穿都有些讲究的，他们会买高价醋。从色香味上看，两种醋看不出太大的差别，但浓度和纯度不一样。高价醋，是头淋醋，一点一滴都舍不得漏掉。张家在醋桶边备有装醋用的大小塑料壶和玻璃瓶，供买者选用。

张富贵把摊子支好，由张长林坚守位置，自己就干别的事去了。不用吆喝，不用介绍，张家醋早已是闻名远近的品牌。两个大桶下边装有漏嘴，隔一会儿流出一壶，眼看着两桶醋就一壶一壶地流到了桶底。不用上秤，壶的大小决定价格。

"别的水流就白流了，你这水，一流就是钱啊。"

张长林正在给人打醋，突然听到了这么一句话，他抬头一看，惊了他一下，面前站着一个描着脸谱穿着戏衣的"老生"。

"老生"的话题还在继续："马上开戏了，我特地赶过来想买一壶好醋。弟子们都说本地的张家醋是润嗓子的好东西，不用我细找，闻着醋香就找到你这儿了。"

这时，张长林发现离"老生"不远的地方，有一个农村姑娘，虽然打扮显得土气一些，但在众人堆里一眼就能看出她的俊秀。这姑娘的眼睛像一条带光的线，一下就把张长林勾住了，他浑身像被"电"了一下，一时不知道如何与这"老生"对话。

"老生"回头看过去，见是一个俊姑娘，就冲她招了招手，让她走近马车。

姑娘不紧不慢地走过来。"老生"不由得发出一声感慨："真是一块唱戏的料。"

张长林为了掩饰自己的失态，向姑娘点了点头，对"老生"说："她是我表妹。"

"老生"阅人无数，自然能看出他俩是怎么回事，但并不揭穿说透，他对张长林说："一壶醋换一张戏票，行不行？"

张长林看了看姑娘，转回头对"老生"说："好的，成交。"

"老生"说："但我没有戏票，我可以带你进老爷庙的戏园子。"

张长林想了想，说："行吧，反正一进戏园子，戏票就是张废纸了。让我表妹跟上你去看戏吧。"

"老生"提了醋壶转身就走，那个姑娘倒也不客气，紧随其后。

张长林一声"等等"，叫住了已经走出去几步的两人。他又打了一壶好醋，让姑娘过来提在手中，才让她走了。

大戏正式开场时，张长林的两大桶醋已经销售一空。

回到家中张长林才想起，自己连这个姑娘是哪个村的、叫什么名字都没问清楚，真是一个傻帽儿！

张长林也没向奶爹奶娘说起这件事，每到夜晚，这个姑娘的形象就开始跑进他的梦中。恍惚中，"表妹"跳上戏台，不用描眉画眼，都比跟前站着的那些小旦漂亮，而且举手投足都入戏。那位"老生"竖起大拇指称赞她。见她的目光有些走神，"老生"便顺着她的眼神看向台下，这时，台下的张长林被一束强光照住，浑身燥热不堪。张长林一惊，被褥都沾满了他的虚汗。梦醒了，人还在眼前晃着。"表妹"脉脉含情地望着他，他反倒有些不自在了。他幻想着一场盛大婚礼，他领着满脸笑开花的"表妹"走到奶爹奶娘面前，然后，两个新人相拥着走进洞房。

64

张家醋不仅在镇街上有固定的店面，而且在邻近几个大村都有代售点。代售点很少由张家人去送，都是村子里做小买卖的商户到镇上采购其他物品时顺便拉回去的。

细心的奶娘见张长林没明没黑地为家里操劳，眼看着到了婚娶的年龄，便暗中为他物色镇上那些有点品貌的姑娘。镇上专爱说媒的媒婆，原以为这大户人家不定要找个什么样的高门闺秀哩，听奶娘这么一说，兴致就被调动起来了。满镇子挨家挨户地数点，碎腿碎嘴地跑了好几家。可一到张长林这里，一句"不见"，就全都回绝了，搞得奶娘挺不好意思的。

张长林当然知道奶娘的一片好心，但这种事一旦心软，就可能生米做成熟饭。农村有不少姑娘，一到出嫁的年龄，把自己上上下下收拾得干干净净利利索索，有事没事到人多的地方转转，那些家境殷实的小伙子是她们的首选。尤其是天生有几分姿色的姑娘，选择起对象来，更是底气十足。媒婆们的嘴都长着花蕾，说什么时候开花就能什么时候开。丑的说有本事，俊的说最漂亮，瘦点的说杨柳细腰，胖点的说能生儿女，对谁家说都是"天造地设的一对"。

奶娘这边见张长林无心婚事，就不再多说多道了。可媒婆们这边却表现得不依不饶，王媒婆走罢，李媒婆来，一个个死缠烂打，这个漂亮，那个能耐，一出口，话稠得没有一个上午的时间打不住。

张长林告诉奶娘，说自己这几天想到各村走走，看看张家醋在下边的行情。等媒婆再踏进门槛，见不到人，再怎么热络的话，也只能烂在肚里了。燎茅草似的话刚开场，一听说张长林出门去了，准备了一肚子的话，就像釜底抽薪似的，没后劲了。奶娘对来人说欢迎，对走了的说感谢，只管口头应酬，谁也不敢得罪，但与谁也不再往深里谈。

张长林赶了家里一辆小型马车，拉了一桶香醋，沿仁义河往上游走。稍大一些的村子都要走到，给村里零售商铺补充醋源，也零卖。不少农户品过张长林的醋，说："这才是真正的醋。"通过了解，张长林发现，那些村子里的经销商为了增加利润，悄悄往醋里加了凉开水。有些在古镇有亲戚的人，常让亲戚在张家醋坊直接打上醋再让人捎回村子的，掺了水的醋和原汁原味的醋一喝就知道不一样。以前张长林听别人诋毁自家醋觉得有些纳闷，现在他知道是什么原因了。见张长林亲自带着醋来到村里，村民们一传十，十传百，各家各户都提上瓶瓶壶壶罐罐走出大门，挤着抢着要买张家的原醋。

也有因为家穷很少吃醋的人家，问张长林能不能用粮食换醋，张长林来者不拒，给多少粮食他也不过秤，不管是谁，总要把你带的器物灌满。这样，没走完两个村子，一大桶醋就卖空了。

第二天，张长林再装一桶醋，继续往村子里走。

在一个叫西许的村子里，张长林有了一个意外的发现，他日思夜想的那个"表妹"出现了。

马车走近她家大门时，"表妹"正站在大门口，嘴里衔着一把木梳，两手伸在脑后盘着头发。老远，张长林就有一种预感，从模糊到清晰，待到跟前时，张长林的心跳加速了。"表妹"的神情也有些慌张。张长林看得出，她的眼里含着泪，嘴里衔着的木梳突然掉在地上，她连忙低头捡起。张长林喝住辕马，正要上前说话，"表妹"突然转身返回院儿里。

张长林顿在那儿，不知怎么是好。这时，院里走出一位中年妇女，不用猜，一看就是她娘，跟"表妹"像一个模子里刻出来似的。不过，她娘看上去成熟老到，更精致风雅，而女儿显得生涩羞怯一些。

"你是仁义古镇张家醋坊的林林吧？进家里喝口水吧？"

"不用了大娘，我不渴。"

"我听梅梅说起过你，你给的那壶醋，真好，俭省着吃，到现在还没舍得吃完呢。"

"大娘，你要真吃着好，就放开吃，我每月按时给你送来，行不行？"

"那可不敢，我是你什么人呢？怎么能随便白吃你的醋呢？"

张长林脑海里突然冒出一些胆量和智慧，接上对方的话说："我家醋坊在镇上开有醋铺，正缺人手，不知你家的梅梅愿不愿去？"

在大娘后面站着的"表妹"赶忙举了举手。这一举动，正好被转过身来的母亲发现了，母亲把她的手扯拽下来，说："一个姑娘家家的，一点儿也不稳重，你愿意去卖醋？"

这一说，把女儿说得背过身去了。

张长林对大娘说："我这一车醋，还得再往前走一两个村子才能卖完。要不，请你家梅梅跟上我试试？返回来顺便让她回家，估计天不黑就能回来了。"

"梅梅没上几天学，连字也不识几个，能给你算清账？"

"你不去算，怎么能知道她能算清不能？我也没念过几天书，可现在不仅通过锻炼能算清账了，而且整个张家醋业的全盘经营，都能做到一清二楚。"张长林这话里有话，暗暗告诉对方，现在他就是张家醋的掌舵人。

大娘脸上露出一点儿不易察觉的喜悦，回头朝姑娘看去，似在征询她的意见。

梅梅转身回家穿了一件外衣，一个跃步，跳上张长林的马车。

大娘叮咛："天黑以前，必须回家。"

张长林一挥鞭，"驾"的一声，马车启动了。

走上沿河一条沙石路面，两边远翠近绿映入眼帘，潺潺流动的河水翻波卷浪，张长林手中的鞭子在蓝天白云间舞动着，辕马迈开跳跃的四蹄，马车轻盈地向前移动。

"你身上和你的醋是一个味道，老远就能闻到。"

"什么味?"

"酸。"

"醋酸醋酸，醋要不酸，那就不是醋了。"

"再一细品，醋香就出来了。"

"好醋都是这样的。可惜这些村子里的代销商，把醋里加进水了，变味了，我都说多少遍了，不顶事。"

"好醋吃着上瘾，哪一顿饭里没醋，真还觉得缺点什么哩。"

"你说的这是味觉，醋对人的身体好处多着呢，开胃、消食、杀菌，等等、等等，你要能天天待在醋坊或醋铺里，我敢保你一年不得病。"

"真的?"

"不信，你试试。"

梅梅突然觉得话说得有点深了，好像钻进张长林设计的一个圈套里，一下子不说话了。

隔了一会儿，张长林仿着梅梅的口气，说："你的眉眼身材和你身上的味道一样，老远就闻到了。"

"什么味?"

"香。"

"你这人真讨厌，说话也不会拐个弯。"

"但细一品，香味之外，还有一种味。"

"还能有什么味?"

"酸。"

梅梅反应挺快，一巴掌轻轻打在张长林头上。张长林急着招架，也还起手来。两人在马车上乱作一团。

稳住以后，张长林很认真地对梅梅说："我真希望你身上常有这种酸味，人长得漂亮，加上健康无病，那是多好的事！再说了，醋也是美颜润肤的。"

梅梅抬头看了张长林一眼，低下头来，无语。

马车进了一个村子。醋香传到农户，人们都走出了院门。

张长林只管打醋，梅梅忙着收钱，两人配合得十分默契。

"这小两口，人长得精干，醋也做得好，卖得也利索，绝配。"

"这姑娘是前头村里韩老大家的闺女，没听说他家嫁女呀，两人是对象吧？"

张长林听着村人们的议论，心里十分熨帖。梅梅对说话的人不断瞟去嗔怪的目光，但并不反驳。

在回家的路上，韩梅梅有点失落，说："跟你卖了一车醋，最后连我的一点儿也没留下。"

张长林笑着回应："给你些酬劳，回去买些加水的醋吧。"

"酬劳我不要，给也不要，我还怕我娘回去骂我呢，说的是试试，又不是正式聘用。"

"那好吧，这次就不给你酬劳了，再过十天，我专门给你家送醋来。"

临下车，张长林对韩梅梅说："哪能没你的醋呢，趁乱，我悄悄给你留下一壶。"说着，从辕杆下的挂钩上取出一大壶醋，递给梅梅。

梅梅不客气地接过醋壶，趁机对张长林说："十天以后的上午，我在我家大门口等你。"说完，转身回家了。

张长林一路欢歌地打道回府。

65

张富贵的院子离老槐树只有一墙之隔。院墙用坚硬的石块砌成，墙外就是沙沟旁的这棵老槐，墙内是他家的醋坊及仓库。院子圈得很大，几辆大马车可以直接赶进赶出。

我爹正在对面的坡地菜畦里侍弄一架一架的黄瓜秧，一回头，见张富贵向他招手，手上的动作就加快了。等他钻出那片小杨树林时，张富贵已坐到树下的石头上了。他的手上提着一壶醋，见面就冲我爹说："老哥，我给你拿了一壶陈醋，我平时都舍不得吃这醋，你回去调一个醋拌黄瓜，肯定是滋味上等的好菜。你慢慢享用吧。"说着就把醋壶递给我爹。

我爹顺势说："农家黄瓜农家蒜，油炸辣椒，再加醇香的陈醋，就是吃糠面窝窝头也满嘴喷香。"

我爹知道，张富贵是个精明人，张家醋在镇上牌子很亮，常常供不应求，就是亲戚朋友也从不白送，能打折减价，已是大面子了，而且从不赊欠，不打条，现场交易。这一壶醋少说也有四五斤，还是陈醋，这真是张富贵开了眼了，肯定有求于他。

果然，一落座，张富贵就对我爹说："我哥张富有不是个人，要砸张家醋的牌子。买家跟我反映，他加水压价，这不仅对我的醋造成负面影响，而且是对祖传醋艺名誉的败坏。这个败家子，我不收拾一下他，我们张家醋就彻底完了。"

早年，张富贵的父亲在张家岭做醋时，在仁义古镇的销量就占有较大比重。但这水中生财的买卖，不是只有他这一家。前街后街都开着醋坊醋铺。张有贵告诉两个儿子，咱还是要凭醋品赢得客户。于是，在祖传工艺的基础上，再做新的研究拓展，连中药的成分都加进去了。渐渐地，张家醋有了很好的口碑。张有贵对两个儿子严加管教，在制醋工艺的大小程序上，做实做细，从不迁就。对老少客户，诚信相待。为人做事，一丝不苟。他的"有贵"，"有"字分给老大，"贵"字分给老二，要想"富"，先做贵人，不欺大瞒小，从骨子里做尊贵之人，有了"贵"，自然就"有"，有信有诚有贵，才有财。富以贵有，贵有才富。不管市场怎么变化，只要人贵有信，醋品才会纯美。口中自有品位，心中自有口碑。

兄弟俩来到古镇后，一直没忘父亲的训诫，口味敏锐的古镇人，也真正品出了货真价实的醋香。两人分开时，都有不改初衷的约定，为的是想让张家醋有更大范围、更长时间的扩展。

现在，哥哥张富有这边，出现问题了。

前一天，又有几个前街的人来到后街的醋铺买醋，张富贵先前已有察觉，以为客户走错了，并不在意，但这一次引起他的重视了，便问："你怎么舍近求远来我这里买醋呢？"客户回答："前街那醋不能吃了。"

张富贵刚出醋铺，没走几步，正好碰上站在面前的嫂子。嫂子堵住他，当街开骂："张富贵你安的什么心？是不是要圪搅得我们关了门才歇心？把你哥和我逼得家破人亡你就高兴了？前街的人到你后街买醋，你给人灌了什么迷魂汤？你的良心是不是让狗吃了？"

张富贵本想找哥嫂说这事，现在嫂子主动向他"开战"了，他没有接茬，躲开看热闹的人群，径直来到哥哥张富有的醋坊。

几个醋工正在作坊里，张富贵在一个醋缸前，舀了一勺子醋品尝，然后一口唾在了地上。张富贵指着一个醋工骂道："你们就作孽吧。"说完就走出醋坊门。

张富贵来到正窑，见到了哥哥张富有，就把这几天有些前头街人到后头街买醋的事说了，本想通过这件事引起哥哥的重视，再商讨如何应对，没想到这话像点燃了导火索一样，把张富有身上的炸弹给引爆了。

"我说这几天我的醋卖得是越来越差，原来是你在捣鬼啊。"

张富贵听了这话也很恼火，说："你的醋好，人们愿意舍近求远跑到后头街去买？"

"醋再好，也架不住你瞎圪搅，你把屎屙到我头上了，在这里得了便宜还卖乖，你是不是耍大了，耍得不知道贵姓甚了？"

"你做事你清楚，你自己脸上有黑，还怪我是一只老鸹？老鸹嫌黑猪黑了？"

两个人越吵越凶。最后，张富贵一摔门走出院外。

没想到嫂子又把他堵在院外，叫骂声一浪高过一浪："什么狗屁弟弟，这明着是要拆我们的台，他张富有再没本事，也轮不到他的亲弟弟欺负他吧？你晚上点钱的时候手就不抖？不知道那钱是从亲哥哥手里抢来的？你吃大鱼大肉，我喝西北风，你捞稠的，我们就连稀的也不要喝？你就不怕噎死！"

张富贵仍旧不搭腔，回头看哥哥跟着自己出来没有，半天也不见个人影。最后，他趁嫂子不注意，穿过人群回到了后头街。

这一夜，张富贵辗转反侧睡不着。天一亮，他就来到槐树底下，想问我爹讨个办法。

我爹刚和张富贵说了两句话，三三两两的后街人就都凑来了。张富贵要掉头走人，被我爹按了下来。

我爹开始讲"义隆祥"的故事。

义隆祥是个店铺的名字，也是三个人名字的结合。义是段学义，是城郊一个既走白道又走黑道的人，他是店铺的发起人，却不具体参与事务，在租地、筹资、外务上张罗，在店铺组建初期起了决定性作用，年终根据账房盈利分红。隆是岳泰隆，主管店铺的具体业务，进货、出货、收钱、入账等方面都归他管。祥是于启祥，就是我爹，是具体业务的执行人，跑腿、联络、清欠、备车送货、调整货源等，是业务落实的办事人。生意是日用百货、棉麻、五金等。三人合股，平均分红。开始，定规立誓，结盟兄弟，同心不二，生意做得是风生水起，顺畅通达。

故事刚开头，我爹突然停下来，转头对张富贵说："你这老江湖，见多识广，你知道这干部离休与退休有什么区别？"

张富贵顺口说："这事还真不知道。"

我爹说："有离休资格的是中华人民共和国成立前就参加革命工作的，而退休的是中华人民共和国成立后参加工作的。我就是离休干部，在县城做买卖时，我就投身了地下工作。当时，日伪气势十分猖獗，我年轻时较早接触到县决死队队长王虎安，他给我讲了许多革命道理，我也很想为革命做点事，于是，他便给我安排了秘密传递情报的工作。我以做买卖为名，暗中为革命队伍做情报工作。为这事，我差点丢了性命。"

张富贵和跟前的人都瞪大了眼睛，想知道这到底是怎么一回事。

本来，义隆祥的生意顺风顺水的，收入可谓日进斗金，前景十分看好。可知人知面不知心，岳隆泰见这大把大把的钱涌进涌出的，就起了歹念，他想独霸这块"肥肉"。段学义不管具体事，年里月里才露一回面，钱赚多赚少他也不清楚。我爹虽不具体管钱，但大概数目还是清楚的。干了多少事，事后就跟着钱。钱由事生，以事盈利。不见钱不等于不清楚钱。于是，我爹就被岳隆泰看作是眼中钉肉中刺，他想方设法想挤对走我爹。

"合作之初，兄弟间立誓结盟，豪情义胆，亲如骨肉。现在，一个要变节生异心陷害另一个，人心隔肚皮，谁能猜度清楚。这有些人，就是共苦可以，同甘不行，钱是个好东西，更是坏东西，它能让父子结仇，兄弟断交，夫妻离异。不要小看这纸做的东西，有时真能搞得你不知道是从哪里来的，不知道自己身上流着什么血。"

我爹说这话的时候，特意多看了张富贵几眼。为了让大家别觉察出是在影射张富贵，我爹又把话题引偏了。

"你们说，咱们镇子上，有没有把老爹像猪一样圈在破瓦寒窑的小家里饥一顿饱一顿，而自己抱着老婆孩子吃香喝辣的人？"

大家这才想起前头街真有这样一家人，都说："有。"

"你们说，咱们镇子上有没有扔下几个穷孩子而跟上老板大款跑了的坏女人？"

大家就又想起东圪塔有一个被有钱人勾引跑掉的女人，都说："有。"

有个性急的妇女，不想听我爹故意吊人的胃口，催促道："这岳泰隆是不是独霸了义隆祥？"

"独霸个屁，他自己最后也被抓进黑房子了。害人之心不可有啊！"

岳隆泰发现，我爹在买卖之余有秘密行动，便留心跟踪了几回，才知道我爹正在干一件随时可能掉脑袋的事——给共产党暗送情报。

我爹的上线是郭子明，郭子明名义上是日伪阵营里的一个副队长，骑洋马挎洋刀，穿着皮靴，别着手枪，整天四处游荡的，谁也不清楚他是共产党员，他的情报工作做得十分隐蔽，可谓滴水不漏。这一点儿，岳隆泰没有发现。我爹的下线是水峪村的郝来管。郝来管老来义隆祥，情报因此都能及时送出，日伪部队因此遭到几次重创。敌人不是不清楚暗中有人泄密，武工队八路军总能知道他们的行动轨迹，这让敌人大为恼火。于是，日伪军严密布控，多处查访，决意要打掉这个情报链条。

岳隆泰告密了！

日伪军如获至宝，当天下午就荷枪实弹冲进了义隆祥。

也是事有凑巧，这天一早，老家来人告急，说村里一群狼跳圈了，几十只羊，被野狼咬断喉咙，喝了羊血，无一幸存。事出紧急，我爹没来得及向店里通报，转身便奔回老家，由此因祸得福，这一群羊让我爹捡回了一条命。

我爹处理完家里的事，第二天就赶往县城。他从韩信岭绕过玉成村，翻山来到水峪村口，要把手中的一份情报送给下线郝来管。刚到院门附近，见郝来管家院里院外都是日伪军。他从身边的村里人嘴里打听到这家男主人郝来管已被带走了，还说郝来管的上线情报员姓于，这些日伪军正在等待大鱼上钩哩。我爹听出一身冷汗，捏了捏口袋里的纸条，像是捏着随时能引爆的一颗炸弹，他连忙转身离开村子。

我爹没敢走大路，而是钻沟爬山绕着走，来到县城边的清凉山时已是黄昏，从山上向义隆祥望去，院内有日伪军把守着。岳隆泰早被带走了，他那想害人利己独霸店铺的野心随即破灭了。义隆祥被搜刮一空。我爹一不做二不休，连夜折返东山，正式参加了武工队。

这个故事是我爹经历的真实事情，他想讲给张富贵听，也想讲给周边的人。做人不能太贪婪，待人应诚信厚道。

在这镇子里，大概有三种人能吃得开，一种是拳头硬的人，谁的拳头硬谁就有道理可讲，谁家的门前就清静许多，连恶霸盗贼都绕着走；第二种是能开窍会算计的人，这种人做事有计划，说话会拐弯，情商高，成事概率大，对立面很少；第三种人就是肚子里有真东西，说什么都是有板有眼，有理有据的，我爹和吴先生就属于这类人。

这第一种人，凭着体壮心狠，一说话就暴起三角眼，接着就挥拳头，没什么道理可讲，拳头就是道理。但这种人也有克星，就是手脚里练过真功夫的耍拳人。拳术就是各种打架招式的总结，练得熟了，一遇事自然就摆出套路中的一两个动作，攻与防都有规律，顺势而行。就是再瘦小体弱，你要战胜他，都难上加难。所以，仁义古镇的人家，都愿让孩子从小学几套拳术，防止以后在外被人欺负。

镇子里，同样一种土壤的地，有的就丰收，有的就歉收，除了种的农作物不一样，还和下种的时节、管护的用心、收割的方法等都有关系。同样是在镇街的店铺，一家挨一家的，有的就赚钱，有的就赔钱，除去经营的品种不一样，和筹划、运作、说话、为人等都有关系。能做成事的人就是能人，能人谁也从心里服气。这就是第二种人，天分先占了一半，加上后天的勤学好问爱琢磨，事情没有不成的。

像我爹和吴先生这类的第三种人，没有充分的历练是不行的，所以不可能太多。

66

张富有的醋坊和醋铺在前头街，这是镇里靠近中心的地方，可这几天老有前头街的人到后头街的醋铺来买醋，这让张富贵很是难为情。当初分家时说好，相互扶持，相互帮衬，不能相互拆台。

张富贵本想去哥哥的醋坊看看，结果遭到了哥哥的训斥和嫂子的一顿臭骂。张富贵心里很恼火，明明是哥哥家的醋出现了问题，他自己不去想办法解决问题，却来怪怨自己这当弟弟的，这理怎么也说不过去。张富贵越想越生气，事情再闹下去，大不了兄弟关系断绝罢了。听过义隆祥的故事后，张富贵觉得再怎么也是一母同胞，不能因一时一事伤害到不可挽回的地步。于是，他打发张长林去伯父家看看。

张长林带着一桶醋来到伯父这里。

作坊里张富有雇用的几个制醋工都在谝闲话，醋糟醋坯都在那儿干扔着，作坊内外都散发着霉味。张长林找到伯父，询问是怎么回事。

伯父说："你奶爹办的好事，他是不想让我在这条街上混了。"

张长林说："伯伯，不是这么回事，我刚进咱醋坊看了看，买进的原料有问题，做醋的工序也被悄悄简化了，连担回来的水也不是早上那清灵透彻的了，你说这醋能保证了质量？"

张长林舀了一勺子从自己家提来的醋，让伯父品尝。张富有喝过以后说："这才是咱张家祖传醋的味道。"

张长林对伯父说："我还以为是有人把做好的醋加进了水导致变味了，原来是原料和制作工序上出了问题。要不咱这样吧，你一边整顿人员，重新把好每道做醋工序，一边让后头街做出的醋送到这里，让前头街的人吃到的还是咱张家的醋，把用户群先巩固住。只要醋真好，一般人不会舍近求远的。"

伯父想了想，说："算了吧，我也不想再在这累死累活的醋业上发展了。哪一天倒塌了，就哪一天关门吧。"

"那不行，咱张家的醋是响当当的品牌，只要开一天，就要硬邦邦地红一天，不能让镇上的人喷沫子说闲话。"

这时，张富贵也急匆匆地赶来了。张富有一见张富贵，马上躲到一边，不想理他。

张长林把张富有张富贵兄弟俩叫在一起，说："光生气不顶用，咱得解决问题，不能让别人看咱张家的笑话。"

张富有仍一副怨怼恼怒的面容。

张长林伸手在伯父的胸膛上从上到下抚摸起来，说："伯伯你消消气，算我这个小辈求你吧，行不行？没有过不去的河，也没有翻不过去的山。咱这祖传的醋艺别人想学都学不到，还能就这样砸了牌子。伯伯，你说是不是？"

张富有听了这话脸色平和下来，嘴上说出几句话："孩子们也没一个热心干这个的，雇用的几个醋工也越来越不像话了，如今我年老体弱的，没心思再在这上面费心耗力了。林林你是个好孩子，这几年也成熟了不少，我这醋坊你就一并接管了吧。你这孩子我看比我们都能干，有想法，有心劲，是个干事的料。你看行不行？"

张富贵听罢主动对张富有献殷勤，说："林林毕竟还稚嫩了些，哥你先干着，咱一步一步来，你要振作起来做事。"

张富有说："不行，一天也不能等，你现在就和林林说，他是干也得干，不干也得干。"

左说右说，张长林只应承临时帮衬着，说两个醋坊都由他来管理怕是顾不过来。张富有也没什么好办法，就按张长林说的，前头街的醋坊，还是由张富有承头，张长林有事没事，就过来帮衬。

先从几个雇工开始，偷奸耍滑的，光说不做的，清理出去。再在原料上把关，但凡来货，都必须由张长林和张富有两人同时过目，原料有问题的，直接拒收。有时张长林也帮助外出上门采购。若再还有短缺，张长林就从后头街醋坊的仓库里取一些过来。接下来是每道工序严谨细致地把关，按传统工艺严格执行操作，一步也不能省。不管是亲戚的外甥侄儿小舅子，还是朋友介绍过来的晚辈长者，一律按每个人付出的汗水和心血计工计酬。

张富有本质上是个善人，有好多事不由得就妥协了，但不管哪个环节的事一到张长林这里他都较真。不合适的事，重新再做。有好几次，张长林当着伯父的面，训斥醋工。造成损失的，工资里扣。有两个员工，第一个月下来，一分钱也没赚到。张长林对那些出工不出力的人，一点儿都不客气。愿意干的留下，制度不改；不愿意干的，走人，绝不挽留。

很快，营运出现转机。到后来，张富有已是名义上的老板，说话算数的是张长林。

张家醋，在前头街和后头街，好似两只翅膀，风力十足，越飞越高。醋香萦绕在古镇一条大街的上空。闲逛的人，一嗅到醋香，腿就不由得拐到醋铺里了。前后街两个醋铺相互关照，相互映衬，前头街的醋不够卖了，一声招呼，后头街的醋桶就被调运过来了；后头街的醋铺人手短缺了，就临时把前头街的唤过来一个。张家兄弟又恢复了亲如一家的关系。

因为张长林经营有方，管理严明，质量过关，生意做得红红火火。他在古镇大街成了人见人夸的能人。树大招风，枪打出头鸟，张长林也因此遭遇了不少麻烦事。

就在张长林刚刚兼管前头街张富有醋坊业务之初，一件意想不到的事情发生了。

有人告诉张长林，说前头街醋坊的院外横着两条长木。他走出大门，看到了两根碗口粗尖担长的烂木椽，他一眼就看出这是搭在仁义河一座便桥上的东西。木头一端正好对着张家大门，这不是什么好兆头。

有老人告诉张长林，说这是以前土匪准备侵袭富豪人家或商家店铺的暗号。白天，踩点侦探的人，趁人不注意，把长木放置到门口，一端指向店家。晚上，大批土匪进村，找见木头所指方向，就知道了所要侵袭的主家。社会虽然已经进入不再有什么土匪的年代，但近似于土匪的恶霸也常来寻衅滋事。这个消息，让张长林生出足够的警觉，他来到不远处的古镇武馆想找韩如民帮忙，请求支援。但武馆的人都外出了，说是帮助公安人员到河滩一块高粱地里堵截捉拿两个杀人犯去了，馆里只有一个看门的老者。他只好折回身来，找到足智多谋的赵德虎来商量对策。

深夜，村边传来一阵狗叫声。十几个身穿黑衣服臂肘拴着白毛巾的人鬼鬼祟祟地钻进南门，来到前头街醋坊门前，沿着外院墙根排成一长溜。不一会儿，大门从里面被人撬开了。黑衣人蜂拥而入。院子很开阔，正面是三孔窑洞，两边是厢房。有人直接从院中央步入，想直取正窑。没承想跳进院子刚走几步，两个人同时发出惨叫声，都四脚朝天摔倒在地。接着，黑衣人分成两拨儿，从大门两侧的厢房迂回推进，又有人先后摔倒在地。原来，院子与过道都铺洒了黄豆。摸清情况以后，两边的黑衣人，一边用脚板划开黄豆，一边小心翼翼地向前摸去。大门口传来两声口哨声，是领头人发来的指令，一声口哨是大胆前行，两声口哨是摸索慢行，三声口哨是回头快撤。

左边一路的人摸行到厢房与窑洞的衔接处，一面箭旗"噌"的一声斜射在窑前的立柱上。有黑衣人借着月光细细辨认，箭旗上写着"古镇武林"四个大字。左边一路的人只得撤回到厢房的墙壁下，审视并静候着。接着，右边一路人也遇到同样的情况，右边窑洞前的立柱上也被射入同样字样的箭旗。

这时，两边厢房檐顶上出现了不易察觉的刀枪剑戟的响动声。同时，房顶的瓦块也有被踩踏碎乱的声音。透过天空微暗的色度，有枪棍刀铜舞动的影子。这些动静，只有站在大门口的领头人能看到。只听见一连三声的口哨声吹响，急促，尖厉。

两边的黑衣人迅速向大门口回撤。最后一个黑衣人撤出时，门顶落下一块厚重的木板，恰好砸在这个黑衣人的后腿肚上，脚后跟被蹭下一层皮来，只听见"呀"的一声，黑衣人瘸着腿溜出大门。等人齐全了，这伙盗贼便迅捷撤离，临走，大门顶上传来闷声闷气的一句喊话："欢迎再来做客。"

南门洞下，一群黑衣人刚要进洞，菩萨庙楼栏处燃起两团火光，从空中滑落下来，接着门洞顶又甩出两声鞭响。这群黑衣人迅速从洞底窜过，融入不远的一片庄稼地里。

67

院内的局是张长林和赵德虎布的，南门洞顶的事他俩不太清楚。赵德虎从火光和鞭响上分析，应该是哥哥赵德龙所为，当年赵德龙禁蛇时口中喷出的火光赵德虎不止一次见过，兄弟几个跟着父亲赵全武学甩鞭，这鞭响谁也能听得出来。赵德龙不知怎么知道了这件事，特意前来暗中帮忙。

张长林正在跟伯父张富有讲述如何巧妙设计如何制服黑衣帮夜闯醋坊

的事，一个醋坊的伙计走近他，瞅准空隙赶忙告诉他，说古街德善堂的吴先生叫他过去一趟。

吴先生已是八十多岁的人了，头上的白发也不剩几根了，整张脸塌陷下去不少。目前一般不给人看病了，只有徒弟偶然问起，才说上几句。平日里长时间躺在药铺内间的一张睡椅上，半睡不睡的，眼睛也懒得睁开。

张长林小时候借着给大人们问医抓药，常来听吴先生讲古论今，他学到的不少知识与能力，都丝丝缕缕地和吴先生有关。稍大一些时，他有什么疑难也常来咨询排解妙方。医道如人道，体内的五脏六腑以及骨骼经脉并不比人间事物简单多少，药物正是调解寒热平衡阴阳的开门钥匙。辨析难题，化解疑点，找准事理症结，也是吴先生助人帮困的一大乐趣。再后来，也有不少人来向吴先生求助安坟择宅嫁娶良辰的。在张长林心中，吴先生就是他的精神偶像。

张长林走进药铺时，吴先生的眼睛依旧闭着。听到他的脚步声，吴先生声音不高却很有力度地喝道："你先出去。"

张长林只好退出门外。等了半天，他才又走进门来。

吴先生问他："你刚才进来的时候，我所坐的是什么方向？"

张长林低声回答："正面对门方向。"

"现在呢？"

"背对房门。"

"你错过了我正面迎你的时机，现在，我的方向与刚才正好相反，说明什么？我不待见你了。"

吴先生背对着张长林说："今天上午，来了一对母女，问一个良辰嫁娶的日子。也问到你了。"

张长林猛然醒悟过来，掉转身跑出门外。

很快，张长林备好一桶香醋，亲自驾着一辆马车向西许村方向飞奔。

约半个时辰，马车停在了韩梅梅家门口。

梅梅正在门口站着，一脸的憔悴不堪。张长林赶忙下车，正要走近梅梅，她娘出来了。

张长林弓身谢罪，说："大娘，让你和梅梅久等了。家里的事太多，耽搁了几日，醋我送来了。"

梅梅娘一脸的冷漠，说道："不用了，我们享受不起，也高攀不上。"

张长林还要说些什么，梅梅已被她娘拽着回了院内。张长林听见梅梅好一阵号哭。大门"咣当"一声，关得严严实实，哭声被挡在了门内。

张长林身边站着几个西许村的人，其中一人告诉他，再有两天，就是梅梅的出嫁日。

张长林彻底蒙了。

他让几个村人把车上的一大桶醋挪放到韩家大门口，自己赶着车马，悄悄离开了。

68

好几天的时间，张长林像丢了魂似的，什么也不想做。一个人躺在后头街醋坊一孔偏窑的仓库里连饭都不吃。奶娘问他什么事这样折磨自己，张长林死活不说他和韩梅梅的事。

张长林脑海中出现他与韩梅梅坐在马车上相互嬉闹的情景，想到两人卖醋时的默契，还想起被人说他俩是夫妻的闲话，想起韩梅梅临下车说的"十天以后，我等你"那句话。韩梅梅的漂亮、能干、多情……让他浑身像有一团火在燃烧。韩梅梅对那十天的期待，以及十天以后一次又一次等不到他的失望，那失约之后再见面时一脸的憔悴……他能想到梅梅娘那愤恨的表情。

有好几个夜晚，张长林半夜一个人悄悄起来了。奶娘问他要干啥，他昏头昏脑地说：打狼去。话还没说完，就奔出门外，提了练武用的白蜡棍出了院门，朝沙沟里狼嚎的地方走去。

见他这样夜闯沙沟，跑枪紧随其后，给他助威壮胆。

天快亮时，家里人发现他坐在院墙外的沙沟里喝酒。

会做醋的人都会做酒，酒是醋的前一道工序。张家在做醋时，也常常接出一些酒来。这种酒味重、劲大、度数也高。张长林一手提醋壶，一手提酒壶，交替着喝，直到把自己喝得烂醉如泥，一个人躺在细软绵薄的沙滩上，沉睡不醒。警觉灵敏的跑枪，在一旁蹲守着他。

等家人找到他时，酒壶和醋壶都被摔烂在旁边的石头上了。

张长林被抬进了德善堂诊所。

张家十几口人前前后后涌在诊所的门里门外，奶爹语无伦次地向吴先生叙述张长林的病状，还没说完，奶娘就一把鼻涕一把泪地跪在地上，请求吴先生救张长林一命。

吴先生慢慢坐起身来，为昏迷不醒的张长林仔细检查了一番，告诉奶爹与奶娘："都回吧，没事，死不了。"

张家没一个人听吴先生的，都站着不动。

"他的病因我最清楚，就让他在这里调养几天吧，你们留下一个人照应就行。"

奶娘坚持要留下来，吴先生说："你不能在，你要在，他的病情还要加重。"

奶娘问："他前几天还又能说又能做的，怎么突然就自己糟蹋起自己来？就算浑身是一疙瘩铁，能经住这样折腾？"

"都是你家的醋惹的祸！"

"醋怎么惹他了？"

"不要说了，我先给他吃两服中药吧。"

奶娘拿了吴先生给抓的中药，要回家亲自熬煎，其他人也都陆续回去了。

傍晚时分，奶娘送来煎好的汤药，一匙一匙地喂他喝。张长林半醒半睡，脸上蜡黄蜡黄的。谁和他说话，他都哼哼唧唧地不想搭理。

这时，有人送来了蛇胆与蜂王浆，人们抬头一看，是赵德龙。吴先生马上说："这东西顶用，是好东西。"

赵德虎也站在跟前，吴先生让他把张长林扶到一张床上躺着。

吴先生请来一位镇上的音乐师，又打发走奶娘和众人，吴先生仍旧躺在睡椅上，不远处的单人床上躺着张长林。

音乐师问吴先生："先生想听一段什么曲子？"

吴先生说："我想我那个疯老婆子了，你就来一段《梁祝》吧。"

音乐师搬了一个凳子坐下，调好弦，扯开二胡的拉弓，一曲凄美悲凉的《梁祝》在药房响起。一曲终了，接着还是这首曲子，周而复始，一遍比一遍深情哀婉。

吴先生闭着的眼睛悄悄流出了泪水。天色渐渐暗下来，二胡如诉如泣的声音飘散到药房外的街道，路过的不少人都停下了脚步，沉浸在一片悲情里。

人们在悄悄地对话。

"看上去，这吴先生满腹经纶，骨子里也是个性情中人。他那疯老婆虽然整天疯疯癫癫的，实际上给他扛着半壁江山呢。现在，想起她来了。听这声音凄凄惨惨的，这老夫老妻的，失去一个还真不好过。"

"咱要不要去安抚一下吴先生？"

"千万不能进去，这是吴先生最悲痛的时候，也是他最享受的时光。他现在的脑海中，肯定都是他老婆的影子。"

吴先生手上握着一条老婆生前最爱系的白围巾，在幽暗的药房里擦拭着一汪一汪的浊泪。

不知什么时候，张长林悄悄起床了。他给吴先生递过来一杯温开水，拿了一个小凳子，坐在先生的身边。

吴先生看着张长林，低声说道："自己喜欢的人没有了，这才越来越感到她的好，天意如此，当爱人变成亲人时，热情渐渐转化成平淡。当亲人变成故人时，平淡又会不时地加热添温。这曲子是我最爱听的，音乐能让她复活，许多美好都能一一再现。这曲子也是我想让你听的，我能理解你的心情，其实你没有什么实病，就是气血瘀堵，神志封闭，这件事也说明你是一个内心情感丰富的人。那个姑娘不错，但错过了就不可再强求了。再说，从一个人的样子就可以看出她的品性与教养，但还有更多我们看不到的。你俩的交情并不算太深，也许这就是老天的安排，我的老婆跟了我一辈子，吃苦受累的。我这身上的一丝一缕，都是她给的，遇上她，是我一辈子的福气。现在我一睁眼，就是她的影子，一闭眼，还是她的影子。你还小，还没有太多的牵扯，人生路上说不定会有一个更好的女人在等着你呢。不过，从这件事上，能看出你是一个有情有义的人。"

张长林默默地听着吴先生的讲述，心里说不出是一种释然还是剧痛。

第二天，吴先生就打发张长林回家了。

昏昏沉沉的，张长林在家里躺了十几日。时睡时醒，奶娘精心地照顾着他的饮食起居。吴先生把赵德龙留下的那些蛇胆和蜂王浆也一并让带回家，奶娘按照吴先生的吩咐，也一丝不苟地给张长林按时冲服。

一天夜里，张长林突然醒来，对奶娘说："我想见我娘。"

奶娘用手摸了摸他的脑袋——不发烧。

"你娘现在嫁到外村多少年了，等天亮以后，我托人去找找。"

"奶娘你对我的亲，我一辈子也不会忘记，对你说这话，儿子我想了很长时间了，以前怕伤你的心，一直没敢说。平时忙里忙外的，想想也就过去了，这几天，我老在回想她年轻时的样子，也不知道她现在过得怎样了，总想着什么时候能见她一面。"

"你的心情娘能理解，我尽快托人找找吧，应该不是什么难事。你先好好养病。"

奶娘突然想起吴先生对她悄悄说过的话：赶紧给张长林找个合适的对象，他的病根子主要在心上。

69

乡村人的爱情，可能没有城市人那样浪漫和细腻，那样从表到里的精致和余味无穷。城市里的年轻人谈情说爱的时候有公园亭台、有草坪座椅、有花前月下、有影院剧场、有饭店酒吧，往往是在足够的情感铺垫和语言烘托中渐渐走入婚姻的殿堂，也可能是在反复试探与不断识辨之后最终获得心满意足的伴侣。农村没有这些，农村的年轻人只有到了十七八岁，在羞怯之后，农家女孩子懂得了梳洗，懂得了打扮，同时懂得了娇羞与妩媚，这时，这种情感才像小苗一样小心翼翼地长出来。但她们的生活背景却是土色的，父母那里看到的淳朴情感，生活的拮据，众多的兄妹，让潜滋暗长的爱意像被压在石头底下的青苗，曲里拐弯地探出头来，渴望阳光的照射，又畏惧阳光的直射，企盼雨水的浇灌，又害怕雨水的无情。农家小伙子的爱情，相对来得晚一点儿。在泥垢结成鞋底的土臭散发之后，在脱去开裆裤没几年之后，在别人的铜喇叭迎来新媳妇的高调中，对女性，甚至包括那些挠腮弄姿的村街闲妇，渐渐产生一种雄性的张力。于是，在所能接触到的范围内，开始酝酿爱的温暖，尝试爱的追逐，或期待媒婆的关注。

也许，心中隐藏着一个从未清晰的形象，也许这种形象就寄托在某个心中的明星身上，随着生理年龄的增长，荷尔蒙在某个夜晚突然有了一种期冀和渴望。在略微带点羞赧的寻求中，"场面"就成为爱情的萌发地。

乡村的场面主要在田地里。年轻人要在庄稼地里找到爱情，机会几乎是零。但从事劳动的经验和技巧却是赢得爱情的一种砝码。荷锄下地或粮食归仓中的偶遇，一对青年男女的对视，也许只是一种好感，真正走进心灵的却是村人的好评。印象加影响，会是一个小伙或姑娘走向情感尝试阶段的萌芽。更为广泛的场面，是众人聚集的场面。每有婚丧大事，每有一场电影放映，每有一次节日演出，每有一回赶集上会，是最能体现年轻人择偶本能的时机。姑娘们往往三五成群地聚拢在一起，而且个个都光鲜亮丽。小伙们也早早备好了发型与装束，专往人多事杂的地方凑。

仁义古镇很早就有人发明了一种剧目，叫干调秧歌。镇上的左邻右舍在较为开阔的地带搭起木质戏台，逢年过节就有十来个喜欢热闹的人上台唱秧歌。

在正式演出之前，有一个"撂四句"的前奏，四五个穿着戏装的人，相跟着挨门挨户跑。当头一个要口才好的，见有主人迎出来，随机现编，只说四句，根据每家的不同情况，编出的都是些祝福喜庆的话，一二四句要押韵，或双句押韵。比如到了张家，张嘴就来："张家院内红灯照，发财添福全来到。更有喜事说不尽，明年就把孙子抱。"这是撂四句的那个人看到张家有一个大肚子孕妇，知道这是一家人的一件大事，就把她编进去了。到了郭家，再编四句："郭家的院郭家的人，郭家代代有能人。儿女个个长得俏，父母年年有喜讯。"郭家的大人小孩穿着都整洁精干，而且谋事做事的人不止一个。郝家的词是："西圪塔里有郝家，郝家门前有大马。大马驮着财和福，婆媳和美众人夸。"婆媳关系在农村最难相处，郝家的婆媳关系和睦，大家有目共睹。四句不多，却是拣最要紧的说。主人被四句话说到心上，就一脸笑意地从家里拿出瓜果糖饼之类的礼品，递给随行的人，让他放进一个大布袋里。唱秧歌的人都是自发组织的，没有什么待遇，这些各家收来的礼物，就作为他们的酬劳。有吃有喝的，唱戏也有劲，完了有剩余，就分着各自带回家去，是多是少，谁也没怨言。

这干调秧歌，有调谱，有剧情，但没有文弦武板；有脸谱，有道具，但没有布景大幕。女人们一般不登场，即使有女角，也都由男人来装扮。有滑稽剧，专门逗笑的。有悲情戏，老让台上台下哭泣不断的。有正剧，也有野戏。比如《九件衣》《武松杀嫂》《打金枝》《鞭打芦花》等。村里的人一年四季忙累，没什么条件接受教育，逢年过节的唱戏，就成为他们喜闻乐见的节目。谁也知道这是编出来的，几百上千年以前的人和事，谁也考究不清楚，但剧情是真实的，人物是真实的。脸谱下面是谁，大家都知道，但脸谱和戏装上表演的言行，是古代的。随着剧情的发展，观看的人很快就入戏了。与角色一同悲欢离合，与故事一起喜怒哀乐。人们一边看，一边相互念叨着，丝丝缕缕的都在戏里。平时见面讲事理，对待家人邻里，都有自己评说的道理，都是从戏文里感知的，一不注意，就有人背出戏文里的一段词，或拿出一个正面或反面的角色来对号入座。这样，好像自己就真理在握。好多在村里能说长道短摆平事态的人，都是对戏文了解较深的人。正式演出时，上了年纪的人提着小凳，牵着儿孙，坐在下面直看得戏散了也不肯散。

中老年人看戏是真看，而年轻人看戏都是凑热闹。年轻人对那些刀子架在脖子上还要唱上一段理由的情节，没耐心。有不少年轻人直到看完一场戏也不知道到底演了个什么意思。

年轻人都穿着新衣服三五成群地在外围或两边转悠。也有不少外村人常来看戏。谁也心知肚明但都不明说的一种事，就是这给年轻人提供了物色意中人的最佳场所。

戏台两侧，纷乱嚷叫的人群中，可能莫名其妙地连接起一双视线。老远的一个对眼，相互找到杂乱人头之隙的一种深情，即使从未相识，也会产生心灵的感应，然后，就有可能产生一次邂逅，通过一番小心翼翼的对话，可能对话内容不一定真实，甚或还带一些机巧与调侃。嘴上说着，脚下动着，离开戏院，离开人多眼杂的环境，随意漫步，如果双方都愿意走向一段偏僻幽暗的小路，那么下一步的发展，就会有身心产生磁性的吸引，直至谈婚论嫁的暗示或告白。可能是在戏院，可能是在街道，也可能是在花前柳下，一旦那种从未清晰的形象有了客观的对应，一旦那种梦中的语音有了真实的对白，从心底涌出的情恋就会像火山一样爆发，像深泉一样开出凿通。直觉占到百分之七十以上，相处再进一步印证，外加向知情人的了解，一对对农村青年人的婚恋就基本成型了。以前，大门不出二门不迈的闺房情结，大都靠巧舌如簧的媒婆打开。女人走出院门之后，虽然媒婆的作用仍十分巨大，但渴盼自由平等追求幸福的愿望，越来越多地被年轻人奉为主题和实质。媒婆的作用，有不少时候是谈婚弄嫁出现了僵局，她能来来回回地讲情说理，解开疙瘩，再往下发展。也有两家谈得差不多了，找个媒婆，象征性地做做样子。没有媒婆的婚礼，村里人是要笑话的。

张长林第一次恋情的失败，让他有一段时间曾经执着地认为，老天为他量身定做的女人没有了。韩梅梅的漂亮与懂事，很长一段时间一直在他心中萦绕。这个找上门来的好姑娘被他错过了，他只能后悔，只能自己与自己怄气。张长林不愿在那些人多的戏院闲转，也不愿找那些打扮得花里胡哨的姑娘谈对象，他有自己的择偶方式。

张长林后来看上了一个女人，这出乎不少人的预料。

在村里同龄人纷纷成双成对地步入婚姻殿堂时，张长林的婚恋之门却基本封锁着。在他的意象中，女人的概念多多少少与日后的劳作有关。他排斥那种仅有光鲜外表的激情冲动，这也许和失去韩梅梅之后的沮丧有关。所以，尽管仍有不少媒婆冲着他聪明能干的才气和蒸蒸日上的家业而引见本村和邻村有点姿色的姑娘，但总以无果告终。

在一次仁义古镇集会上，他遇到一位穿着朴实的姑娘，这种朴实是穿着粗糙土气的那种朴实，这个姑娘衣服的肘臂和腿膝的部位甚至打着色彩不太协调的补丁，连头发都蓬乱着，未经任何的梳理。一群人围着她，对她面前摆放的笸箩簸箕反复挑选。另有几个妇女在抢购她手中的酸菜纸袋。这个姑娘没有着意修饰自己，她不想在生意之外让更多的眼光聚到自己身上。这个无意中的发现，让张长林有些震惊，于是他走了过去。

张长林在笸箩簸箕摊位上各选了一件，人们都用奇异的目光看着他，因为他的做派看上去有点奢侈，一般人顶多选一件，而且是反反复复地掂量，而他很快就选定了。大小一共五件，这差不多是摊位上所有编织物的一半。张长林付款之后，又去看那些酸菜纸袋。

"你不需要这些。"姑娘突然对张长林说。

"为什么这样说？"

"你叫张长林，是响当当的古镇醋坊老板，不稀罕这种味道的东西。"

张长林惊了一下，她居然能叫出自己的名字，知道张家的醋坊。

"你知道我？"

"梅梅姐说过你。你也到我们村卖过醋。"

一说到梅梅，张长林无语了。

"梅梅姐说你是个好人。她说她没有福气，她嫁得很不如意，一嫁过去就生病了。"

"你俩是朋友还是亲戚？"

"她是我表姐。"

张长林不知说什么好，换了个话题。

"这些都是你编的？"

"你买的这些是我和我爹编的。那些酸菜装袋来卖是我瞎想的，卖多卖少无所谓。"

"你这酸菜都是一种味道吗？"

"不是，里边放的调料不一样，有五种吧。谁家没有酸菜，都是一个味道了谁还来买？"

"那我一个味道的买一袋。"

"你这一买，我手上的东西就基本卖完了，你回去先尝尝，吃得顺口了，我下次再做一些来卖。"

张长林收拾好大大小小买到的物品，准备拿回家，可是不管怎么摆放，还是收拢不到一起。

"要不，我帮你送一趟吧？反正我这里东西也卖得差不多了。"

"那你的摊子谁来守？"

"我爹就在不远的地方，他应该很快就回来了。"

果然，不远处一个中年男人向这边走来。

姑娘跟着张长林，两人拿着东西往后头街走。

张长林说："你表姐说我身上有一股味，没想到她表妹身上也有这股味哩。"

"味都是酸味，可能酸劲不一样吧。"

"咱这两个酸，每家每户都离不开，但并不矛盾，能让酸味酸出个名堂，也不容易。"

两个人就这样一路聊着来到张家的院子里。

　　这个姑娘叫李秋莲，不久便成了张长林的媳妇。

　　张长林有了与韩梅梅第一次恋爱失败的教训，这次没敢再拖泥带水，从本事能耐上说，李秋莲是一个心灵手巧又心智过人的姑娘，今后过日子肯定是一把好手，能跟上他张长林的步调。从模样上看，她虽然不像韩梅梅那样让人一眼看进去就拔不出眼珠子来，但稍做打扮，也算是漂亮一列的，而且是那种越看越耐看、越看越有灵性的人。快刀斩乱麻，选好了就定，定准了就娶。至于结婚前的诸多条件，张家人早就备足备好了。第一次托媒人上门说合，媒人准备了许许多多的话都没用着。开场两句话，李家人就一口应承下来，李秋莲的爹娘都是急性子，再多说就显得画蛇添足了。李秋莲比她爹娘的性子还急，干脆跳过繁文缛节，直接问媒人：长林没说想什么时候办婚事吧？这话把媒人都问愣了。没过两天，媒人第二次登门，选日子确定婚期。正经的话媒人只说了几句，事情就办得一渠顺水。婚前的账单一拉，李家人要的彩礼和金银首饰以及其他各种事体与费用，张家人想得比李家还周到，甚至远远超出了他们的预期。媒人一高兴，竟与李家人在餐桌痛饮了几杯，到天快黑才醉醺醺地回到镇上。见到张家的人，媒人直夸李家开明，媒人第三次登场就是婚礼现场。事后，媒人见到镇上的人就说：从没见过两家这样顺当，真是精明人遇上开朗人，一顺百顺，这以后的日子肯定越过越好。

　　自从那次与张长林接触以后，李秋莲就对张长林有了一定的了解，她从张长林的眼神和话语中，看出了他对自己的好感。回家后，她与爹娘做过沟通。爹娘暗中也早已对张家做了不少的了解。张家在镇上和周边名誉不错，家境厚实，为人真诚，姑娘嫁过去不会受制。在媒人没到之前，李家人心中已经有谱了。好的事情顺当办，不要人为制造障碍。不舒服的开始很有可能铺垫不舒服的将来，李家深明此理。要的不一定能得到，不要的不一定能失去，是你的准会到来，不是你的即使得到也不一定就是好事。这种朴素的农家思维，常被李家人采纳。

李秋莲过门没一个月，正好是各家做酸菜的季节。

秋天，水田里有些地段种着蔓菁，绿油油的，几乎把地面都覆盖住了。齿状的叶子左右伸展，叶色已有些黑青，正是成熟的时候。手抓着叶根一用力，扁圆白胖的蔓菁就被拔出地面。连着叶子装进笼筐担回家，在院子里晾一晾，当天或次日就开始腌制。

张长林把收回来的蔓菁放在院子里，觉得量还不够，又在镇街上买了一些，小山似的堆了半个院子。这一下，李秋莲的手艺有了用武之地。

在物质生活相对贫乏的日子里，北方农村差不多每家每年都要做好一缸酸菜。这是一年的菜源，不管一年四季哪个时候，吃什么饭，从大缸里夹一碗酸菜出来，扔进一撮盐调匀，可以拿窝窝头就着吃，或搅进面碗里合着吃也行。切点葱丝，再加进些辣椒，有条件的人家用油炒一炒，更有味道。尤其在没有备好萝卜白菜金丝瓜的冬季，酸菜就更不可少。家里有了客人，酸菜同样少不了。酸菜拌豆腐，酸菜炒粉条，肉炒酸菜，肉炖酸菜汤，都是待客的上品。晚上回家迟了，肚子饿了，用暖壶里的水在碗里冲泡掰碎的窝头，再夹一筷子酸菜，连稠带稀吃进肚里，省时又解乏，也算一顿饭。不管穷人家还是富人家，做法可能不同，但都离不开酸菜。

腌制酸菜，对农家来说是一次大型的活动，不仅全家人都参与，就是周围的邻居、近处的亲戚都得叫来，由主人或懂得做法的人主持，大家分头行动。先是把蔓菁的叶蒂切下来，然后男人们用刀把圆头圆脑的蔓菁疙瘩去掉根须切除腐块，再用水桶或盆罐淘洗，这一流程有时在家里，有时干脆担到水渠边，用擀杖或木棒上下左右戳动，让滚动翻抖的蔓菁在碰撞中得到充分的洗涤。女人们负责把叶子择拣理顺，把发黄的或被虫子咬过的叶子扔掉，在盆子里洗干净，晾一晾，在案板上切成条状，备在那里，随后与擦出来的蔓菁条混杂在一起，摁进大缸里。

两三个大笸箩，四周围坐着女人，手里都操着一把擦菜擦子，每个人的旁边都放着一盆一盆的蔓菁。言谈嬉笑中，手和肩膀的力气就用上了。

一手把着擦子，一手捏着蔓菁，对着擦菜擦子往下擦。一长条一长条的，一看就是又有手劲又有巧劲的勤快女人干的。再一看李秋莲擦出的酸菜条，坚硬、细长、有韧性，大家不得不佩服，她确实是做酸菜的好手。

李秋莲本分善良又勤劳，一嫁进张家就没停歇过，一点儿也没有新媳妇的娇羞扭捏，倒像是久别重回的张家女儿似的，熟门熟路地就找到要做的活儿了。张富贵夫妇见娶回这样一个儿媳妇，乐呵得嘴唇就没合拢过。"不是一家人，不进一家门"，古人说的这句话，在张家真正体现出来了。

第八部分

71

张长林的亲娘就是尤宝汝。

张长林生下来不久，他的生父赵德豹就离家出走了，此后一直没有音信。尤宝汝月子里连气带病，断了奶水，孩子只好找一个能喂他奶水的人家。醋坊与粉坊在生意上有往来，正好醋坊张富贵的老婆刚生了张长荣，奶水充足得流天灌地，尤永吉和张富贵一说，孩子就抱了过来。

嫁出去的女，泼出去的水。尤宝汝未出嫁前，尤家视她若掌上明珠，十分娇宠。嫁人生孩子之后，尤宝汝还嗲声嗲气地叫爹叫娘，但时间一长，老看到家里有这样一个什么也不做还要找茬生气的大人，爹娘的言行中就生出一些厌烦。加之尤宝汝的两个弟弟先后成家，孙子接二连三地来到人间，后来，连尤宝汝自己都觉得在家里多余了。

开始，尤宝汝对自己的孩子十分疼爱，每天到张家逗玩，有时也抱回来想通过孩子哄姥姥、姥爷开心，她想把孩子变成尤家的一员。她甚至对爹娘说过，这孩子就是你俩的亲孙子。同时，她想让孩子姓尤。可是，爹娘表面上很买账，吃吃喝喝的就不说了，还给孩子做了不少的玩具，但从骨子里还是有层隔膜，连抱抱孩子的动作都不多。另一方面，这孩子一到尤家总是哭，见谁都没有一个好眉眼。偶尔住上一晚，哭闹声搅得全家人都睡不上个囫囵觉。一到张家，就欢蹦乱跳。再后来，连尤宝汝都不欢迎这孩子了。姓氏变成张以后，尤宝汝也去得不多了。看着孩子有这样一个开心的成长环境，尤宝汝也就不再多管多问了。

赵德豹出走，孩子又不恋她，连自己的爹娘也表现得不冷不热。尤宝汝在娘家越来越成为一个多余人。

连年干旱少雨，庄稼的收成一年比一年差，镇上除了几个商业大户凭着丰厚的家业还能勉强支撑着，其他的店铺都半死不活。孩子多收入少的贫困户，更是吃了上顿没下顿。

尤师傅的粉坊，眼看着出粉量越来越少，后来，靠着比较便宜的二道粉面支撑了一段时间，再后来，连二道粉面也卖不出去多少了。

粉条是扶胜不扶败的产业，光景好的时候，菜里放上粉条，能提升饮食的味道，就算是凉调一碗，配上些酸菜葱蒜，再加些盐和辣椒，也是一道上好的待客佳肴。可如果家里的粮食连糊口都够呛，谁还敢再去买粉条配菜。

与醋相比，粉条是可有可无的食物，醋就不一样了，一旦吃上瘾，一顿饭没醋就难以下咽。哪怕是就着咸菜吃窝头，挖点野菜拌高粱面喝粥，只要有点醋调味，入口就顺当多了。醋的价格不贵，吃多吃少都可以，盐醋盐醋，有盐有醋，主食不管是什么，就算一顿饭。

等不到上门客，就主动去找客源，尤永吉不甘心自己的粉坊就此衰败下去，逢年过节，他就主动挑着一担粉条上街售卖，也到相对殷实的一些人家送货。尤其遇上赶集上会的日子，尤永吉是绝不放过机会的。

三月十五王庄会，是方圆各村各县比较大的集会。尤永吉提早准备，天不亮，就赶着一辆小马车拉着上好的粉条出发了。近四十里的路，日头刚露出脸庞，他就到位了，尤宝汝随行。

前半天，问价买粉的人寥寥无几。到下午一点左右，父女俩有点饥困，尤永吉提了两把粉条离开了马车。不一会儿，他就端着两碗煮熟调好的粉条回来了。碗里加了红红的油炸葱花和黑黑的稠醋，闻着就有一股香味。父女俩摆开一张小桌，有滋有味地吃起来。

正吃着，一位腰系围裙的小吃铺师傅过来问："你刚走，就有几个年轻人要吃这油拌粉条，这不，让我来买几把，多少钱一把呢？"

尤永吉抬起头来，对来者说："随便拿吧，拿两把白给，再要多拿，你看着给就是了。"

"那就好说，反正咱都跑不了，坐地摊吗。"

那师傅伸手就拿了两把粉条，转身走了。

时间不长，那师傅就又过来拿，嘴上说："你这粉条，还真受欢迎哩。等一会儿一起给你结账。"

又过了大概两个小时，在那小吃铺吃过粉条的第一拨客人闲逛过来了。其中一个穿着气派的年轻人问尤永吉："你这粉条不错，我想买一些回去，可多了我又拿不动。我家离这儿不算太远，能不能给送送？你要能送，我一车全要，货到给钱。"

"不送。"尤宝汝抢先回绝，一脸的恼意。

"送，送。"尤永吉满脸堆笑应承道，随后转回头瞪了尤宝汝一眼。

"咱不要生气，你们做买卖也不容易。我先付一部分订金，免得你们有疑虑。"说着，年轻人掏出一沓钱来，抽出几张递给尤永吉。

"要送也可以，你还得付路费。"尤宝汝的脸色并没有阴转晴。

"行。路费我出，而且现在就出。"年轻人又抽出几张钱，直接递给尤宝汝。

"多了，多了。"尤永吉忙说。

"不多，不多，又是货又是车的，你们挺辛苦的。"

尤永吉立即收拾东西，备车启程。

72

那位穿着气派的年轻人叫段绍青，他家离王庄村也就七八里路，而且都是平坦的沙石路，步行也就个把小时。

段绍青是家中的大儿子，凭着父亲能掐会算的本事，就是在旱灾之年，他家田地里也没少打粮食，家里长年养着长工，农忙季节还要雇短工。谁家的田地也躲不过旱灾的侵袭，而他家却备着一个小水库，除了积雨攒洪，他父亲还自制了一台水车，安装在汾河上游的坝前，又开了一条小渠。农闲时，让长工坐在水车上，两脚蹬踩着，伸到河底的小木盒间隔成串，随着一根链条上提河水，一盒一盒的水倒进水渠里，流到水库里，再分流到各块田地。

没水浇地的人家，眼看着旱魔一口一口地吞食了自己的庄稼，就有人把地租给了段家，多多少少还有个收入，要比颗粒无收强许多。再回头给段家打些零工，又是一笔收入。这样，段家的土地差不多占到了全村的一半。段家人也并不是吝啬鬼，对村里左邻右舍不时地给些接济。这样，段家在村里的名声也挺好。

大儿子段绍青到了谈婚论嫁的年龄，不少村里村外的人都张罗着说媒，但见过十来个姑娘，段绍青都看不上眼。到王庄赶会，段绍青也有在更大范围选择对象的一个目的。

通过吃粉条，段绍青遇上尤宝汝。他一下子眼就亮了，觉得这眉清目秀的尤宝汝就是他要找的人。尤其是尤宝汝那一句"不送"，更增加了他心中的欲望。这种有个性有主张的女人，段绍青从小就领教过不少，他娘就是这种人，关键时刻敢表态，要紧节点能干事。他家表面上是爹当家，实际上娘是真正的幕后主宰。尤宝汝的声音表达的内容是冷漠，可那声音本身却充满了磁性和霸气。槐木虽硬，可一旦加工成型就是不会轻易走样的好家具。

来到段家，段绍青的父母也看出了儿子的心事，对尤家父女表现出了相当的热情。从窑房建置到室内物件，尤家父女都能感到这家人家底的厚实。从待人接物的礼节上，尤家父女也能看出这家人的上好教养。

言语当中，段绍青隐隐露出对尤宝汝的好感。

段家父母与尤永吉都能看出段绍青的心事。得住一个闲空，段绍青的父亲就试探性地与尤永吉聊谈，儿女长大了，都是该谈婚论嫁的年龄了，这种缘分也不多见，能不能让孩子们往这方面发展发展。

尤永吉表情上略显难堪，觉得自家女儿是有过婚姻的女人，而且已经生育过，听对方口气，段绍青才刚刚开始相亲。这事情一旦说破，谁都不好看。

尤宝汝猜到了父亲的心事，为了尽快撇清事理，便竹筒倒豆子——直来直去，干脆明明白白地说个清楚，为的是尽早走人了事。

"我是结过婚的人，男人早些年离家出走了。"

段家父母一时语塞。段绍青却直言快语，说："我不嫌弃这些，各人有各人的福气。"

母亲扯了扯儿子的衣襟，让他不要再说话。

尤永吉赶忙说："有什么以后慢慢再说吧。"

结过账，尤永吉拉着女儿上了车，一声鞭响，小马车轰隆隆地出了段家的大门。

段绍青一直跟到大门外，一副不舍的样子。

尤宝汝大声对段绍青喊："我孩子也三岁了，你另选一个好姑娘吧。"

出沙滩，过汾河，天色渐渐暗下来了。马车一路欢奔。

尤永吉一边赶着马车，一边与女儿对话。

"是个不错的人家，一家人挺精明的，而且也厚道和善，讲理。"

"看样子，在村里是富裕人家。可惜我不可能有这种福气了。"

"小伙子天庭饱满地阁方圆，粗一看，是个娇贵霸道的人，再一细体会，还真是一个有心有肺、有理有节的人。你还真配不上人家。"

尤宝汝不说话了。

"怎么，我小看你了？咋不说话了？"

"爹，他跟着咱们呢。"

尤永吉回头看去，那段绍青果真跟在后面，离马车大概有一百米远。

马车停了下来。

尤永吉下车走到旁侧，向段绍青挥手，让他返身回家。尤宝汝也喊道："别送了，回去吧。"

段绍青远远地站在那儿，一动不动。

尤永吉只得回头驾车赶路。

走了一截路，尤师傅问车上的尤宝汝："那小伙子还在后头跟着不？"

"还跟着，不过离我们越来越远了。"

又走了一段路，尤永吉自己回头看了看，段绍青在夜色中，变成了一个黑点。

73

一把颗粒饱满的麦穗被农人掐在手中，那种从心底涌动而来的喜悦，会像山溪汇成江河一样，无法抑制。此起彼伏的麦田，不时伴着空中的电闪雷鸣，一阵夏风狂卷着，乌云随风而至。乌云里裹着的暴雨急不可耐。一种收获的渴望便从即刻开始。一旦错过，一年的劳顿就可能付诸东流。

芸芸众生中，遇见是一种天意。此刻的段绍青有些魂不守舍，尤宝汝的出现，就像丰年掐在手上的麦穗，喜悦又焦急，圆眼暴睁又无计可施。联想当中，滚滚麦浪就是他一生的幸福源流，随时可能出现的乌云暴雨又会带来巨大的变故。

尤宝汝的形象，以及这个形象发出的声音，一次又一次地袭击着段绍青。源自形象的情感，源自声音的磁性，让他坐立不安。他不知道尤宝汝是否有过婚姻，也不清楚她是否有过生育，甚至连她的年龄大小都毫不知晓。但自从第一眼见到她，他的每一条神经，都产生了莫名的亢奋，从来没有一个姑娘让他这样动心过。漂亮并不是她的唯一，连同她家的粉条，都是越品越坚韧越有香味，夜里醒来咂咂嘴，就能品味到韧性十足的醇厚与劲道。她站在一马车粉条的后面，每一根粉条都像是她散发出来的滋味。他可以终身不娶，但不能遇而不惜。尤宝汝的沉静与愠怒，尤宝汝的身姿与声音，裹成一团球，不停地反弹着他，击醒着他，折磨着他。

阳光暴晒的正午，段绍青一个人干坐在房顶，父亲给他送来凉帽，他说不热。

夜色降临的傍晚，段绍青一个人站立在沟口，母亲给他送来棉衣，他说不冷。

一回到家，他就告诉父母："我想吃粉条。"

父母都是饱经风霜的人，知道儿子这场"重感冒"患得不轻。

母亲说："孩子的情窦开了，搞不好要出事的。"

父亲说："这不是坏事，事到如今，只能顺着他了。"

母亲说："这终身大事，你可要想好。"

父亲说："是福是祸，看他的命吧，这种事不能逆着来，谋事在人，成事在天。"

74

尤家的粉坊，突然来了两辆马车。

尤永吉一家人把仓库都清理得差不多了，还是不够。粉坊受市场的影响，近些年的出粉量一直不大，生产经营说死不死说活不活的，连进货都不敢太多，仅有的销量，只能勉强维持着一家人的生活。

刚要出锅的粉条，还没来得及晾晒，也被马车的主人约好全要。

尤永吉说："我还没卖过这种湿粉条哩，这软稀糊溜的，没法装车。"

马车主人说："不要着急，我们等着，稍微晾晾，找些塑料袋装上就行。刚出锅的给我们每个人先捞上一碗，尝尝。"

尤永吉给几个人每人调了一碗粉条，又搬了一张桌子，几个人便围在院中央吃起来。

"没像老板说的那样好吃。"

"我也觉得不怎么好吃。"

带队的马车主人悄悄对大家说："这话不要乱说，好吃不好吃，我们都要吃得有滋有味，等一下尤家姑娘来了，大家更要说好吃。一定要吃出一个好心情、好场面。我们代表老板专程来买粉条，要体现出我们的教养与礼节，不能让尤家人笑话我们。"

不一会儿，尤宝汝果然进院了。

几个人一同把目光聚到了尤宝汝身上。尤宝汝正要与大家说句谢谢的话，却发现一群人好奇的目光直射自己，忙低头审视自身，生怕身上哪一个地方有什么污脏或什么不对的。

带队的中年人马上对大家说："看什么看，没见过女人？想看，今晚上回去看你娘你老婆去。"

大家一阵嬉笑，收了目光，回头继续吃粉条。

"大家辛苦了，你们是不是段家派过来买粉条的？"

中年人回应："尤姑娘真是好眼力，我们正是少爷段绍青派来的。你家这粉条也真是，把我家少爷吃得上瘾了，哪一顿饭也离不开它。"

尤宝汝听着这话，觉得有点好笑，说："前几天，刚送到你家一车粉条，倒吃完了？"

"吃是没吃完，不过，总不能吃完了再买吧。这不，我们每人都吃了一碗，这味道还真是不错哩。"

众人赶忙附和："好吃，好吃。"

中年人又说："再说了，我们少爷是个善人，他想把这么好吃的东西多买些回去，分给村里的人，让大伙都享受享受。"

这时，尤永吉也走了过来，他顺着中年人的话说："好吃就多吃点，想吃多少就吃多少，都免费。这段家是一个好人家。"

"那不能，再好吃，也不是白来的。我们老板常告诉我们，要尊重别人的劳动，谁也不容易，绝对不能白吃白拿别人的东西。结账时，干的、湿的，全都要算上。"

尤永吉说了声谢谢，转身忙别的事去了。

尤宝汝突然问："那你们的少爷怎么没来？"

中年人听着这话，把尤宝汝叫到一边，悄悄说："你家这粉条，说是好东西还真算是好东西，说是烂东西还真是个烂东西，自从吃了你家的粉条，少爷就像吃了迷魂药似的，整天什么事也不想干了，天天就念叨着粉条。"说着，中年人抬头看了一眼尤宝汝，有点神秘兮兮地说，"你说，他能不想来？"

中年人趁人不注意，从口袋里掏出一只镶金的发卡递给尤宝汝，说："我们少爷特意强调，这没有强迫的意思，那天他见到你之后，饭吃不香觉睡不甜地想你，觉得你要是戴上这样一只发卡就更好看了。作为一种念想，你一定得收下，至于你是什么想法，我们就不知道了。即便再不见面了，少爷也就心安神顺了。"

尤宝汝想了想，说："我结过婚，还有一个孩子，他没和你说过？"

中年人说："说过，我们和家人也劝过他，村里和周边有那么多姑娘稀罕他，可他就是一根筋，转不过弯来，一天到晚闹着要吃粉条。结婚不结婚，孩子不孩子，他都不在乎，我把话可全给你说了，少爷回去要骂我叛徒了，接下来就看你的意思了。"

尤宝汝有点感动，低声说："我何德何能，值得你们少爷这样惦记？"她没等中年人再说什么，一转身出了大门。

中年人跟尤永吉结过账，招呼同来的几个人驾辕套车，打道回府。

天色渐渐暗下来，中年人率领着两辆马车一路狂奔，他们想在天黑前，赶出多一半的路程。

马车走出古镇南门时，尤宝汝出现在眼前。

中年人马上下车，几步走到尤宝汝面前。尤宝汝手里拿着一块折叠的手绢，一把摁在中年人的手心里，说："回去给了你们少爷，算是我的一个回礼吧。"说完，背过身走了。

75

这手绢并没包着什么，就是那时候女孩子常爱装在兜里的一块普通的手绢。中年人把手绢交给段绍青时，也感觉有点蹊跷，送这样一块小手绢能代表什么呢。

段绍青慢慢展开这块手绢，中年人怕少爷看到手绢里空无一物生气，便转身走了。

不长时间，中年人又被段绍青叫了回来。段绍青说："这手绢的正中间，印着一枝蜡梅，蜡梅上还落了不少雪。我猜想，这是她对我说话哩，你觉得她这是说什么呢？"

中年人说："我是个大老粗，还真看不出来。"

"她在告诉我，她是一枝受过寒霜的蜡梅，已经不是一朵鲜花了。她肯定有过不寻常的经历，也是在试探我，就这样一枝吃过亏受过罪的梅花，看我能不能接受。"

"你一说，这还真有点那个意思。我和她交谈时，她就对我说过，她结过婚，还有一个孩子，看来她肯定有过磨难。"

"这样一枝蜡梅，受过严冬的打压，肯定懂得春天的温暖。大叔，你说是不是？"

"道理是这么个道理，少爷你可是风华正茂的年龄，有充分的选择空间，这事你可得从长计议。"

段绍青拍了拍中年人的肩膀，说："你又立了大功，这下，我的心就踏实了。你让我娘再给我煮一碗粉条，我要再认真地品味品味。"

76

尤永吉生有一女两男，尤宝汝下面是只差她两岁的弟弟，取名尤宝男，尤宝男再下面是一个又差两岁的弟弟，取名尤宝双。尤宝汝结婚的第二年，尤宝男也结婚了。隔年，尤宝男生了一个儿子，取名尤大伟，又差张长林两岁。接着，尤宝双也结婚生子了。

张长林自从被寄养到张富贵家之后，偶尔也被尤宝汝叫回来住两天。这张长林从小就十分淘气，而且喜欢搞一些小发明小创造。到了能跑能跳的年龄，他尤其喜欢能打出子弹的木头枪和能飞出去的纸飞机。

他把自己折好的纸飞机用手一掷，放飞出去，再用自己制作的木枪瞄准目标射击。这让尤大伟十分好奇，也缠着要和他玩。可尤大伟不太会玩纸飞机，更不会玩这能打出子弹的木枪。刚开始，张长林让尤大伟往外扔纸飞机，自己瞄准射击。可扔出去的纸飞机飞行距离太短，没等张长林手中的枪举起来，就栽到地上了。尤大伟又闹着要换角色，让张长林扔飞机，他来射击。张长林一挥手，飞机平行前滑，在空中盘旋起来。尤大伟举枪射击，但掌握不好射击的机关与方向，子弹是打出去了，可方向偏差太远。更要命的是，这一枪差点打到正进大门的尤永吉，离脑袋只差了几厘米。

尤永吉十分恼火，在叫骂声中，过来就把尤大伟手中的木枪摔在院子里的一块石头上，断成了几截。回头又把张长林折叠好的大小纸飞机全都踩踏得稀烂。嘴上骂着张长林："你这个不学好净惹事的野孩子，非把我孙子带坏不可，趁早滚回去吧，一见你就是一身的醋糟味，看你也不可能有什么大出息。"

张长林见姥爷这样骂自己，很是窝火。心说明明是你孙子惹下的祸，硬要把屎盆子往我身上扣。一时气急，嘴上也就不干不净起来："回去就回去，离开你这粉面臭，我还不活了？"

"粉面臭"是人们背地里给尤永吉起的绰号。调制好的粉面，如果不及时下锅做成粉条，一旦发霉就有一股腐臭味，特别是在炎热的夏天，味道很难闻。有些尤永吉的对头背地里老用这个绰号贬损他。张长林是个爱跑爱颠的孩子，知道他姥爷这个绰号。

尤永吉正要发作，张长林已一边哭着，一边跑出了尤家的大门。

这件事让尤宝汝心里很不是滋味，一连几天对父母及弟弟弟媳不言不语，做家务事的动静越来越大，谁见了她都躲着。尤大伟整天被爷爷奶奶搂着抱着，一看到姑姑尤宝汝就哭闹着跑远了。

尤宝汝是家里的第一个孩子，从小就被爹娘娇着惯着，两个弟弟出生以后，她也一直以老大自居，在家里也算一个"把家婆"似的，谁也得让她三分。

随着尤大伟的出生，家庭的天平渐渐发生了倾斜。孙子及生下孙子的儿媳，位置大大提升。赵德豹离家出走，已经嫁出去的姑娘长期赖在娘家，连尤宝汝自己都觉得不太妥当，可她又能去哪儿呢？

张长林被爹训骂赶走，那些明显偏袒孙子的话，尤宝汝越想越觉得窝囊怄气，尤其是那句"野孩子"，更让她伤痛。她想找回一些自尊，所以对谁说话都没有好脸色。

这一次，是娘忍不住了。

尤大伟在家里又哭又闹的，爷爷奶奶都迁就着他。尤宝汝心里却窝着火，当着娘和弟弟弟媳的面就大骂："再哭，就滚出去！"

骂第一句时，大家都不愿吭气，再骂第二句时，宝汝娘就发火了。娘的三角眼一瞪，说："我的亲孙子要往哪儿滚？要滚，你滚吧。"

尤宝汝一听亲娘这样说自己，心里的火"腾"地一下就冒上来了。

"好，我滚。"宝汝说罢闪身就跨出家门。随手一摔门，她用的劲很大，连门框上面的玻璃都震落到地上了。

77

尤宝汝回到赵德豹那间小屋子，看着全都盖了一层尘土的家具，想起了赵德豹，那么好的一个男人，外表英俊，人又勤快，不仅对她顺从依附，而且在粉坊做事不惜一点儿力气。两人本可以和和顺顺地一起过日子，自己却因为他与郝美仙的一些传闻不依不饶，逼得这么好的男人自己跑了。想着想着，就号啕大哭起来。再想着爹娘的无情无义，就更加伤心。就这样，一连几天她不吃不喝的。

她想接回张长林，母子俩一起过日子。再一细想，如果把张长林接回来，她靠什么维持生活？张家人和她非亲非故的，对她的孩子就像亲人一样。天长日久，儿子与她都有些生疏了。好不容易哄着张长林到姥爷姥姥家住上几日，还遭到排斥。这一次，不要说姥爷姥姥，就连她这个亲娘恐怕儿子都不会接受了。

她本以为，爹娘会对她的出走心生悔意，隔几天就会找个人来劝她回去。可是，几天过去了，爹娘一点儿音信也没有，这就让她更加痛心。

她没有勇气去张家看自己的儿子，她怕儿子再对她表现出无情无义。那样，她的心会更加疼痛。

这天，她正在炕上躺着，郝美仙来了。

郝美仙的形象吓了她一跳。这个曾经在头饰、穿着、走姿、坐相上都让她十分崇拜的偶像，突然之间，像个失魂落魄的疯婆子似的，披头散发，穿在身上的衣服也褴褛不堪，连进门的脚步都没发出多大的声响。

一见面，两人就抱在一起哭。待平静下来，郝美仙对她说："你的情况我知道了，不过，你还年轻，我虽然只比你大十几岁，但我的心已经死了。你的孩子，还是你的一个期盼。我有什么呢？我儿子被我娘带回河南以后，再也不肯来见我了，家里连封信也没有。我是真没勇气回去见他们。我那个钉蹄匠，放着好好的生活不过，整天就在酒罐罐里死喝活喝的，早就酒精中毒了。这几天，他正度命呢，我估计不出十天半月，我就是一个寡妇了。"

"咱们女人的命，咋就这么苦呢？"

两个人正聊着，听见外面有人在说话。尤宝汝走出门外，见一个人在门口站着，细一认，就是那天段家派来买粉条的那个中年人。

没等对方发话，尤宝汝对中年人说："你回去告诉你们家少爷，说我尤宝汝再不想见任何男人了。"

中年人没有急于回答尤宝汝，等尤宝汝转身回家后，他一个人就那样静静地站在门外。

一会儿，郝美仙出来了，冲中年人说："你一路辛苦了，进来家喝口水吧？"

中年人低声说："谢谢，我就不进去了。宝汝的事，我听说了，她在气头上，心里不好受，我能理解。"

郝美仙说："宝汝刚才和我说了你家少爷的事，现在她对所有男人一概排斥，连她爹都恨。看样子，这次她伤得不轻。我没见过你家少爷，宝汝现在这情况，他能接受？"

中年人说："看样子你和宝汝关系不错，我就和你实说吧，我家少爷现在是非她不娶。"

郝美仙说："如果真是这样，那我试着再劝劝她吧。"

郝美仙正要回屋，中年人赶忙走近她，悄悄说："我家少爷想见见宝汝，不知何时合适？"

郝美仙试探着问："你这次来的意思是——"

中年人说："我这次带了聘礼，可尤家人硬是不收，东西还在外面的马车上呢。"

郝美仙说："这样吧，你找个与尤家关系不错的人，请这个人把聘礼转交过去。收不收是他家的事，总归是他家的女儿，养育之恩，到什么时候也不能忘记。宝汝这里就交给我吧，你来之前，有没找人掐算个日子？"

中年人从口袋里掏出一张纸，递给郝美仙，说："先生说，这就是一个黄道吉日。"

郝美仙说："那这次就不招待你了，你受苦受累了，他俩的事就这样先定下来吧。"

郝美仙回屋后，一拳砸在尤宝汝身上，说："我替你做主了，不要再折磨自己了，你就等着过好日子吧。"

两人说一阵，哭一阵，一直到天黑，郝美仙才离开小屋。

78

一早起来，尤宝汝就来到沙沟张家醋坊的大门外，她想再看看儿子，哪怕隔着院墙见见也行。可是，她来得太早了，等了半个时辰也没见到孩子。她顺着院墙向沙沟的深处走去。

一条岔沟，隐隐约约还能看见的一条小路，这是赵德豹以前上山拉二胡时踩出来的路。她坐在沟口一块大石头上，看着那条小路发愣。赵德豹的脚步声又朦朦胧胧地出现了，接着，一阵悽惨委婉的二胡声传进她的耳朵，她的两腮滑下两道泪水。

不知什么时候，她的眼前出现了七八个人，领头的人正是段绍青。她这才想起来，今天是她又一次出嫁的日子，就是段家人掐算的那个"黄道吉日"。

段绍青挥了挥手，一位女化妆师走近尤宝汝。

脸色、眉毛、头饰等，在化妆师的整理收拾下都焕然一新。尤宝汝坐在一块石头上，任凭对方摆布。

随行人员又递过来鲜艳耀眼的红色衣裤和绣花鞋。尤宝汝伸出一只手挡开，自己站起身来，走到不远处的沟口，对着那条沙土小路跪下来，一头磕到了地面，对自己曾经相随相伴的男人做最后的道别。

然后，她站起身来，几个女人帮她穿好了婚衣，她一头钻进轿子里。

婚庆的队伍响起了欢快的锣鼓声和唢呐声。

路经古镇大街时，围观的人群已是水泄不通。

一个女人挡住了去路。

是郝美仙。乐队停止了吹打。

郝美仙走到大花轿前。尤宝汝应声走了出来。

两人牵着手，在古街上款款前行。尤宝汝在通往粉坊的街巷口，深深地鞠了三躬。随后，两人又抱头哭在一起。

郝美仙轻声对尤宝汝说："今天是你的喜日子，不许哭。姐姐我送你走出古镇南门，咱今天要亮亮堂堂地出嫁，不能让别人看笑话。"

"姐姐，我现在就你一个亲人了，你就算是我的一个伴娘吧，咱一同走吧。"

"好妹子，我相信这个男人会对你好的，今天我不去了，过两天，我专程去看看你。你记住姐对你说的话，自己要挺起来，一切都会好的。"

郝美仙转身对站在跟前的段绍青说："我的妹子就交给你了，你要多理解她，多包容她。祝福你俩。"

段绍青说："大姐，你放心，我就是穷得只剩一个窝头，也有宝汝的半个。"

郝美仙在段绍青的肩膀上拍了拍，一转身消失在人群中。

<h1 style="text-align:center">79</h1>

尤宝汝一到段家，便里里外外一下子鲜亮起来。她从小养成了骄纵的个性，现在这种骄纵摇身一变，成了遇事决策果断，说理是非分明，谈吐富有主见，交往有礼有节。段绍青也一下变了个人似的，主动承担起不少家务，对人对事也增长了许多智慧，内在的聪明才智也调动出来了。

弟弟妹妹们十分佩服大哥大嫂的所作所为，爹娘也渐渐地把家中的权力掌控有所转移。

唯一让爹娘有些闲话的是，两人都有点贪炕。每天早上，不到饭点儿叠不了被褥。接着，第一个孩子出生了。爹娘赶忙收拾洗屎布换尿布，购买上好的谷米，磨出头遍白面，制作喜庆的玩具。老两口屁颠屁颠的，一整天也消停不下来。

第一个孩子刚会爬炕，第二个孩子又要临产。第三个第四个也迫不及待地降生了。一连几年，像兔脑脑出洞似的，一个接一个地问世。老两口整天在屎尿堆里搅缠不出来，累得急了，爹就背地里对娘说："这还了得，咱这就是长了八只手也抚弄不过来，雨后玉米吐毛穗，一阵不等一阵了？"于是，得住一点儿闲空，娘就对宝汝说："咱缓着点劲来吧，我和你爹这把老骨头，快要累得散架了。"

尤宝汝笑笑，对婆婆说："这事你得和你儿子说说啊，我能有什么办法啊？"

婆婆只得自言自语地说："这儿子也是，不管人的死活了。"

段绍青和尤宝汝没有把生孩子这事放在心上，该来的总归要来。两个人一门心思要振兴家业，家里长年雇用的几个长工，总安排着做不完的活，农忙时节还要在村里找不少短工来帮忙。此外，两人还在谋求新的发展领域，养羊群、开马场、搞编织、制农副产品。

每逢集会，两人相跟着，拉着牛羊，驮着货物，既要在畜牧行业寻求交易，又要把农副产品售卖出手。什么方面，只要动脑筋，想办法，都有利可图。

孩子一出生，不出两个月，尤宝汝就开始做事了。生个孩子像上一趟茅房似的，从没当回事。看着她生了几个孩子，身子骨却越来越硬朗了，身材比刚嫁过来那阵子还俊俏。脸上的肤色有红是白的，精力也格外充沛。家里照料孩子的事全都交给公公婆婆，好像与她不太相关。她与丈夫只管生，不管养。不知不觉生出一个，无心无意又生出一个，一直到老六生下来，这事才告一段落。

再看段绍青，结婚前像白面书生似的，身体不是往高里长，而是往宽里扩，渐渐发胖的身子，配着一脸的横肉，不仅不想干活，还经常跟爹娘找麻烦，拌嘴舌。现在，一下子消瘦了许多，身上的脂肪像是被抽干了水，都变成肌肉了，猴精猴精的，出院进门，风一般快。干起农活来，很是灵巧，省时省劲还出活。二百斤的担子一上肩，颤得忽悠忽悠的，脚下的路，走得轻快洒脱。村里的老人们见到他，都说，这小伙子是个种庄稼的把式。

等孩子一个一个屎一把尿一把长到欢蹦乱跳的年龄，两个老人的精力也消耗得差不多了。四个儿子两个姑娘，一出门，跟着一串，不用找别人家的孩子玩，自家院子里一天到晚就吵闹声不断。上檐揭瓦的、爬树掏鸟的、撵狗逮鸡的、捉笔写字的、钻洞躲藏的、提耧掀耙的、喂羊赶马的，变着法儿折腾，随着性子找乐。等到开饭时，一声喊叫，一个一个土眉灰脸的，在炕前排成一行，老大端上碗，老二随其后，老三老四老五老六跟着来。谁吃饱了没有，也没人过问。吃得快的，还能再来一碗，吃得慢的，再轮到时，勺子刮到锅底了。逢年过节，家里准备好的瓜果香饼软糕等稀罕食品，分成六份，分发下去，自己保管，自己享用。穿着方面，除了过年时每人给新制一身，平时的衣服，老大穿了老二穿，轮到老六时，补丁摞补丁的，实在看不下去时，再给老六加做一身。其他兄妹要有意见，就把几个人穿过的旧布料，缝制成成色很旧的衣服，穿在身上既不好看，也沉重褴褛。就是这规矩。时间一长，谁也不说什么了。虽然在全村来说，段家家境是比较厚实的，但蛇大窟窿粗，收入大，开支也不小。小孩家家的，穿好穿赖没人笑话。等到要出门见人，爷爷奶奶总给备着像模像样的衣服。再说，段绍青还有两个弟弟，他们家的孩子也是亲孙子，规矩应该是一样的。

有苗就不愁长，忙忙乱乱的光景，也顾不上日出日落，孩子说大就大了。段绍青和尤宝汝还在忙前忙后的，竟有人上门给大儿子提亲了。爹娘忙着给媒人倒糖水递水果，段绍青与尤宝汝还像孩子似的懵着。刚还记得自己骑大马坐红轿，怎么孩子也到了自己当初的年龄？两个人晚上一碰头，才想起老大已经是十八岁的成年人了。

尤宝汝突然想起：自己留在张家的儿子张长林，也不知成家了没有。

这个时候，也正是张长林想找亲娘尤宝汝的时候。

其实，在王庄会上，张长林见过自己的亲娘尤宝汝。张家醋卖个差不多时，马车由张富贵看着，张长林与奶娘到各处转了转。在一个村巷口，张长林差一点儿与尤宝汝碰了个照面。他戴了一顶大檐草帽，刚一抬头，看见像是尤宝汝，迅疾又转身躲开了。当时，尤宝汝带着三个孩子，那三个孩子围着她要吃要喝地闹腾。离开一段距离后，张长林问奶娘："那个女人很像是我娘，你看看是不是？"

奶娘回头看去，人影晃动中没看清，就拨开人群朝前面凑了凑，还是没有看清楚。她还想走到跟前再看看，被赶过来的张长林一把拽走了。

尤宝汝在那一错位之中，看清了张长林。自己的孩子，就是十年二十年不见，那眉眼那身架那走姿，是绝对看不走眼的。等哄住几个孩子再要细看时，张长林已经走远了。

趁张长林不注意，奶娘不歇心，又悄悄走回到村巷口，在一堆农产品前叫住了尤宝汝。见面话说过之后，尤宝汝就问起了张长林。

奶娘告诉尤宝汝："你一走多少年，再不见面。长林经常念叨你，这亲儿亲娘的，能不想？前几年，他一直心情不太好，因咱醋坊的事，错过了一个好姑娘，把他气得够呛。后来，总算遇到了一个不错的姑娘，结婚后，缓过劲来了。今天他也来赶会了，要不等一会儿，你娘俩见见面？"

尤宝汝说："你看我这疲疲累累的，让林林见了笑话。改日吧，等我忙完这一段，专门去一趟，专门去看儿子和你们。实在让你们劳累了，从小到大，孩子就愿意待在你张家，你们对他也像亲儿子一样。这孩子个性强，全凭你们调教哩。我这个当娘的，实在不算合格。"

奶娘说："长林很有出息，现在成了我们张家的顶梁柱了，里里外外都是他撑着。结婚成家后，更成熟懂事了。"

两人聊了一会儿，奶娘才回到自己的摊位。

奶娘对张长林说："就是你亲娘，我过去和她说了一阵话。你也去见见吧？"

张长林说："不见。"

第九部分

80

二十世纪六七十年代，所有私营店铺都先后集体化，张家醋由私变公，统一在大队经营管理之下。张富有与张富贵都先后被聘为大队副业组醋坊的专业师傅。再后来，张长林渐渐顶替上来，他不仅成为名副其实的师傅，而且成为副业组的副组长。醋坊产出的醋就放在镇街上的集体售卖铺，与粉坊产出的粉条、油坊产出的菜籽油、东园西园种出来的各种蔬菜一起集中对外销售。

粉坊这一块尤永吉还没有培养出完全合格的接班人，所以常常得亲自上手，手把手地对几个徒弟传授技术。有几个不想在生产队受苦受累的年轻人，通过关系说合来到粉坊，跟着尤永吉学漏粉，可学来学去，都学不成。这几个年轻人开始还觉得挺新鲜的，做着做着，放弃了。实际上，他们压根就不想做这苦重累的活。这漏粉，就那一瓢近十斤重的粉糊要平衡不颤地端在手中这一项，一般人就拿不下。技术之外，更考验的是一个人吃苦耐劳的韧性和毅力。放在售卖铺的粉条有不少是徒弟们的试验品，从工艺到流程都差劲，买的人也就不多了。

张长林知道尤永吉是他的姥爷，但从童年就生出的那份反感一直窝在心里，而且愈演愈烈。张家醋盛行的那几年，张长林种出的那些低个儿高粱，曾是尤永吉粉坊的免检产品，卖得顺畅，买得放心，形成双赢局面，无形中形成一种默契。从神情上，张长林能看出姥爷的亲近意思，他没有给姥爷反悔认错的机会，以后的交往便多让奶爹张富贵出面。从内心里，他排斥这种商业气味太重唯利是图的人。早些年，偶尔在镇街上见面，是张长林有意避开姥爷。后些年，是姥爷老远就躲开他了。尤宝强和尤大伟以及尤家的后代子孙，都没有把漏粉这项技术继承下来，一家人都是"啃老"一族。

尤大伟面正脑圆，体魄宽厚，比一般孩子高出一头。老师曾让他当过几天班长，可他说话和做事都拙笨，连班里最小的女生都敢摸他的头。班主任很快就把他替换下来，背地里对办公室的同事讲，说这尤大伟长得很有欺骗性。学习上也是榆木疙瘩，不开窍，多次考试成绩都稳定在倒数第五。初中毕业后跟着尤永吉在粉坊干了一段时间，既不灵秀，还懒散，再怎么调教，一堆烂泥上不了贡桌。尤永吉与大队书记说情，让尤大伟到大队副食销售组去卖货收钱。结果是货出去不少，钱没收下多少，进货的账与收到的钱对不上数。来买黄瓜的人，上秤两根，顺手又捡了一根吃在嘴上。一瓶香醋，买者只尝一口，就能喝下去半两。没办法，他只能在生产队与一般社员们上地熬日头。

尤大伟的妹妹，刚上完初中就跟着一个卖狗皮膏药的中年人跑了，后来带回来一个要"开花结籽"的肚子，害得一家人藏掖裹揽地又是灌酸菜水又是吃打胎药，忙了好一阵子。

尤永吉在副业组挣着近两个全劳力的工分，在粉坊全过程指导生产。粉坊的产量越来越低，给副业组创造利润的比例也每况愈下。尤永吉的作用也受到大队领导的质疑，加上年龄的关系，只得回家休息了。一家的顶梁柱再撑不起来，米面粮油这些生活必需品，渐渐失去了供给的源头。尤家开始了节俭清贫的生活。

老婆对尤永吉说："你是一块黑炭时，谁也想靠你燃烧取暖，你是一块石头时，谁看见你都感觉比垃圾还臭。"

尤永吉对老婆说："十亩地里一苗谷，还被你连根拔掉了。宝汝跑了，林林也不认咱，肥水进了别人的田，葡萄甜了盗贼的嘴。你啊，就等着好看吧。"

老婆给自己找心理平衡，说："人常说，宁可气破肚，不能哭瞎眼。要儿不要女，我有儿子孙子在身边，就是吃糠咽菜也心甘情愿。"

尤永吉反驳："好看的花瓶石媳妇的肚，都是空的。落架的凤凰不如鸡，我这一老，不抵事了。以前夹着一泡尿做的事够全家滋润半天的，现在，凭你儿子？沙子做泥糊不上墙。一家人大眼瞪小眼的，等到哪一天面缸空了口袋瘪了，看你肚能不能气破眼能不能哭瞎？你就等着受洋罪吧！"

老婆并不服输，说："宝汝也是我身上掉下来的肉，也是我一口奶一口奶喂大的，哪一天真要过不下去了，我也不至于饿死，我就不信她看着我等死，她自己能大鱼大肉地吃下去。"

尤永吉回应："要去你去，人活脸树活皮，我这张老脸，虽然不值钱了，但也不能跑到姑娘家门前讨吃要饭。要是让外孙一脚踢出门，那滋味可比饿死还难受。"

老婆看着一脸无奈的尤永吉，讽刺他："生就的骨头长就的肉，死要面子活受罪，一辈子跟上你，穷得炕洞子响，叫花子抖的是空塌塌的架子，到头来还不是鸡飞蛋打一场空？"

两个人没轻没重地叨叨着，谁也不真正往心里去，没几天，有个外人突然走进门来，让这一切烟消云散。

尤永吉不想去大街上与那些老人们晒太阳谝闲篇，就一个人坐在自家院子的石桌边摇着扇子喝茶。老婆里里外外忙着孙子的事，出来进去的，有时也走近尤永吉跟前抢过茶杯喝一口，顺便再撩撩他，都是些扎心窝子的话。

一天，家里走进一个人来，带着不薄的礼物，三句话就说明了来意：南山矿大食堂想开一个漏粉的小作坊，专供自己灶上用。领导提出，就要吃尤师傅的粉条。来人就是大食堂的负责人，想请尤师傅"出山"。

老婆听明来意，马上说："一把老骨头，再折腾就散架了。不去了不去了，另请高明吧。"

来人不说话了，转头想听听尤师傅的意见。

"劳动量大不大？我可是多年没有漏粉了。"

"我们专门派两个人跟着你，由你指挥，出力流汗的事他们干，你做做样子，当老师就行。"

老婆说："这活可不是做做样子就能拿下来的，老了老了，不能硬逞能了，不要把这老命搭在自己的老本行上。不去了，真的不去了。"

来人并不硬"请"，说话也不拐弯抹角，说："事情就是这样，你们商量商量。去，一句话，不去，也是一句话。"

尤永吉挡开老婆，问来人："来请我，是你们领导的意思？"

"我们领导也是美食家，舌头上的事哄不了他。你家的粉条和古镇的张家醋，他吃了多少年，偶尔换了别人家的，他一口就吃出来了。大鱼大肉的饭局他除了应酬一般不爱吃，但一碗面一碟菜吃得很讲究，'尤粉张醋'缺了不行。食堂要建粉坊，我来你这儿，就是他的意思。"

尤永吉对老婆说："做粉做了一辈子，只要有这样一个知心顾客，死也值得了。早知有这样的人，我会免费供他吃一辈子粉条。他这样看重尤家粉，专门让人来请，我是绝对没理由不去的。"

老婆见尤永吉这样表态，知道他是动了心了，这才顺势说："去了也不能受硬苦，多说话，少出力。不是那种年龄了，千万不敢逞强好胜了。在矿上让领导和更多的人吃到尤家粉条，你这辈子也算值了。但时间不能太长，十天左右差不多了吧？"

尤永吉表态："最多半个月，我就回来。"

准备好必需的生活用品，尤永吉就坐上南山矿的小车走了。

坐进小车，尤永吉闻到一股特殊的味道，就说："张家醋。"

来人反应挺快，说："是张家醋，给我们领导准备的，够吃半月多了。怎么，尤师傅也常吃这张家醋？"

尤永吉说："我外孙的醋，我能不清楚？"

来人问："你外孙是谁？"

尤永吉回答："张长林。如今是大队醋坊的大师傅。"

来人"哦"了一声，便不再说话了。没多久，两人都在小车的颠簸中睡着了。

尤永吉梦见了外孙张长林，从小到大，一幕一幕的。

81

张长林在后头街张家大院新修起一排平房，又在院子里种了不少苹果树、梨树、枣树，还辟出一块小菜园。每天在大队醋坊忙完以后就回家了，再不出院子。

李秋莲与两儿一女的主要活动场地也在院子里。

张富贵隔着留有窗口的院墙，常与坐在槐树底下的我爹交流种菜经验。他院子里的小菜地各种蔬菜长得越来越有生机。我爹的腿病日渐严重，走起路来一瘸一拐的，那片菜畦也再不葱茏茂盛了。好多时候，我爹只是象征性地转转，真正投入的精力和劳力不多了。他与张富贵的交流毫无保留，有时就是现场传授，遇到什么情况，他一说，张富贵马上就转身抚弄去了。张富贵菜地里的哪一种鲜菜一长成，第一个享受到的就是我爹。有时他也把我爹请进院子，再叫上在前头街居住的张富有，三个人一起喝二两。院子的菜地边摆着一张石桌，周围有石凳。在菜地摘些刚长成的鲜菜，能凉吃的用刀剁开，放上盐醋调匀；需要上锅蒸炒的，旁边平房就有炉灶，长林媳妇有时还能给他们端来些山鸡、野兔肉。长林平时就给奶爹备有小坛汾酒，用勺子舀到酒壶里，再在开水锅里温一下，让他喝烧酒。

我爹突然发现，张富贵老了以后，变得大度了，变得会活了，变得有人情味了。

张富贵的几个孙子赤着屁股撵着鸡狗跑过来，向爷爷讨一口肉菜，再在爷爷后脑上摸一把，又跑远了。菜地不远处，悬挂在树枝上的苹果，随风摇晃，满眼的丰收景象。一边喝着，一边聊着，一小杯一小杯地喝，二两喝成了三两，因为喝得缓慢，有微风相伴，话又稠密，不知不觉两三个小时就过去了。

张长林回家后，见三人在院子里品酒聊天，就主动凑过来，取一个小凳坐在张富贵和我爹中间，先敬几杯，缓过劲来后，向我爹咨询一些做事的思路与办法，我爹有时直截了当提出几条，有时就用讲故事的形式，对他做旁敲侧击的提示与启发。张长林是个脑袋灵泛的人，他能听出我爹的话外之音，再单独敬我爹一杯。然后，就又把小凳挪到伯父身边，像朋友似的连敬几杯。他知道伯父酒量大，饮半斤以上不成问题。张富有也放下长辈的架子，顺坡下驴地与张长林对饮，他心知肚明，这侄儿是怕他喝不够量，又不能太主动讨酒喝，才做出这副样子。

李秋莲先给张长林煮了一海碗面条，端到桌前。张长林停止敬酒，开始狼吞虎咽，那吃面的架势风卷残云似的。张富贵见他的动作、声音影响着酒事的进展，就让他靠后一些。张长林腾出嘴，对我爹说："这不讲理的老爹看着我吃面眼馋了。"随后就夹起满满一筷子面送到张富贵嘴前。张富贵也不嫌弃干儿子的口味，顺势张嘴吃下，接着又是第二筷子面被送进他嘴，把干爹的嘴给堵住了。

张长林转头对平房喊："秋莲，你动作麻利点，给咱这三个老前辈一人做一碗长长的拉面，长寿拉面，吃不了兜着走。"说完，就离开石桌了。

大家都知道，长林每天有做不完的事，不再挽留。三人重新回到酒事上来。

喝酒聊天期间，有时也会听到两声鞭响。其他人不在意，张富贵却能听进耳朵里。这时，他站起身来，拿了酒壶又舀酒去了。张富有问："怎么还去舀酒？壶里的酒够咱三人喝了。"张富贵说："鞭声一响，烧酒八两。喝酒的人来了。"

果然，不出五分钟，赵德虎就风尘仆仆地来了。

沙沟崖壁顶端的坝上，就是赵德虎的窑院，站在坝上往下一看，张家院内的一切境况一清二楚。张家的事，从几十年前起，赵德虎就常来帮忙，事多事紧时，一个窝窝头一碗米汤就是一顿饭，赵德虎不讲究，只要能充饥就行。现在，事情少了，张富贵也到了该享受的年纪，常有酒水上桌。这赵德虎只要一见酒，腿就迈不动了。在院子里几个人喝酒聊天，这更是赵德虎最乐此不疲的事。只要让他看见，鞭子一甩，算是一种预告，接着，他就"飘"来了。

张长林是赵德豹的儿子，也就是赵德虎的亲侄子，赵德虎是张长林的二伯父，这一点儿，谁都心知肚明，但谁也不说这个话题。关系是按亲人那样相处着，话却不往深处说。反正，赵德虎一来，全家人都高兴。遇上事就干事，赶上饭点儿就吃饭。

相比之下，赵德龙就不是这样，他多多少少有点长辈的架子。对张长林总是暗中帮衬，从不讨好迎合，也不主动凑近，在张长林最紧迫困顿的时候，总有赵德龙的身影出现。

从祖父赵全武开始到赵德龙这一代，赵家在镇上和方圆各村人眼里都是有模有样的人家。张长林说话办事，无形中有一种精神的支撑，心底常有一种足够的温暖。来自父辈的骨血，一直不知不觉地在他体内涌动，使他潜滋暗长了智慧与勇力，没有受到太多的打压与困窘。亲人之间的默契，神色恍惚间的底气，让他不仅在张家醋业的舞台上光彩夺目，而且在古镇人脉的积累上也熠熠生辉。

在张家炕头长大的亲情，让张长林生命的树根赢得了奶爹奶娘的充沛浇灌与彻彻底底的信任，甚至有了漫延无际的伸展。张长林在后头街走出的步伐，是不带拖沓的坦荡，是不许蔑视的坚实。

有赵德虎这条线牵着，这赵家与张家就有了一道冲刷不断的堤坝。

做事也好，喝酒也好，这赵德虎来张家就显得有些肆无忌惮。不管是创牌立户的张富贵还是渐渐撑起大梁的张长林，就连张家的婆媳小孩，都一点儿也不讨厌赵德虎。要是几天不来，家里的大人小孩总有人念叨他。

82

傍晚时分，张家的院子先后走进来不少人。

口风是张富贵放出去的，他下午到街上溜了一遭，逢人便讲，今晚到我家看看电视吧。结果，一传十，十传百，天一擦黑，先是有几个人相跟着往后头街走，沿路走，沿路说，像滚雪球似的，越走人越多，连七八十岁的人都想来瞧稀奇。

镇街上的供销社进回来一台电视机，张长林第一时间就跑来了。人们杂七杂八地议论着，有人在李家山国家转播站看过电视，对大家讲这电视机的神奇，一个玻璃屏上能把北京、上海的人和事都给播出来。众人问这问那，说东道西。供销社主任止住众人的闲言碎语，问："咱供销社从县里进回来这台十一英寸黑白电视机，你们谁家买？"众人就都愣住了，半天也没人搭腔。主任突然看见了站在人群中的张长林，就问他："你买不买？"张长林顺口就接："买。"当即，售货员就把装电视机的纸箱端给了张长林。

晚上，人们就陆陆续续地来到张家大院，时间不长，就把院子挤得头碰头脚踢脚的，比镇上演电影时的人还多。

张富贵老两口和李秋莲前后忙碌着招呼邻里乡亲。上午，张长林已经调试好，电视机就在大窑洞的立柜上摆着，可人太多，挤得谁也看不成。有人建议，把电视机搬到院外放在高一点儿的地方，大人小孩都能看到。张富贵就在院子里的石台上又摆了一把椅子，把电视机放到上面，这下谁也能看到了。

电视按钮一开，满屏雪花点，只是发出"嗞嗞"的杂音。张富贵问大家："谁会摆弄啊？快点来摆弄一下。"

有两个人凑近，其中一个是村里的电工，两人研究了半天，还是没有明显效果。

"你家林林呢？没有他办不成的事。"

"林林下午走了就没回来，不知他干啥去了。"

有人又提议："'故事王'于启祥见多识广，去请请他吧。"

"老于腿不好，我用自行车去推他吧。"人群中，有人冒出这样一句，大家一看，是赵能民。说着，赵能民挤出人群走出大门。

十分钟以后，我爹来到张家大院。

我爹让人把电视机移到窑洞前面，与长度有限的天线接通。再让一个年轻人爬梯子上到窑顶上，慢慢旋转铝制的丁字形天线，并随时与电视机前的调试人对话。渐渐地，雪花点中隐约出现横条，间或也闪出人物形象，最后，上下对接合适，总算调到最佳效果。

一院子的人这才安静下来，开始看电视。

我爹让张富贵把窑洞里的电灯关掉，没有了背光反射，电视的图像更加清晰了。只见一块写着"东亚病夫"的大牌子，被霍元甲一脚踢散架，一群腰圆膀粗的洋人涌向他……

83

张长林一晚未归，他被蛇咬了。

遇过好多事情以后，张长林顿悟：他要拜韩如民为师。黑衣人夜闯醋坊，大马车大白天到张家行骗，以及醋铺醋坊常遇到的饶舌动怒者，要不是他常怀警惕防备之心，多次逢凶化吉，事态很可能一损俱损，最终导致倒台拆灶也不是不可能。凭着一些超人一筹的智谋和一点儿外行的棍棒功夫，虽然每次都化险为夷，那也是老天造化，天不灭我。事后，他总感到底虚心慌，惴惴不安。

通过几次接触，张长林感到韩如民既豁达开明从善如流，又疾恶如仇勇于担当，还有一身硬功夫。他决定，要跟韩如民多亲近亲近，顺便学两手硬招。

这天，他把电视机搬回家，调试好以后，就直奔韩如民家了。他想请韩如民与自己的奶爹奶娘排排场场地坐在电视机前享受享受。然后，再跟韩如民痛饮几杯酒，算作拜师晚宴。

韩如民的家在碉堡上。从镇街上一抬头，谁也能看见那碉堡前的三孔窑洞，可要走近却不太容易，曲里拐弯的山路，杂草灌木缠绕，就是只身走，不出几身汗也上不去。

张长林快到堡门时，被一条黑色的蛇咬了。那蛇有镰把粗细，张长林弓身拔草攀坡时，正好摸到它的尾部，它抽身回头张嘴向张长林袭击。天生敏捷的他，迅急一躲，上身躲开了，腿部却被咬了一口。只一瞬间，蛇便消失在草丛深处。

韩如民把他背到堡门内正窑的炕上，又用一块长布勒裹好他伤口以上的腿部，让樊金莲取来消炎化毒的药抹在伤口上，就出门去找赵德龙了。

一小时之后，赵德龙来了。事不宜迟，赵德龙只喝了一口水，就开始对张长林施救。

赵德龙看着伤口，说："是黑乌蛇（当地人称呼的一种蛇类）咬的，这种蛇不算剧毒蛇类，但应该已是一条成年蛇了，毒性比一般的蛇要大。如果让毒素漫延，从血管流到心脏，三个小时以后，就怕有危险了。"

韩如民不乏幽默地说："这条蛇我见过，就在我的堡墙下活动，出来进去遇到过几次。想和它斗斗，可每次这家伙都像老鼠见了猫似的，跑得飞快。"

"神鬼怕恶人，你见到蛇蝎蜈蚣都敢生剥活吃，你的毒性比它都大，它敢招架？它认人！"

赵德龙与韩如民是师兄弟，两人从小跟着赵全武学拳，手上脚上都掌握了功夫。韩如民嗜拳如命，谙熟长拳之外又学了气功，在镇上是大师级人物，在县里也是名列前茅的拳师。赵德龙为人瞻前顾后，生性厚道，家中老小都得他照应，凭着赵全武传下来的手艺养家糊口。镇上有武术表演或比赛时，赵德龙才参与一下。他与韩如民在武术表演中有一个压轴节目"胸口碎大石"，尤其是在一些大型表演中，这个节目是撑起仁义古镇拳术门面的重头戏。韩如民躺在两条板凳之间，一块磨盘大的青石压在肚子上，赵德虎拿着大锤吼叫着挥砸，直到把大青石砸成碎块从两边落到地面。韩如民翻身站起，面不改色。这个节目他们在县城大街上表演过，曾得到县里领导和在场观众的喝彩。

蛇毒分阴毒和阳毒，长期在低洼潮湿阴暗地带生活的蛇蝎蜈蚣等一般都有毒，属阴毒，一旦浸入人体，很难缠。田边地头，土穴壁缝，也藏有长虫，其体内之毒，属阳毒。毒蛇以吞食地鼠麻雀为主，猎杀小动物时，先是在隐蔽地带静伏等待，一旦时机成熟，以雷电一般的速度，迅速向猎物猛扑过去，蛇先咬伤猎物皮毛，随即注入毒液。等猎物被毒液麻痹后，蛇便盘曲勒裹碾压猎物，直至其窒息，最后将其吞食进肚。草丛中、岩壁下、树干上，常有蛇出没。蛇行无声，藏身隐蔽，往往在你发现它时，已经是危险状态了。或者是你已经被咬伤中毒了，才知道这是一条毒蛇。农户养的鸡狗羊兔，常有被蛇咬死毒死的。收秋打夏时，农村人差不多每天都能见到蛇，一堆玉米秆，用手一翻，下面就有一条蛇，这时候，就算是再阴冷的天，也要被吓出一身汗。院子里的柴垛下，突然爬出一条蛇，能把一个小媳妇吓晕过去。炭池桌底，雀巢鼠洞，常常都有蛇的踪迹。

疗治蛇伤，俗称禁蛇。手脚腿臂，往往是最容易被蛇咬伤的部位，一旦被咬，伤者首先要用绳子或从衣裤上撕扯下来的布条把伤口往上的地方勒紧，防止蛇毒在血管内迅速漫延，然后再喊人施救。不管在什么地方，最当紧的事是尽快找到禁蛇师，早一分钟治疗，就多一分钟生存的希望。

禁蛇师的功法修炼，在早上太阳出山前红霞映照东方之时，面对霞光，两手掌心向下，从头顶到腹部，慢慢移动，排除一切杂念，急促吸纳"真气"入肚，如入无人之境。每日准时习练，坚持五到七年，练到口中吃火吐火不觉烧灼，如同喝水一般。治疗时，用黄表纸搓绳，放到一碗油内，待完全浸透后，取出点火。此时口中含有高度白酒，把火油绳送到嘴中，引燃口中酒，再向伤口喷出火柱。从心脏部位向伤口顺血管喷火扩散驱毒，直至把毒素全部撵排驱除。

此时的赵德龙深吸一口气，眼睛微闭，口中念着咒语，程序章法一一展开。之后，赵德龙在伤口四周抓捏揉搓，再敷上自配的草药，消毒杀菌，最后用纱布缠裹住伤口。

事毕之后，赵德龙坐在炕桌边抽烟喝水的工夫，与韩如民闲聊起来。

"蛇这东西，你不侵犯它，它也不轻易袭击人。不管你有意还是无意，只要让它感觉有危险了，它出于自卫就会反击你。还好，这条蛇下口不是太深，毒素的注入也有限，没几天就会好起来的。"

"你这禁蛇功夫，方圆几十里都有名气，不少被蛇咬伤的人到了医院都没啥好办法，最后还是得请你解决问题。不少在医院濒临死亡的人，最后都让你救活了。这救人命的事，你做过无数次，真是积下大德了。"

"咱们武林师傅常说的一句话是做事先做人，人的德行没有了，再有多大的本事，也扯淡。我要是一个唯利是图的人，恐怕早就腰缠万贯了，救人一命，你说能值多少钱？但凡找我治蛇伤的人，一般都是在情急之中，有时候能惊动一村的人四处奔走寻我。有时我在家有时我在田地，有时是太阳能晒煞人的正午，有时是我睡得正香的半夜，不管是在什么时间什么地方，只要问明情况，不容我怠慢，马上就要转身赶赴出事点。我往往比找我的人跑得还要快。你也知道，这蛇毒在血管里漫延，一旦进入心脏部位，神仙也救不了，必死无疑。早一分钟赶到，就多一份希望。有时我也在生病，走不动，就得几个人轮换背着我，往死里跑。你没见过那场景，伤者的亲人们一见到我，就像见了救星一样，眼里冒光，口里灌蜜。我是不管你穷富贵贱，也不管你是恶霸良民，把人救活，是我坚定的念头。遇到富人，咱救，遇到穷人，咱更得救。你要没有好的人品，没有吃苦耐劳的准备，你就不可能竖起口碑。"

"你这一生遇到的富人有多富，遇到的穷人又有多穷？"

"那一次给林场场长儿子治好蛇伤后，他给我送来一车木头。最穷的人也不是没心，让你背一袋红薯拿一包蔬菜什么的都有。咱治病救人，不是图的钱财。给不给，给多少，我不计较，毕竟人命大于天啊！"

"多亏你今天没去卖糕，不然的话，到天黑也不一定能找到你。"

"本来，我们父子三人商量好，今天大儿子走东线，二儿子走西线，我走北线，可一早起来，大儿媳妇过来说，孙子病了，要我陪她去一趟公社医院。孙子有病，有儿子儿媳去就是了，惊动我干啥？这大儿媳就是个人精，知道我一早已把枣糕做好了，你也知道，这东西一做好不能放着隔夜，她想让大儿子连我这一案一起拿走。这卖下的钱，肯定不给我，明着讨我的便宜，我又不能主动去问儿子要。她打的小算盘，我能不清楚？明着坑我。"

"你不应承不就完了。她还能吃了你？"

"你不知道，这儿媳妇，用着你的时候，过来又是爹又是娘地叫，叫得你骨头都发软。再不行，就又和你胡搅蛮缠，说跟上你儿子又受穷又受苦，说钱钱挣不下，说人人结交不下，说别人家孩子吃这穿那，你孙子就不该生下来受这穷人家的苦。有时还提出要离婚。你说你有什么脾气？还不如趁着她脸色好，答应下来，至少还有个好心情。"

"你这儿媳妇鬼精着呢，连本带利明着亏你。"

"没办法，都怨自家儿子窝囊没出息，就当帮忙给钱吧。只要儿子一家能安稳顺利，就是我们老两口的福气。"

"儿女们的能耐全让你一个人占了，该出血就出点血吧。"

赵德龙年轻时跟着父亲赵全武盘坡，凭一条鞭子，挣过不少快钱。后来因拳术结识了外省一位禁蛇师，又跟当地郝龙喜师傅习练数年，功力日渐成熟老到。郝师傅年迈老去后，他成为远近闻名的治蛇伤专家。而他制作枣糕的技艺，是随着拳术一同从祖上延续到手的，属祖传技艺。赵德龙天生心灵手巧，做事既能吃苦耐劳又善于钻研，承传中还有独自创新。禁蛇一技，两个儿子既怕吃苦又怕危险，谁也没学成。制糕技艺倒是传下来了。女婿见两个妻哥凭一案枣糕活得滋润香甜，也想跟老丈人学学。赵德龙对他和女儿说："你们谁想吃糕回家来，吃三天三夜都行，但这门技艺传儿不传女，祖上的规矩不能到我这儿就破坏了。"那次林场送来的一车木头，制成了不少家具，赵德龙见女儿一家光景过得紧，就让女儿女婿拉走不少。他对女儿一家帮衬不小，但只是给鱼不授渔，送水不送泉。

赵德龙突然问韩如民："今年接到北京的通知没有？国庆还去不去观礼了？"

韩如民回答："离国庆还有一段时间哩，还没接到通知，只要有北京来函，我就去。"

张长林听着两位前辈的对话，一直没有搭话。他发现，在窑洞的墙壁上挂着一些相框，相框里有韩如民与不少名人的合影，还有不少奖牌也悬挂在相框四周。张长林十分好奇，暗想，这些可能就是韩如民到北京参加国庆观礼时与领导们的合影吧。

84

韩如民是一个耿直而又开朗的人，笑起来声若洪钟，动起来身似雷电。见到奸佞邪诈，直接抨击；遇见贫弱老幼，则鼎力相助。他的眼里揉不进一粒沙子。

樊金莲在北门经营"古镇第一号"理发铺时，他每天到南山汾局电厂上班，早出晚归。二十里的河床路，他用自行车代步。上下坡，不管再陡再险，从不下车。有一次师弟赵能民想借用他的车子，一骑，轮下十分迟钝，推行困难，骑着连步行的速度都没有。人们这才发现，韩如民的自行车是特制的轮胎，别人根本骑不了。他这轮胎不是充气的，而是实物填充。他对赵能民说："骑吧，你不是日日在练功？你骑上这车，走路也在练，路不能白走。曲不离口，拳不离手，这车子就是练武的工具。练脚力、练内气、练腰腿、练韧性。"赵能民却把车子还给他，说："我没有这福气。骑车是为了省劲省时，你这车狠撑着也跑不动，还不如步行呢。"

车子一到韩如民手中，骑起来并不缓慢，外人看上去，和一般的自行车没什么两样，实际是他脚下的力量非比常人。

镇上的人，都争着抢着到原属西园菜地的那片开发区批地建房，韩如民却逆向而动，买下了村中最高处碉堡那三眼破砖窑。平常人们年里月里才去一次的碉堡，只有日本人侵占这里的时候把它当据点，凭借易守难攻的地势，居高临下，坚守一隅。三孔破窑的修复仅用水一项，就是一个难题。窑面正对村子中心，站在窑前坝上，全村面貌一览无余。寂寞而又高耸的视线，又可以遍观街面广场院落的每一个角落。别人来一次，累得气喘吁吁，满头冒汗，而韩如民每天要挑水驮物上山进堡。

家人们平时多在理发铺，天黑以后才回到堡上。每天早上，韩如民在堡门口的坝上，先甩出几声鞭响，像划破长空的一阵雷鸣。各个院子里起早的人，有与他呼应喊叫的，随后，鸡鸣狗叫声才渐渐欢闹起来。

三孔正窑是居住地，碉堡顶上近二十亩的地盘才是韩如民的活动圈。几十年无人问津的荒草野灌和残砖烂瓦，被他改造成林地菜园。一块有立桩有横木的练武场，四周挂着刀枪剑戟。每周有两个晚上，一群师兄师弟徒儿徒孙们就上碉堡顶练武耍拳来了。

那次被蛇咬康复之后，张长林几乎每个晚上都来碉堡找韩如民学习拳术。时间不长，张长林知道了韩如民连续好几年去北京国庆观礼的事。

其实，连韩如民本人也搞不清这到底是怎么一回事。

莫名其妙地，韩如民接到一个北京来函，上面什么时间、坐哪一班飞机，写得一清二楚。无亲无故地，哪有这天上掉下来的好事？樊金莲怕这里头设着一个陷阱，不同意他去。事到临头，韩如民还是决定要独闯一回北京，看看这葫芦里究竟卖的什么药。

北京机场有专车来接，宾馆住吃又有专人招待，来去一切车费全额报销。餐宴、会议、活动，都是高规格的，所见人物都是曾在报纸上见过的干部。国庆观礼时的座位就安排在天安门城楼下，出行线路、途经地点、用餐时间、活动轨迹，都是事先安排好的，穿制服的和不穿制服的警卫人员随时可见。参观故宫、游玩八达岭长城、观赏香山红叶等，前前后后七八天的时间，安排得既满满当当又轻松悠闲。最后，再用专车把他送到机场。墙上那些合影照片、参观证件、纪念徽章等，都是这过程的见证。

韩如民有什么功德，又有什么资格，能参加如此规格的盛会呢？

韩如民回忆，这也许与两件事有关，但他也不敢十分确定。

第一件事：

韩如民与几位拳师参加出省赴京比赛，在太原火车站转车时，遇到了一个场景。上下车发生拥挤，下面的要上，上面的要下。韩如民看到车门口有一位坐着轮椅的残疾人，迟迟下不了站台，还不时被人群挤得东倒西歪。他良心发现，迅急走到车门下，嗯嗯嗯地用两肘撑开人群奔上车，双手端起轮椅，骑着人头，硬是把残疾人连车带人稳稳地放到了站台上，转身便走。突然听到身后一声"等等"，把他叫停在那儿。

"你姓啥名谁哪里人？"

"山西石城仁义人，名字叫韩如民。"

说完这一句，他就随同拳师们急急忙忙地走了。

听到这个故事的人猜测，这个残疾人，或残疾人的身边，肯定有一个重量级的人物。

第二件事：

从省城到运城顺着汾河水有一条国道，到了石城这一段，变得坡陡路窄，来往车辆，尤其是大车重车，一遇上坡，速度就缓慢下来。有那么几年，有一些好吃懒做又逞强斗狠的年轻人，在这条路上做起了车匪路霸。在大车上坡的时候，突然跳上车，用棍子敲烂车窗玻璃，再用刀子逼住司机要过路钱。给钱车走，不给钱就来硬的，捅刀子见血。大车司机经过长途跋涉，身心疲累，遇上这一幕，大多为了免灾花点钱，不愿招惹是非，往往给出几张数额不小的钱币。

屡屡得手的这几个年轻人，这一天，又截住了一辆中型高档面包车。

三个人跳上面包车，见车上坐着的都是来头不小的干部模样的人及其家眷老小，以为遇到了财神爷，面相更加凶狠。前、后、中各一人把控，明晃晃的刀子握在手中，将车上人一一洗劫。

司机提前有预判，见势不妙，报警信号已经发了出去。

时间不长，后面驶来一辆小车。小车车顶装着快速闪烁的警灯，这是负责面包车警戒的护卫车。两辆车同时并停在公路的陡坡上。上行下行的车都被堵在前后两端。随后，当地的警车也赶到了。

面包车的车门大开着，一个歹徒就在门口守着，一手握着短刀，一手还拿着一把特制短枪。局面十分危险，没人敢抢先上车。

当时，韩如民坐着通往县城的公交车，也被堵在路边。他走下车来，正好遇上双方相持不下的这一幕。他在路边折了一蓬野灌丛，悄悄来到面包车的车门一侧。他侧着身子突然举起灌丛在车门口一晃，随即大喊一声。车内守门的劫匪以为是有人来送死，捅出一刀，由于发力过猛，身子栽到车门以外。韩如民迅速现身，从正面拽住劫匪的裤角一拖，劫匪失去平衡，斜倒下来。韩如民趁机跳上车门，三下两下，把另外两名劫匪控制住了。几名警察也随即跳上了车，一起把歹徒扭绑归案，一场灾难才算避免了。

事后，有人告诉韩如民，车上坐着的有某领导的家属。这事，惊动了县里、市里、省里，还在公安部有了备案。劫匪有的判了死刑，有的判了二十年有期徒刑。

韩如民告诉张长林，扶正压邪，救弱惩恶，是咱练武人的本性，更是我韩如民的秉性，在我眼里见不得弱者受欺，看不惯恶霸斗狠。我当然知道，救人可能要付出代价的，对付恶霸也需要冒险。没有金刚钻，不揽瓷器活。兵贵神速，艺不压身，你平时练不到位，出手既没速度又没力度，连自己的安全也保证不了，还怎么去救人？十个八个歹徒我都不怕，三个两个更不在话下。车上那两人举着刀子，前面一个挥着向我劈，后面一个横着向我捅。前后夹击。我举臂挡住前面一个人拿刀的手腕，滚身转到他身前，当胸一肘，他只能侧翻向后倒下，让他脑后开花。随即向后飞起一脚，落点直接在后面捅刀人的下巴上，这一个也仰面栽倒。年轻人凭着一身蛮力猛冲，实际不禁打，拿什么刀子吓人？换个场面再说，就是不小心让你一刀子捅过来，我的肚子最喜欢你这发力的捅刺，不把你弹倒也把你顶歪。一开打，我的气功自然已在运行状态。几位警察及时赶到了，警察要不来，小蟊贼哪一个还能招架？说不定我就送他上西天了。

说着，韩如民给张长林现场冲出几拳，裹着风，带着电，连空气都发出呼呼的声音。

"不过，话说回来，就像赵全武赵师父说的，练武先讲武德，一般情况下，要懂得敬人爱人，还要随时准备受屈吃亏，不到万不得已绝对不能出手。练进功的手脚含着毒，真要用真功夫打起来，对方非死即伤，你以为你没用劲，对方却受不了。"

"我知道师父的意思，跟你学拳我主要是健身，当然也怕身遭意外。多少年了，我经营醋坊，古镇街上大家都对我是有评价的，这你也知道。真要跟你学成了，也绝不会惹是生非的。"

"你的人品我当然知道，人生一世，也免不了要遇些烂人赖货，学几招也是有必要的。"

"那一次黑衣人夜闯醋坊闹事，韩师父要在就不用我费尽心思对付他们了。我如果真要有师父这两下子，恐怕他们连这个心思也不敢有。你不惹事，可就是有人要专门找你搞事。不防不行呀。"

"好吧，你就先学一套'十二快手'吧，只要你下功练，这一套就够你用了。"

说着，两人在窑洞外的地面上比划开了。

85

我比张长林小几岁，上高中时在古镇拳馆学过两年拳术，后来因大队宣传队缺个吹笛子的，便把我叫去了。笛子与拳术，都是我喜爱的项目。高中毕业后，我被聘为母校的一名教师，担任初一年级一个班的语文老师和班主任。我的学生只比我小三四岁，他们正是贪玩的年龄，而我正是血气方刚的年纪，没有什么经验，也没什么管理能力，因是"文革"期间的高中学历，尽管在班里也算一个数得上的三好生，但肚子里的墨水不多。我采用恩威并重的办法，一方面像看待亲兄弟姐妹一样与他们相处，为了漫长的夜晚不出现什么差错，有时我就住在男生宿舍里了。另一方面，对那些死皮赖脸又知错不改的学生，我也加以教训。很快，我所带的班级就被调理成一挂蒜似的，齐整顺溜。威信树立起来，我的教学即便有些不足之处，也能顺利进行下去。不管是教学成绩还是校务劳动，都被学校排在先进一列。

那时提倡学雷锋做好事，我便经常组织学生到镇上那些有老弱病残的人家做好事，上山打柴，下河挑水，能帮什么帮什么。在镇街上住着的吴先生就是其中一家。吴先生的老婆前些年过世了，唯一的儿子，长年在外很少回家。吴先生的药店早就关门了，一个人孤苦伶仃地过着。只有张长林每天在大队经销组做完事路过时，过来看看吴先生，有时也送些吃喝。

我班里有三个小女生去过一次吴先生家后，就再也离不开了。一个叫渭玲，一个叫凤英，还有一个叫清英，三个女孩在家里都是娇生惯养长大的，没受过什么苦，也从不做家务活。看到吴先生一个人孤独无靠出入艰难的处境，一种怜悯之情油然而生。三人约定，每天早上给吴先生抬水。感动得吴先生老泪涕零的。她们一直坚持了近一年，直到初中毕业。这件事不仅受到学校的多次表扬，县广播站安在每家墙上的广播盒子里也播过一个记者的采访稿。

吴先生去世后，也没见他儿子回来。张长林一手操办丧事，算是让老先生入土为安了。奇怪的是，吴先生下葬没几天，他儿子突然出现在镇街上。这儿子有四十多岁，长得光鲜俊朗，一开口道理一套一套的，比他爹他娘还能说，见什么人都有说道，简直是口若悬河，八面玲珑。没多长时间，吴先生的老宅被他卖掉了，之后，镇上的人便再没有见到他。

若干年后，在省城工作的渭玲回到镇上，恰好遇到了从县城回娘家住几天的凤英和清英，三人相约着来到吴先生的住处，新户主热情接待了她们。物是人非，往事如梦，三个已是母亲辈的女人，很是唏嘘感叹了一番。

从吴先生生前的住处出来后，她们三人走到镇街上，正好遇见我。继而又巧遇张长林。关于吴先生的话题又开始升温。渭玲提议由她做东，要到镇街上的一家饭店请客。我心想，多年不见的学生重逢，话题肯定浓稠，饭后我悄悄结账便是。等我走到吧台时，张长林已抢在我前面，把我推到一边，让服务员把饭费记在他的账上。回到饭桌，张长林说："你们如今都是咱仁义镇仁义村走出去的大人物，哪有回到老家让你们请客的道理，这种小钱我张长林还是出得起的。等哪一天我到了省城县城，你们再大鱼大肉地请我吃一顿。"这话说得大家心里暖融融的。

其时的我，已经大学毕业分配到石城一中任教，周末回老家看望我爹。我爹心脏、肝脏、肾脏都有毛病了，除了每年到县城集中时间找大夫诊疗一段时间，其他时间就住在镇上，主要由我三哥一家照料他的生活。每到周末或假期，我就回来看看。

带完渭玲他们这一批学生，适逢高考恢复，我经过一番努力，考上了本省的一所大学。在人生的转折点上，老天没有亏待我。

张长林很早就步入社会，他是个很有前瞻性眼光的人，十一届三中全会以后，他率先嗅到了形势的变化，在学校与街面相接的一角盖了一间小房子，开设了全镇第一家个人小卖部。

开始，谁也不认可他的这个小卖部，没几步远就是供销社的三间连着的大商场，糖果、棉布、五金等分类经营，既宽敞明亮，又品种齐全，谁还来你这屁股大一点儿的小地方买东西。一条繁荣的镇街上，这间小房子就像一个漂亮姑娘身上的一块小补丁，挺碍眼的。

张长林紧锣密鼓地备好各种小商品，柜台是那种窄而高的立架，里边隔出一层一层的板台，全都摆满东西，地面上还放有油桶和醋桶。四面墙上，只要能挂东西的地方，绝不露出空白。三个人走进去就得打转转。他不怕人们不来，一天到晚就守在小房子里，连夜里也不回家，累了困了，就靠在那儿眯瞪一阵。

谁也没想到，几天以后，这个小卖部就"火"起来了。

学生下课后，吃点瓜子糖果什么的，用点铅笔橡皮练习本什么的，他这里都有，而且有些东西拆开零卖，花一分一毛都能买到想要的东西。早晚商场关门后，有人家要打油购醋买盐的，半夜加班突然缺了纸烟抽、少了烧酒喝的，装潢维修要买钉子螺丝水龙头的，要啥有啥，全天不歇。时间一长，很多人一要买一些稀缺紧要物品，一抬腿，直接就来到小卖部了，又省时间又方便，价格还可以商量。有时没钱也能拿到，打白条记账都行，甚至还能送货上门。更让人们买账的是，张长林服务态度特别好，不像大商场那些穿着阔气看着却怄气的售货员，你要打扮得土俗邋遢，连话都不想和你多说一句，因为你多买一件少买一件与她们工资无关。

张长林的小卖部，日日得补货，月月有调整，搞得全家人都跟着他忙得晕头转向。

李秋莲是最能跟着他的心思做事的一个人。随着买卖的扩大，张长林走里跑外的，进货送货，联系个人和单位，在多个商业领域都有涉猎，给学校老师提供笔墨纸张，给公社食堂添加盐油酱醋，给林业队送面送菜，等等。他眼路开阔，说话暖心，做事周全。最关键的是，同样的东西他卖出的价格比单位集中采购还要低。

李秋莲出现在小卖部时，连常在镇街上闲逛的人都对她有点陌生。她的发型、着装、表情，都表现出匀称、合体、温暖。跟以前在镇街上卖簸箩酸菜的那个乡村小姑娘一比，简直判若两人。已经是三个孩子的母亲了，看上去却像个刚出嫁不久的少妇，样貌清秀，口齿伶俐，思维清晰，做事敏捷。不要说常爱逛街的姑娘小伙，就是下学回家的孩子们，也都想在她这小卖部多逗留一阵。

那些嘴长的妇人们说，比起当年的郝美仙她多一分朴实持重，比起冒失胆大的尤凤菊她少一分张扬显摆。她以前在镇街上摆摊卖货时，都是土布加补丁的装扮，一看就是小村里来的，没有多少人能看到她身上藏着的美，只知道她话说得绵、账算得清。现在，搭配合体的衣服一往身上穿，浑身清秀明丽，真是一只山沟里飞出的金凤凰。这张长林哪辈子修成了一双慧眼，能瞄准这样一个"仙女"，把她娶回家。

除了小房子里的东西价廉物美，这李秋莲分明就是小卖部一张人见人爱的广告牌。

<h1 style="text-align:center">86</h1>

又逢集会，街里街外的人挤得水泄不通，小卖部在街中心，更是忙得不可开交。张富贵老两口、张长林的弟弟和弟媳都来了，后来连张富有两口子也凑在门前帮忙。张长林知道这是销售量最大的时候，他蹬着自备的三轮车，从后头街院子里的仓库一趟一趟地往小卖部补货。因人多路挤，每一次来回都很不容易。

这一次，张长林刚走进房子，见有一个陌生女人也在帮着李秋莲算账，这女人看上去有点眼熟，再一想，发现竟是韩梅梅，他心里惊了一下。韩梅梅看上去十分憔悴，两人在人头攒动中对望了一眼，没来得及说话。再一观察，韩梅梅身后站着两个孩子，后面的简易床上还睡着一个。张长林想，韩梅梅的生活肯定不容易，从她一脸的疲累就能看出来。她原先的白皙、明净、含情脉脉一扫而光，身上的穿戴还算整洁，但脸上的黑斑和脖颈上的褶皱遮盖不住。张长林的心像有块石头压着似的沉了一下。

李秋莲是韩梅梅的表妹，她是趁着赶会来看李秋莲了。这一看，走不了了，那么多的客人买东西，她只好留下来帮忙。

张长林绕到李秋莲跟前，凑在她耳朵前说："你表姐来一趟不容易，吃的用的花的，你多帮帮。"

李秋莲应道："有这话就行，其他不用你操心了。"

张长林转身走了。

里街人太多，三轮车根本走不动，张长林只好转向前头街的南门绕着外街走。

在南门边不远处，张长林发现了郝美仙摆的地摊。这地盘不在中心商业区，从南门涌进来的外村外地人，很少能注意到旁边这丝毫没有一点儿商业气象的独家摊点，直接奔街中心而去。郝美仙蹲在墙角，面前展开一张布，布上放着酸枣面、花椒面、瓜子、花生等一些小吃食。

张长林走到她跟前，说："婶子，你这地方不适合卖东西，收拾一下，到戏院里或到外街上去卖也比这里强。"

郝美仙说："不想凑那热闹了，能卖多少是多少吧，总不至于剩下了吧。我一个人吃饱全家不饥，打闹点生活费就行了。"

王师去世后，郝美仙也没回老家河南看孩子和爹娘，就在自家那处院子里独居。为了生存，常到镇街上买点小物件。家里院里，到处扔着王师生前喝过酒的空瓶子，就像王师活着的时候常常醉得东倒西歪的样子，她也懒得收拾。开始的时候，也有一些光棍汉或好色之徒冲着她的美艳，趁人不注意时悄悄钻进院子，想占占便宜，可一看到她在家里的样子，大都偃旗息鼓了。她头发披散着，一双深黑的眼睛凸出来，看上去阴森森的。走路常用手叉着腰，走不出几步就要坐下来歇歇。脚下的鞋，后跟不往起拖，就那样趿拉着，走出的脚印不是一个一个的，而是一串一串的。身上的衣服长短不齐，有的纽扣扣着，有的不扣。进了院子的人，不仅占不到便宜，还都无一例外地要做点贡献。进屋里给她倒一碗水，替她搬个小木凳，有时看到缸里没水了还得给她挑一担水去。郝美仙身子虽然垮塌了，可嘴上甜，待人特别热情，只要进了她院子的人，不管你帮不帮忙，她都不能让你空手走，给瓶辣椒酱，拿点酸枣面，倒杯白糖水。暖心暖肺的，礼物虽小，情谊挺重。真要有人还想撩撩她，想有点其他意思，她不躲不避，干脆烂白菜露出黑芯芯，冲对方说，想怎么你随便来，要放到二十年前，我还真希望你能猛吃猛喝一顿哩，你舒坦了，我也不难受。现在，不是那岁数了，你要还想美事，还不如给你捉个猫猫狗狗哩。这一说，对方也就浑身发凉了。不少从她院子出来的人说，这枝病梅，还有让人醉醒知返相见难忘的情结。谁也知道她曾是镇上最漂亮的女人，谁也知道她嫁了一个最丑陋最没责任心的男人，真是好妻没好汉，好汉没好妻，一个人一种命。她在镇街上常成为谈论的话题。只要有人想面对她再仔细审视，她的身姿和脸型还能提供出美丽的依据。

张长林推着三轮车来到外街，在路过石桥时，看见一群人围在公社医院的大门口吵吵嚷嚷。有人告诉张长林，说杨烧壶被摊锨劈了，身上满是血，刚被抬进了医院。

"谁劈的？"

"不知道，连他本人也说不清。"

摊锨，是一种没有槽棱的锨，用厚硬的铁板做成，是用来翻硬土层的劳动工具。烧壶，是村里人对那些爱耍流氓的烂男人的贬称。这杨烧壶不是一般人，是公社的干部。你别看他坐在台上人模狗样，讲起来一套一套的，政策、法规、农事等，其实这人特别好色，一见有点姿色的女人就走不动了。不管你是十七八岁的姑娘还是四五十岁的媳妇，不管是到偏僻小村下乡还是在公众常聚的办公室，只要逮着机会，哪怕只有一小段时间，妇联干部、电话员、广播员，哪怕是毫不相识的女人，他都敢动手搂抱人家，你要是不拒绝或拒绝得不彻底，他就敢亲你的嘴摸你的胸，动作尺度会越来越大。没有太多的预热和铺垫，一上来就动真格。当然，他有诱人的条件说给你，安排你的工作、调整你的环境、给你办招工等。也有不少人家遇到一些难事，来主动找他，对他而言这更是难得的机会，只要他想要的女人得到手，与女人相关的事情就好办。暗地里，公社院里流传着他绝对是"夜夜都在入洞房，村村都有丈母娘"的好色之徒。这种人肯定有不少的仇家，以前听说他曾被一颗弹弓射出的石子打得鼻青脸肿，现在又有人趁着赶会的机会当众劈了他一锨。这是当着众人的面，要大大地出他的丑。袭击他的人，他不一定真能认得，但他肯定知道自己是因为什么被劈的。这个哑巴亏，他得吃。一旦事情摆清弄明，打人者可能被判刑，但他的前途就可能玩完了，而且他也会在更大范围内臭名远扬。人们对这类事情的传播是很感兴趣的，一旦因强奸罪被押上刑场枪毙，用镇上那些长嘴妇人的话说，就是"小脑袋舒服了，大脑袋就得挨揍"。

张长林一听说是这种事，不做再多打问，转身推车向后头街自家的院子走。

快到院门时，又有一群人挡住了去路。

赵能民家的院子就在他家的斜对面。院子外面不少人牵着骡马等候着。再一看院子里，有更多的人畜挤挤搡搡的。张长林把三轮车放在一边，走进了赵家院子。人群中间，成凤菊正在给一头骡子钉蹄。

王师因酒精中毒死亡后，赵嗯嗯再无心经营"视履"一业了，这出力流汗的技术他上不了手是一个因素，年龄也不是那种年龄了。老大能民在武术功夫上渐成大师一级，平时对钉蹄这一行看都不想看一眼。老二能强承继了他捻金打银的精妙技艺，并有创新，好多择期结婚的姑娘和富贵之家的闺秀与妇人，总要在耳边胸前指端腕上做些锦上添花的文章，比起金店银房那些程式化的饰品，能强打制的东西有个性化的花样，更主要的是价格不贵。能强打心眼里瞧不起牵驴拽马的这些粗活。这时，成凤菊突然冒出来，说她要接管钉蹄这一行业。赵能民拗不过她，只能让她试试看。一试，做出的活儿得到了客户们的一致认可，赵嗯嗯和赵能民再没话可说了。赵能民的三个孩子一天天出溜出溜地往高长，凭他的拳术功夫给家里添不了几个钱。成凤菊一个女人家，能挺身张罗这又出力又流汗的活，还不是为了这个家能有些收入。他赵能民只能围着护着，再不愿意也要配合一下。

成凤菊脸圆身胖，年轻时一副好嗓子曾唱响县城，到中年后这嗓子也像铃铛似的，一出口清脆响亮，只听声音不看人，像个小姑娘。她天生敢想敢干不服输的性格，扳起一匹悍马的前腿直接摁在立凳上，腋下顶着铲柄，一发力，铲刃齐楚楚地就把马蹄上的腐节残痕切下来了。赵能民递过蹄模，她一只手在蹄端比画着，另一只手从嘴唇上取下含着的铁钉，举起锤子，"叭叭叭"几下就敲打进蹄模的眼孔里。看上去，比王师那两下还利索，腿劲、腰劲、臂劲、手劲配合得非常协调麻利。围在跟前的牲口主人，像看变魔术似的看着这个女人把一匹匹骡马驯服得言听计从的，既稀罕又赞赏。也有爱说爱道的人对站在跟前的赵能民说，你这媳妇真厉害，连欢蹦乱跳的骡马都被处治得服服帖帖的，你这远近闻名的大拳师恐怕也不是对手吧，叫你趴下你不敢坐起，叫你跪着你不敢站着，对吧？赵能民咧开嘴笑着，一边嗯嗯嗯是是是地应着，一边伸出手来接过骡马主人应付的"换鞋钱"。得住一点儿闲空，成凤菊抬起头，瞧一眼说笑的人，嘴角露出一丝不易察觉的窃喜，手下的动作更有劲了。

张长林和几位熟识的人随便搭讪几句，回头推着自己的三轮车往前走，前面的人畜让开一条路，走几步，再拐一个弯，就是自家院子。

第十部分

87

张长林刚装好一车货，李秋莲气喘吁吁地跑进院门，说："娘在小卖部突然晕倒了，现在人已经送往公社医院。"

张长林听了这消息转身就跑出院外，人影都不见了，一句话却隔着院墙喊进来："秋莲，把家里和小卖部能拿出来的钱，全都给我送到医院来。"

医院大门口，里里外外还站着不少人。张长林来到奶娘躺着的那间诊疗室，张富贵、张富有还有几个人都在跟前站着，却没有一个大夫。张长林来到正在给公社干部包扎伤口的另一间诊室，拽了一个大夫的胳膊就往外走。

有两个公社的人员想阻止他，被张长林用肘子顶开了。

走进奶娘那个诊室，外面还有人叫嚷，说张长林太霸道了，连公社干部的面子也不给，强行拉走大夫是不懂规矩的做法。接着又传来与喊话人争辩的声音，人们一看，是赵德龙和赵德虎兄弟俩。

"凡事有个先来后到，不要说公社干部，就是一般平头百姓也有个先后哩，谁的命不是命。这是抢东西哩？谁力气大就归谁？"

"干部的病是外伤，李大夫也给他做了及时的治疗，就剩包扎伤口了，护士也能做好这事的，况且还有张大夫在身边守着呢。这边急需李大夫来看一下，怎么就不合适了？"

"那也不行，这一号大夫就应给一号人物看，不到看好了就不能走！"

正在争辩着，韩如民的声音出现了。

韩如民对那位公社人员说："你不要再喊了，赶紧回去看你的领导吧，他可是你的再生爹娘。要影响了李大夫在这边看病，下一秒钟我就在你头上开个口子，到时候先给你看！"说着，这人的胸前就挨了一掌，衣服上的一排扣子全都被劈掉了。

这人不敢再搅舌，灰溜溜地走了。

奶娘这边，在李大夫的抢救下，人开始苏醒。

李大夫对张长林说："人是脱离危险了，但咱公社医院条件差，要想得到更好的治疗，建议你到更好的医院去看看。"

"谢谢李大夫，现在这状况，人能挪动吧？"

"能挪动，不过药得吃上，液得输上，沿途得有医生跟着。实在不行，我去吧。"

"好吧，那就辛苦你一趟了。"

时间不长，赵德虎已把一辆马车备在诊室门前。到县医院先得到南山乘火车，坐马车是最好最快的办法。

李秋莲把包钱的一个塑料袋递给张长林。张富贵跳上车，赵德龙也跳上车，马车启动了。出了医院大门，穿过赶集上会的人群，车轮快速滚动着，一车人向南山方向行进。

刚出南门，韩如民骑着自己的自行车也尾随在后面。

张长林对韩如民说："韩师父你就不用去了，有我们几个人就行了。"

韩如民回应："我只送你们到南山车站，我怕沿途一旦有个闪失，我可以帮一把。你们一上车我就回来，你这家里还有一摊子事呢，我在家里照料，你放心给你奶娘看病吧。"

马车跑得挺快，不到一个小时，已来到南山火车站。

张长林对车旁的赵德虎说："你回吧，有什么情况发个电报。回头坐火车回来，你还得赶上马车来接我们哩。"

赵德虎说："我也想去，多一个人总归能多点办法。"

张长林说:"不用了,人再多到了医院也得听医生的,有我奶爹和大伯就可以了。再说,这马车还得你赶回镇上哩。"

张长林又对站在跟前的韩如民说:"韩师父,我计划坐火车直达省城大医院,不去县里了。你现在去南山邮局发个加急电报给我哥荣荣,让他在太原联系好医院,再到火车站接我们。这次可能要多待几日,我家里的事你勤去问问就行。"

韩如民问张长林要了张长荣的单位地址,便骑着自行车走了。赵德虎也甩着鞭子驾着马车掉头回仁义镇了。

<h1 style="text-align:center">88</h1>

病人顺利住院,张长荣多年在太原生活,很快办妥了诸多繁杂的入院手续。

张富贵给主治医生讲了病人的发病过程,公社医院的李大夫也讲了讲病人抢救的大概经过和用药种类。主治医生说,先检查一下,再做下一步打算。

张长荣先让母亲来到住院部,张长林去办理住院手续。

李大夫当天就坐火车回去了。赵德龙说自己等一两天再走。

第二天,各项检查结果出来了。病人脑血管堵塞严重,肾功能衰竭,心脏和肝脏也存在不同程度的问题,需要手术治疗。

正式手术前,医院通知需再交押金三万。张长林只带了一万元,李秋莲把家里和小卖部的现金全拿给他了。沿途花费、住院费,带吃喝拉撒,大几千已花出去了。这三万元不是个小数字,张长林跟张长荣商量,能不能在太原筹措点,回头再想办法还上。张长荣犹豫了半天,转身走了。

几个小时之后,张长荣来了,只拿了三千元,说这三千元也是和妻子翻了脸强行拿在手上的。多少年攒下的钱,本计划给儿子订婚用的。问了几个朋友,最多的也就能借给两百元,有的干脆说没钱。

张长林说:"不管怎样,三千元也是一笔不小的数字,娘养育了咱们一回，也算你的心意吧。"

奶娘听着兄弟两人的对话，嘴里喃喃着说了几句话："娘这命不值三万块钱，娘活这么大还没见过三万块钱哩，你爹熬受一辈子也挣不下这么多钱，太多了。我们回家吧，我也不想做那动刀子挨刀子的事，命能保住保不住还说不清，不要最后弄得人财两空了，多不划算。咱开点药回家，保守治疗吧。"

张长林说："这不是娘你操心的事，要不，告诉医院说咱一两天以后再缴，先做手术准备，三千块先缴上，然后再想办法，两千三千地缴，医院也不是不讲人情道理的地方吧。我现在就去找找院长，咱多求求人家，希望能给咱个缓缓再缴的机会。"

赵德龙见一家人正为钱的事发愁，说："林林你去找院长，告诉他我回家拿钱去了。我马上动身，回去看能不能再借点。"

张长林觉得这也是一种办法，不能光让人家医院白给咱看病，至少见到院长也有个说辞。赵德龙转身走出房间。

张长林在住院部的过道口看过医院布局示意图，准备去寻找院长办公室的方位。

这时，有人在他肩上拍了一下。他抬头一看，是赵德龙。

赵德龙说："先不用去找院长了，咱的手术费马上就有人给缴上了。"

张长林问是怎么回事。

原来，赵德龙在医院的花园边遇上了一个人。这个人一声"赵师傅"把赵德龙喊愣在那儿。

细一看，赵德龙才辨认出，是林场场长。场长不久前刚做过肾部手术，正在花园里晒太阳散步。

见赵德龙着急忙慌的样子，场长就问是什么情况。情急之下，赵德龙就把医院要押金的事说了。

没想到，场长当即就表态，说事出紧急，这么远回一趟老家误事不少，我先让秘书给你缴上吧。

赵德龙感谢的话还没说完一句，就被场长堵回去了。他说："你要说感谢就见外了，你是我儿子的救命恩人，三万块钱再多，也比不上一条命贵重吧。我早就想着如何报答一下救命之恩，现在就让我表现表现吧。你这个人我是认定了。"

赵德龙回应："你不欠我的，那一车木头不仅给我们学校解决了大问题，而且给我也做了不少好家具哩。"

场长说："那不算什么，支持地方建设基本上是我们每年都落实的事情，给你做的那些家具也是我们和村里一致的意见，是对你多年帮助别人救治别人的一点儿奖赏和补偿。对我们来讲，那不是个啥，那不能算报答。再说了，我们林场说不定哪一时哪一刻还得请你过去帮忙哩。"

赵德龙说："我这人不爱占别人的便宜，要占了别人的便宜，自己晚上睡不着觉。但现在我这里确实需要钱，你这忙帮到关键时刻了。随后咱们再说吧。"

赵德龙怕张长林再去找院长，就回头赶回住院楼了。

张长林的眼里顿时漾出泪花，口上说："大伯，一到关键时刻你就能帮我的大忙。不过，这钱不是土疙瘩，人家挣钱也不容易，回头我会想办法还上的。这已经是帮大忙了。"

说着，张长林就抱住赵德龙，脸上的泪水流了下来。

赵德龙说："你还小，这一家人的负担都在你肩上压着，也实在难为你了。大伯给你撑一把，人不亲土亲，土不亲骨头亲，以后的日子会慢慢好起来的。钱的事你也不要着急，大伯家里还有点余钱，我的朋友圈子很广，我有办法凑齐的。等哪天你宽裕些了再说，你先把主要精力放在给你奶娘治病上吧。"

时隔不久，张长荣的妻子来到医院，她红着脸气势汹汹地找张长荣要钱，在住院部的过道上就喊起来了。张长荣在家里拿的那三千块钱，是背着她拿走的，她说这三千块钱是家里多年攒下的，儿子订婚急等着用，不能就这样不明不白地打了水漂，医院是个无底洞，扔多少钱可能连个响声都没有。

眼看着她就要冲进病房，张长林一把把她拽了出来。走到过道尽头，张长林说："嫂子，我知道你这钱攒得不容易，我哥也是一时心急，你要觉得这钱花得冤枉，我现在就给你打个借条，算我借你的，我说话算数。"

嫂子见张长林这样说，心里的火气小了不少，嘴上却还在骂张长荣没本事，每个月的死工资连几斤肉都买不起。

张长林又说："咱娘的病经不起折腾，要让她生了气，怕这病更难治了，你千万不敢在她面前说你这钱的事。"

嫂子似有所悟，说："要说，这赡养老娘个个有份，可这穿衣吃饭亮家当，咱不能打肿脸充胖子。嫂子也知道你这些年为家里做得多花得多，和你哥相比，你活络多了，手头也宽裕，你可不要怪嫂子我不讲理，人常说嫁汉嫁汉穿衣吃饭，我就嫁了你哥这样一个窝囊货，总不能跟上他喝西北风吧。"

张长林听了她这番话心里有点窝火，嘴上却说："嫂子辛苦了，娘这边就以我为主吧，你不要再和我哥闹了，他也不容易。"

正说着，张长荣来了。

嫂子的脸色又一次沉下来，张长荣昂着头从她身边走过。嫂子突然问："那三千块钱，是不是你拿了？"

张长荣说："钱是我拿的，这离三万块还差得远呢，娘做手术要三万押金，总不能见死不救吧？"

嫂子正要发作，张长荣拽住她的胳膊，一直把她拖到楼道口，他对妻子说："你今天是不是真要我在众人面前丢脸呢？是不是不想要咱们这个家了？"

嫂子一下露出一副哭相，举起张长荣的手，打在自己脸上。

张长林见哥哥嫂子没有再往下闹腾的意思，就与赵德龙一起进了奶娘的病房。

89

手术很顺利，奶娘肚子里割出一块拳头大的肿瘤，医生把这块肿物让家人们都看了看，才让助手取走了。

张长林让张富贵守在奶娘身边看护，自己与赵德龙坐火车回家了。

当天晚上，张长林让李秋莲备了几个菜和一瓶酒，又把张富有、赵德龙、韩如民、赵德虎叫到家里，商量事情。

张长林开门见山，把自己要说的话大口麻袋倒西瓜般，一下子倒在大家面前。他要把家里所有值钱的东西变卖折换成现金，包括电视、马车、牲畜，甚至连小卖部及里面的所有商品，都低价减价兑卖出去，尽快变成现金，目的只有一个，就是尽快还清奶娘看病借来的钱。此刻，他连卖窑卖地的心思都有了。

家有三件事，先从紧处来。

钱能买下命，人却比钱更重要。

这是张长林做出这个决定的前提。

话一说出，大家都觉得不行，但又没有反驳的理由。没有足够的道理，谁都知道很难说服张长林。

不知什么时候，赵德虎把我爹叫来了。我爹一到场，马上受到了所有人的欢迎。人们用期待的目光看着我爹，好像我爹的肚子里就藏着一条锦囊妙计似的。

张长林对我爹说："我正想找你去哩，我说的这些话可能有点贪婪，谁都知道，我是张家的养子，养子具备不具备继承家产的资格，你见多识广，你给我说说。如果有可能，改天你给写个字据，把属于我的那一份卖掉，这样，给奶娘看病花的钱就不是大问题了。"

我爹说："卖了房产，你一家人住哪里？"

张长林说："我的命就是奶娘给的，我的一切都是奶娘给的，只要奶娘能平安活着，我就是流落街头、暂住破庙也行。至于老婆孩子，愿意跟我，就跟我一样受苦受累，不愿跟就另选出路。"

说着，张长林嚎啕大哭起来。

在场的不少人也流出了眼泪。

我爹安抚着张长林，说："活人怎能让尿憋死，办法肯定有，大家再想想。"

最后，我爹说："林林的孝心，大家都看清楚了，这才是一个人最珍贵的东西。连我在内，我们都比不了林林的孝顺。大家都是林林的亲人，现在这个关键时刻，大家都要伸出手来，帮帮这个有情有义的孩子。"

所有人都表态，只要能帮林林的地方，没有二话。

我爹给大家分析：三万块钱确实不是一个小数字，但也没到了非要卖房产才能变现金还钱的地步，小卖部也不能卖。道理很简单，是杀鸡取蛋呢还是养鸡下蛋？林林这些年为什么经营得不错？除了诚信和勤劳，还有一点儿，就是他心路开阔，没有死守摊子，而是主动寻找机会，拓宽商业领域。那么现在，咱就不能更大领域地去开拓？在座的每个人，都是社会影响较大的人，都有独属于自己的社会圈子，如果每个人都是一个外出谋事的张长林，这蛋能下出多少呢？这三万块钱是个什么？三十万块也不是个什么。你们说是不是？

我爹这样一说，大家一下开窍了。

为了更好地凝聚人心，我爹建议，设一个董事会，大家都是董事，都是为自己做事，谁出去揽事，也是给自己揽事，这样既对客户有一个交代，对自己而言也有一笔收入。这董事长就是张长林，按利分红。如果属于你的钱你暂时不取要帮林林还债，那是你们之间的事，但账面上有这一笔。你们看这样可不可以？当然，筹集货源，运送货物，林林还是主体。大家只要能联系到用货的单位就行，一切都是为了充分调动大家外联的积极性，话不能说过就没事了。

这一说，大家豁然开朗了。

张长林一下子抱住我爹，半天不肯松开。

大家都举起酒杯，把酒痛痛快快地喝了下去。

90

奶娘出院回到镇上的那一天，是坐了林场场长的小车回来的。

场长对张长林说："你家里遇到了这么大的事，你伯伯赵德龙心疼你，全力帮扶着你，而赵德龙的事就是我的事。你们来回倒腾坐火车回去，很不方便，病人也受不了，让我的车送你们回去，于情于理都合适。"

看着身旁的赵德龙一脸的笑意，张长林无法拒绝。他知道，有些亲情是潜藏在骨子里的，你再表现出不配合，就近乎无情了。

小车一直开进后头街的院子，张长林背着奶娘回到家里，让她坐在暖和的炕头。李秋莲端过来一碗鸡蛋汤面，娘长娘短地叫着。

张长林对李秋莲说："娘的康复，就看你的了。"

张长林又开始了新一轮的忙碌。

仁义古镇的公社、学校、信用社、税务所、邮电所等本地单位，在米面粮油和笔墨纸砚等大小商品上，都由张长林供应。南山电厂韩如民也联系上了。赵德龙与赵德虎兄弟俩把多年来曾为对方治过蛇伤的单位领导人或者与单位领导人有密切关系的患者做了一个全盘的过滤，找出几家比较大的单位，一上门说明情况后，各家都愿意用他们的商品。我参瘸着腿也拜访了几个跟自己关系不错的朋友，所到之处大家都愿助一臂之力。

由于张长林所供商品都低于市场价，甚至比各单位平时的进货价也低，同样的使用效果，价格不高，又送了顺水人情，这种事谁也愿意。

张长林忙得左右不得安闲。用人力三轮车和马车拉，不仅人累，货也拉得有限，时间不长，张长林买回一辆二手农用车，这样，成批的商品，就可以大量地运进运出了。后头街张家院内的各个平房都是仓库，分类存放，随进随出。农用车早晚不歇，拉进来送出去，连晚上也常出车。开始，张长林自己学着开车，发动、变档、加油，没几下就能上路了。他脑子活泛，再加上做事谨慎，周边各地的供货都能送到。赵德虎随车送货，上下来回搬运货物，也是他俩。后来实在忙不过来，才雇了一个刚从部队退伍回来的汽车兵司机。张长林也可以腾出大量的时间，联系商家。

不管再忙再累，每晚睡觉前，张长林总要坐在奶娘跟前，絮絮叨叨地说半天话；每天早上出门前，都要来奶娘的屋里先告诉她一声。

李秋莲很会哄婆婆开心，在吃喝上总变着花样，面做成条状的、片状的，水配成蜂蜜水、醋熘水、苹果水，与奶娘的关系就像母女似的。端药递水，洗锅刷碗，送屎送尿，一不嫌脏，二不嫌累，嘴上还嬉笑言谈着，连常在一旁观望的张富贵都有些忌妒了。

背着张长林和李秋莲，张富贵对老婆说："咱上辈子不知道烧了什么高香，遇上林林这小两口对咱这样好，比亲儿亲女还孝敬。"

这话，说得老婆一把鼻涕一把泪的。

张富贵又说："这人在顺当能干的时候，也看不出以后哪个儿女能顶上用，现在老了才感觉到，在你眼也花了腿也瘸了身体也不行了的时候，哪个人是真心对你的。"

老婆说："你再怎么能干，还不就是一个做醋的。顶多也就是混个吃喝不愁，比起林林来，连人家一根指头都不如。"

张富贵顺着老婆说："还真是这样的，你在医院的那个时候，一听说要交三万块押金，我头皮都炸了，我活了这么大还没见过三万块哩，这要是在别人家，就只能等死了。林林那一刻是想尽一切办法要救你，看样子，他连命也舍得豁出去。这孩子真是咱们的福星哩。"

老婆感叹道："咱荣荣倒是有正式工作哩，可到关键时刻，只能拿出三千块钱，还是背着媳妇偷偷拿来的。咱没生下儿媳妇的骨头和肉，她的不高兴能理解。那也是他们多年省吃俭用攒下的。要是没有林林，这个时间该是你给我烧'五七'的时候了。我这命算是多赚下的。"

"唉，这人和人就是不一样。"

老婆说："林林这孩子是个有心有肺的好孩子，等我病好了，要好好帮衬帮衬他。就是受死受垮我也心甘情愿。你老头子也不能闲着，咱们多做一点儿，他俩就能少累一点儿。"

老两口，一个坐在炕头，一个蹲在门前，话稠情浓地发着感慨。

心情好，营养搭配好，药物的效用也增强了。奶娘的身体恢复得挺快，不到半年，奶娘就张罗着自己下炕了。

91

张长林把三万块钱还给场长时，遭到了拒收。

赵德龙对场长说："林林这孩子，念着你的好哩，在那种情况下，你能主动给垫付三万块钱，已经是帮了大忙了，但现在你要再不收，我和他都不会安心的。我们做人做事是讲良心的，不能平白无故拿别人的钱，这是底线。"

场长说："帮人帮急，我儿子病危告急，你出手相帮，而且现在已是身体恢复到完全健康状态，他也子女好几个了。没有你哪有他的今天？林林的事，也是在危急时刻我出点钱帮帮，算我的一点儿心意。这算得清清楚楚的，还有没有一点儿情谊了？"

赵德龙说："你对我的帮助已经够多了。"

张长林抢住赵德龙的话头，说："伯伯你也不要说了，你们看这样行不行？场长你先把这笔钱收下，我还要你帮一个忙，咱们的情谊就接上了。你林场食堂以后的米面油都由我来供，你照单给我付钱，既解决了你们的问题，也帮了我的忙。行不行？"

这个办法，最终被场长采纳了。

张长林又增加了一个供货的大单位。当然，在供货质量上他不能出现任何差错。

又经过几年，张长林在前头街张富有的临街院子里修起了三层楼房，原先的窑洞和小平房都被拆除了，只留下两间制醋小作坊。楼房装饰一新后，变成了古镇第一家私人宾馆，李秋莲出任总经理。

后头街张富贵那处大院子变成了停车场。张长林买回来三辆大货车，专门拉运各企业各单位的货物。随着煤炭销售形势的好转，外省的钢铁厂都在石城县有了固定的煤源供应点。这样，张长林的大货车派上了用场，隔三岔五就有出县出省的活儿。张长林选择的司机也都是既能吃苦耐劳又诚信可靠的人员。

张富有与张富贵兄弟俩在宾馆一层都有干净卫生又宽敞明亮的住房，房间有专门的服务员打扫，吃饭就在宾馆的食堂。不过，张富贵两口子很少来宾馆居住，他俩恋旧，舍不得离开后头街的院子，与此同时，在车场管理和内外事务上，也对张长林是个帮衬。

第十一部分

92

我在县城教书的那几年，三哥告诉我，张长林被选为仁义村的村委会主任了。这个消息，在我的意料之中。

腊月，是仁义古镇最为忙乱的时段。

村委会院内的一间大房子里，宣传队的排练进入最后的冲刺阶段，每年正月县里都要举办文艺调演，古镇宣传队的演出日程已经排出，节目合成、人员调整，都迫不及待。团委书记忙着筹钱购买演出所需的道具和服装。胡导演更是不分白天黑夜，与乐队、演员们紧锣密鼓地加紧排练。独唱、合唱、独奏、合奏，快板、相声、三句半、小品、数来宝、舞蹈，等等，各类节目按节目单一一过场，哪一个不成型不熟练，停下来重点排练。大家都知道，时间不等人，正式演出的日期已经进入倒计时。每天晚上，张长林都要抽出一点儿时间，来一下排练室。他对演职人员说，村委会的钱不多，但不能亏待咱古镇宣传队，缺什么补什么，实在不够，我个人贴。正式演出时，如果咱们的节目有在县上获奖的，我们村委会要考虑重奖。剩下的事，就看你们了。胡导当即表态，如果古镇宣传队演出不成功，明年我就彻底撤出来。言外之意，只许成功，不许失败。

在所有节目中，有一个节目是团委书记和胡导最放心的，也是最能出彩的压轴节目，那就是成凤菊的女声独唱。虽然她已经是几个孩子的母亲，但她那嗓音的圆润与高亢别人比不了。多年在县城的演出，她的名声早就传出去了。一说起古镇宣传队，评委和观众首先提到的就是成凤菊。平时的排练，她不在场，在最后过场彩排时亮亮相，即便这时也不用劲去唱，走走程序而已。在人多眼多的正式演出现场，才是她发力表演的时候。宣传队里挑选出来的女演员，都是镇上漂亮精干的姑娘，见成凤菊这个胖墩墩的女人既会钉蹄挣钱又当主演，心里又是忌妒又是厌烦，再看到她"老油条"似的在排练室应付了事，更是心有不甘。但队长和导演认她的本事，站在县城马号舞台上的观众和评委也买她的账，她们只能干瞪眼。实力放在那儿，就是到了五六十岁，抱上孙子，只要她一站在台子上，古镇宣传队就有一张王牌。

老爷庙里，古镇武林练战功拳的师徒们，由韩如民挂帅，各种武术表演也进入排序完善阶段。徒手拳有：随身带、十二快手、梅花掌、防字拳、弹腿拳、五虎拳、猴拳、小洪拳、井阳拳、罗汉拳、锤挟掌、短打拳、新功拳等。器械套路拳有：梅花单刀、梅花双刀、单剑、双剑、芦花枪、虎头双钩、关公大刀、青龙棍、马叉钩枪、四门刀、马顺刀、盘龙双刀、双戟枪、五虎断魂枪、马铁钩、春秋大刀、九节鞭、绳标、长梢子棍、鲁辖铲、流星锤、滚堂刀、乱马橛等。徒手对练拳有：十字莲对打、五陆拳、五锤得等。器械对练拳有：空手夺刀、空手夺枪、空手夺单匕首、空手夺双匕首、三节棍破枪、双铜破枪、双拐破枪、双梢子破枪、舞花对棍、长梢子破枪、双刀破枪、单刀破枪、大刀破枪、二夫争妻、三英战吕布、五虎下西川、梅花对枪、火焰战枪等。都在拳库里备着，既要打出气势与功夫，又要彰显出古镇武林的精神面貌。短时间过场的表演，长时间武场的演练。韩如民在一旁指挥着，他只要说出一个拳术的名字，相关的师徒就轮番跃入武场开演。

正月十五县城街头闹红火的队伍里，被认定为省级非遗项目的仁义古镇战功拳的表演是一顿大餐中的大盘肘子，吃不上这道菜，观众不退场。张长林同样亲临现场鼓劲，他对着自己的师父韩如民说，有什么困难就找我吧，其他我就什么也不说了。

正月十五，是韩如民很看重的一个表演机会。各个表演功夫的徒弟，突然就被某某领导或老板选中了。社会虽然进入了文明社会，可随时随地都可能发生一些令人预想不到的奇事怪事。一座煤矿，突然来了几个要闹事的赖皮，一位领导突然就遭遇了一次不明不白的打劫。有一个会武功的人随其左右，兼着秘书或司机的角色，一旦遇到不测，短时间内就能化解问题，即便没什么意外，有这样一个人在身边，也会有安全感。单位或厂矿可以安排几个保安，但谁也不愿意要那些吃粮不管事的人，没什么事的时候，咋呼得比谁声音也高，一到危急关头，跑得比谁都快，真正敢碰硬过招的人没几个。而韩如民培养出来的拳徒们，个顶个都是厉害角色。平时没什么事，挣一份比职工还高的工资，一旦有事，那他一定要挺身而出，先保证主人的安全，再保证单位的物资不受侵害。这种事一来，不过招是不可能的，而过招要没有真正的硬功夫可不行。一批一批的徒弟出师，韩如民也要为他们的前途着想，前提是他这一关得先过，没有金刚钻，就不要去揽那瓷器活。

准备参加县上元宵节活动的古镇武术队队员们，人人都憋着一股劲，每一套拳术都得打出真功夫来。

年前的街市上各个店铺备足了货物，从周边各村前来置办年货的人络绎不绝，年的味道越来越近。

张长林在全镇各家各点边走动边看着，焕然一新的垃圾池、入户到家的自来水、烈军属的纪念品、老弱病残的五保户，以及每家每户过年的购置物品，他都要问到见到。

三哥从朋友那儿预定的土猪肉买回了家，二哥也从煤矿带回来几斤特供羊肉，我又从县城拿回来七八斤胯骨猪肉。肉的数量与质量大大超过往年。比起那些生产队发几斤肉就过年的以前，简直是太奢侈了。我爹拖着病腿开始在灶前忙活。

做合碗子（一种山西地方美食）是每家过年前最重要的一件事，镇上很少有人家不做合碗子。把肉洗净切开放进大锅，加入花椒、大料、辣椒、葱、蒜、盐一起煮。煮熟后捞出来，根据要做的烧肉、腐乳肉、扣肉等的大小，把肉切成条状或块状，摆在小瓷碗里，配好料后放蒸笼里蒸，直到肉全都入了味，合碗子就算做成了。合碗子就是这碗里做好的肉晾凉后凝成一整块，连瓷碗放到一个笼筐里，挂在猫狗老鼠探不到的高处，差不多一个正月的每顿饭都能吃。以前肉少时，做的合碗子不多，只能在初一、初五和十五才能取下来吃。孩子们眼睁着老大看大人们做肉，大人们有时也把做熟的肉夹一筷子填在他们嘴里，让孩子们提前享受几口。待孩子们长大结婚后自己就学着做，做了几年之后，也就成老把式了。

一家人一年辛辛苦苦，为的就是过个好年。给自家的孩子们买上一身新衣服、一双新布鞋，再能大口大口地吃上几顿肉，和睦快乐地聚在一起，就算一个好年，这一年也算没有白受苦受累。

我爹和三哥做肉做到深夜，又把做好的肉装进篮子挂在正窑外面的最高处，这才钻进被窝睡觉。

第二天一大早，我爹提了一把扫帚扫院子。一抬头突然发现，装着合碗子的篮子不见了。他赶忙回家叫醒还在睡觉的三哥，两人再一次走出窑门，来到挂肉篮子的窗户下，两人都愣在那儿。

不是老鼠，老鼠不可能爬到那么高的地方；不是野猫，要上到窑顶偷吃，大窗户是必经之地，而窗纸没有一点儿抓破的痕迹。狗更不可能。像是被人偷的，但外人晚上要来我家，从里边上闩的大门很难打开，我家的大门是我爹早上起来才打开的。从邻居家的墙上翻过来行窃不费什么劲，可要到邻居家的院子也得通过关着的大门。莫非是邻居干的这事？我家左面的邻居姓王，就是从前开着马车店的王高粱秆子的后代。平时，我们两家人相处得不冷不热的，虽然也有过一些小摩擦，但大人小孩一般不相互串门，各家院内做什么事互不知晓。右边邻居，男主人是村干部，平时的日子过得比别人家滋润，大人小孩都比较知书达理，没听说他家哪一个干过偷鸡摸狗的事。

我爹首先肯定，这是熟人干的丑事。于是一家人就又在熟人这个圈子里猜测。先后有几个人成为怀疑对象。但捉奸捉双，捉贼捉赃，没有证据，不能乱讹人。

我爹进一步侦察到，脚印是一个中年男性的，是从厕所一角踩着院墙的砖块进来的，这个发现排除了邻居作案的可能。

真是知人知面不知心，用水一抹脸，都是人模狗样的，谁的脸上也没写着一个贼字，这种缺大德伤天理的事，很可能有预谋。既不用花钱买肉，又不用费力气做肉，直接拿来享用。合碗子上又没写着是谁家的，只是吃它的主人变了。一篮子带碗的肉食，少说也有四五十斤重，自家人在大白天踩着梯子上去拿都得小心翼翼。这盗贼黑咕隆咚地既不用梯子又不能弄出声音，要有力气有技巧有工具。如果多少还有点良知，在大功告成之后，至少应该给我家留下几碗肉，哪怕就把它放在厕所的墙上也算，也让我们全家在大年初一能见到一点儿肉腥。一个不留地盗走，说明这贼是一个狠角色，做事做人太绝。现在，你就真能认出谁家桌上摆着的是你家的合碗子，你也只能干瞪眼没话可说，也只能是走出地边边，翻了眼圈圈。

窑洞里还飘散着浓浓的肉香，做成的合碗子却不见了踪影。

这不仅让我家过年这一天吃不上肉，更让人丧气的是，全家人一个正月都不会有好心情。

大年初一这天，我爹差不多躺在炕头睡了一天。

初二时，这消息也不知谁透露出去了，张富贵拿着几个合碗子来到我家，成老汉也送来几个。天擦黑时分，赵嗯嗯也来了。这些平时与我爹关系不错的人，都来看望安慰我们一家，把自家做成的合碗子分出几个来供我家享用。

"也不知是哪个丧天良的，干下这种缺德事？"

93

"是段立德干的。"

初三一大早，张长林掀开我家门帘，第一时间跟我们通报了这个消息。

262　仁义镇的春天

全家人听后都惊呆了。

段立德是三哥的好友，差不多每天都要来我家。做肉那天，他在我家看我爹和三哥忙乎，制作过程中还作了不少提示。

三哥重义气，最厌恨诡诈奸猾之人。段立德心智机灵，好谋善言，常常有独具个性的思路迸发出来。他与三哥一智一勇，相处甚密。

三哥凭力大无比重情重义赢得镇上人的认可，段立德凭巧言善辩机智过人获得同辈人的首肯。

我爹和三哥在张长林的提示下，来到镇政府的大门前。门墙上贴着一张白纸，白纸上用毛笔写着一行一行的文字。已有一群人围在那儿边看边议论纷纷。

整张纸上全写着段立德的罪状：半夜偷盗我家合碗子的事排在第八条，并不是他最重要的罪状。作害镇政府、村委会和街镇作坊铺面的丑事写在前面，后面还有若干不能见人的盗偷欺诈一类烂事。段立德已经被控制在镇政府的派出所里。

三哥身上的邪火一下被点燃了，他的个性是在要爆发内火的时候不声不响。他一个人来到派出所，派出所的院子只留一扇小门可以进出，门内有一位民警守着。他问："段立德在里边不在？"民警说："在里边，但你不能进来。"三哥说："我要活剥了他。"民警说："那你就更不能进来了。"三哥便要强闯入门，与民警拉扯起来。民警招架不住三哥的勇猛，连手上的警棍都被甩了出去。这时又有几个人过来，把三哥架住。所长厉声喝道："你要再这样胡来就是违法了，我们有权给你戴上铐子，让你和段立德一样入狱。"三哥转身看见一间房子的窗玻璃后正站着段立德，便指着他怒吼："不要让我在外面见到你，不活撕了你，我就不是我娘生的。"

走出大门，三哥对着那扇用铁皮裹着的木大门劈出一掌，那木门即刻便塌陷下去一块。

段立德的大儿子在石城一中上高中，他儿子所在的班正好是我做班主任。三哥和段立德曾亲自到学校找过我，让我在各方面多给一些关照与帮助。他儿子天分挺高，又刻苦，在班里是排在前几名的好学生，平时寡言少语的，见到再熟悉的人也只是微微一笑，各科老师都觉得他挺优秀的。他爹这样不劳而获，我不知道他吃在嘴里的肉香不香。当然，他也许压根不知道这些东西是他爹偷来的。

其实，段立德并不是缺酒少肉，他家的生活条件在镇上属于中等偏上的，他本人也隔三岔五地有人宴请。

段立德是镇上的阴阳先生，很是红了几年的。谁家有安魂下葬的，选日子，定罗盘，根据逝者的生辰八字和坟地的南北走向以及天干地支年份，确定能不能上穴，如何给墓地画线开坑等，一遇这种事，事主第一位请到的就是阴阳先生。事前事后，一切安排都是他说了算。在家里或饭店，主人总把最好的饭菜往上端，最好的酒水往杯里倒。陪伴他吃饭的，都是事主家有些威望有些能耐的人。阴阳先生的犒劳费挺高的，就是亲戚朋友家遇到这种事也不能白干，家家门前挨着过，谁家也要遇到生老病死的事，谁家也想把事情安排得妥妥当当。犒劳费有大行情在那儿摆着，不能白干，而且不存在搞价。

段立德脑筋活，点子多，道理高，急事急办，缓事缓办，小事小办，大事大办。一家人按照他的意思，找柳寻砖，制幡写符，破碗铺炭。紧随他左右的，还得有一个懂些事体能说会道的人。即便有些程序里短缺的东西，也好能找合理的物件来补充代替。

段立德是段瑞智的二儿子。

大儿子叫段立强，受其父亲的影响，在断文识字上有浓厚的兴趣，对"四书五经"有着广泛的涉猎。段瑞智对他期望挺高，一心一意培养，在文化底蕴深厚的仁义古镇能打响这"第一炮"，不仅儿子以后的身份会大大提升，而且他段瑞智本人也会持久不衰地被人高看厚待。段立强长到青年时，身体开始变得瘦弱虚亏，坐在桌前多待一会儿就浑身发疼发软。没办法，段瑞智只得让他停下学业，先对其身体进行调理。后来，学习的事渐渐淡化了，一个偶然的机会，段立强被一座国营煤矿招工招走了。

二儿子段立德从小就淘气捣蛋，一看见书本就头疼，最爱干的事就是跟上老爹到东家吃肉西家喝酒。老爹段瑞智是一个老学究，国学底子非常深厚，在《易经》的学习与应用上很能与现实挂钩套用。安坟定宅这类事，在阴阳学理论里只是一小部分。段瑞智是个全能型人才，年轻时曾在省城的师范学校里担任音乐教师，成凤菊找他学习声乐知识时，他是按正规理论分章分节来教她的。段瑞智做事条理严谨，为人体面正派，但他对他家这个二儿子是真没办法，撵也撵不走。一出门就带着一个跟屁虫，硬要摆脱，段立德就抱着他的腿又哭又闹的。段立德知道，跟上老爹就有好吃好喝。

开始的时候，段瑞智也想让这个二儿子跟上自己学学安坟定宅，可这儿子却并不想学，一叫他就跑到一边去了。鼻涕做的泥，糊不到墙上。段瑞智年老体迈时，用他的人渐渐少了，段立德这才感到吃吃喝喝的事快要断顿了。于是，再要有这类事段立德就上心了，大概程序和步骤他都记在心里了。以后，段立德就开始独立行事了。不懂的地方，回家以后再问问老爹。几年以后，段立德比他爹当年的名声还大，不仅在本镇有人请他，而且在周边各村也有人慕名而来，有时还跨乡出县。他爹办事说理，是往根子上讲，有依有据，源头枝末，都能说出缘由。而段立德办事说话，是往玄乎上讲，他的口才比他爹好，能说远说近，能说大说小，在他爹的基础上，他在好多事体上又有创新。别人听他说，有时云里雾里的，有时切实入心的。也有懂些阴阳的人，说他某某事安排得不合适，他听到后辩解说，阴阳风水各有其道，我有我的道理。看上去，他的学问比他爹还深。

后来，有几家人连续出事，好端端的一个人，说没就没了，而且没隔多久又有噩耗传来。有人就说，肯定是坟地没安排好。再一细究，段立德就在责难逃了。也许是事出蹊跷，但这些事一发生，段立德的“阴阳先生”行当一下子就冷淡下来。

一直被人厚待高看的段立德，凭着脑筋和嘴皮子，多年都享受着丰裕富足的生活，一下子冷淡下来，心里肯定不是滋味。凭勤劳踏实去田地里苦熬实干，不可能是他的选择。到镇街上租个门铺经商营业，也不是他的心思。架子吊起来了，苦却受不下去。心里想着酒肉大餐，足下却走投无路。慢慢地，人们发现，他有了夜晚撬门入窗的举动。连我三哥这样相处甚密的朋友他都敢下手，入室偷盗镇政府及街铺作坊，那就更没有什么禁忌了。

段瑞智的两个儿子，"强"没立起来，"德"也没树起来。

张长林当上村委会主任后，也可能是受了师父韩如民的影响，对段瑞智开始重用，比如在一些干调秧歌的调式把握和朝代服装辨识及历史典故的对号入座上，段瑞智都是有用武之地的。再比如在古镇龙鼓舞的鼓点节奏上，在庙宇古碑的断句解读上，在传统文化"二十四孝"的推广宣传上，段瑞智都有独特的贡献。镇上不少人只知道这个段瑞智曾经是个挨斗挨批的猥琐老头，却不知道他还是一个满腹经纶的人物。

张长林当着段瑞智的面就说："咱桥归桥路归路，杀人者偿命，偷盗者受罚，这是天经地义的事。"段瑞智只能一脸哀伤地摆摆手，口中低语："这个败家子，怎能做下这样一些见不得人的事哩。"

94

一般人不知道，段瑞智的晚年生活过得十分悽惨。

段立强的老婆，眼尖手快嘴碎腿勤，身材长得匀称，走起路来一阵风似的，街巷沟口桥头，哪儿都有她的身影。她嫁给段立强时是二婚，头婚留下一个姑娘，跟着爷爷奶奶生活。再选段立强时，她很是犹豫了一番。段立强体弱多病，要不是因为他有工作，家底子厚，住处又是河下的镇子上，她这个山上的二婚女还不一定嫁给他呢。段瑞智的住处在三官楼底附近，是一座四合院，上窑下房，进出也方便，前面可以与镇街相通，后面又有小门可以直达外街。段立强的老婆一嫁过来便先入为主，占住了上面一孔窑洞和下面右边的两间平房。虽是二婚的新媳妇，她却摆出一副娇贵懒散的姿态，每天都是婆婆做饭，她连碗都不洗，整天游手好闲的。段瑞智老两口住着上面左边的窑洞，左下方一间平房住着段立德，另一间用作厨房。

段立德娶妻进门时，对方提出住房条件不能比老大的差。没办法，段瑞智与老伴只能搬出院子租住别处。

相比段立强的老婆，段立德的老婆长得高大瘦削，一株向日葵似的，一说话，满脸堆笑，声音尖细脆响，性格又急又躁。走到哪儿，那嗓门像唱戏似的，从没见她细语低声说过话。与面嫩个小的段立德站在一起，外人谁也猜不出他们是两口子，两人的身材不在一个幅度上。可她却是一个生孩子的好把式，结婚没一年，屁股一撅，生出一个，隔一年，屁股再一撅，又一个。连接生婆都不用请，自己就能了断。高大的身材，怀个孩子，肚子像吃了一顿饱饭似的，只有微微的隆起，啥时要生了，就像上一趟厕所屙一泡屎一样，一袋烟的工夫就完事了。

两个爱说爱道的儿媳妇遇到一起，只有三分钟热度，不久就闲话满天，见面如敌。妯娌两个一见，又是吐唾沫又是跺脚，像是结下了八辈子的怨仇。

经人说合，从正窑到下院沿中线砌了一堵墙，两家人各占一边，把一座好端端的四合院隔得狭窄逼仄的，不成个格局。老大一家进出走前门，老二一家进出走侧门，兄弟两家好像要老死不相往来。

开始，段立强抽空常到父母租住的地方挑水担柴，送些吃的喝的。后来，让老婆狠狠数落了一顿，他就再不敢明目张胆地去了。

"老头子老婆子是你一个人的？老二从小跟上老头子吃香喝辣的，长大以后又沾着老头子的光在死人嘴上扒饭吃，说说话动动手就赚得锅满瓢溢的，老人的事应该是他全管才对。你一个月挣几个毛毛钱，连孩子的吃喝拉撒都成问题，自家屁股上的屎还擦不干净，还能顾上别人？你再这样，我就出去找野男人，你不要嫌脸上不好看就行。"

段立强像软南瓜一样，表面也象征性地顶几句，内心却怯惧不小，为了能过成一家子，也不想再没事找事了。客观上说，父母离开院子以后，家里洗衣做饭看孩子这些事老婆也挺辛苦的。后来，段立强去父母家的次数就越来越少了，去也是偷偷摸摸地去。

段立德开始安坟定宅时，每有不懂或不会的事也常去父母家咨询，但从不给父母拿东西，更谈不上挑水拾柴了。在父母面前，他像一个永远长不大的孩子，觉得父母生来就欠他的，遇着饭时就吃，看见好东西就拿。再后来，不需要父母时就再不登门了。包括他爹被批斗最难熬的那几年，段立德也没上门踩过一个脚印。"阴阳先生"行当冷下来以后，更连父母想都想不起来了。不用老婆阻止他，他自己就没这行孝报恩的概念。

也有旁近左右的人问起段瑞智儿子们行孝敬老的事，段瑞智总是说，两个儿子都挺孝敬的。可周围的人很少见两个儿子来，几个孙子孙女更是连爷爷奶奶搬过几次家都不知道。

<h1 style="text-align:center">95</h1>

段瑞智的老伴叫二姑娘，到七老八十时，镇上的人还叫她这个名字，只有少数人知道她姓田。

从长相上看，二姑娘年轻时是个清秀伶俐的人，她个头不高，裹过脚，走起路来"噔噔"作响。段瑞智在省城教书时，经人说媒，二姑娘从城郊一个财主院的绣楼上走下来，成为他的新娘。

二姑娘有过琴棋书画的熏陶，却并不高傲自恃。在国学古韵上常与段瑞智有探讨研习。段瑞智才学横溢，却命运不济，几经辗转，最后返回老家。二姑娘不嫌不弃，与他同甘共苦，真心相守，任凭外面时势风云翻雨作浪，回到家中的段瑞智却感觉温暖如春。哪怕就是陋室简居，只要两人一相聚，就有甜言蜜语滋心润肺。一碗菜，也是精神补品。一块补丁，也是心灵鸡汤。

段瑞智从书桌到田地，完成从城市到乡村的重大转变，尝到了人生起落的酸甜苦辣。在"文革"初期，跌落到人生的最低谷，成为全镇最受鄙视最受唾骂的批斗对象。二姑娘对他不离不弃，还小心细致地为他按摩推拿，再做些细软吃食，补充他的能量营养。她从层层叠叠的书箱下找出一本有关中医的书，逐字逐句地解读，在段瑞智的指导下，拟成一张又一张的药方子，有熬成汤喝的，有捣烂磨粉敷的。她在清早或天擦黑时，不被人注意地来到吴先生的药铺，很快买好药，随即离开。她不想让任何人知道她的行踪，也不想让任何人因段瑞智而生出不必要的麻烦。不上医院，不到诊所，就凭她和段瑞智的国学基础，硬是一页一页地"啃"完一本艰深的医书，在肝脏脾肺的调理上、在骨骼肌肤的护理上、在暖热寒凉的平衡上，有了很细很深的解悟。两个人，不管是段瑞智的肌理关节，还是她二姑娘的气虚血亏，都能按程序按部位调理到渐渐好转。后来，一些相处不错的邻居，有事互作体恤的好友，谁家大人小孩有什么不舒服的，这二姑娘都能开出一个对症下药的方子，帮忙解决病痛。

好在，有韩如民这个刚直正派的人帮助，段瑞智的情况好多了。

段瑞智从田地里干活回来，二姑娘总是先在屋外给他扫去身上的灰尘，再把脚上的鞋换下来，走到稍远一些的地方除去泥污。段瑞智一进门，一杯水早晾在那儿，夏天时多是白糖水，秋冬时多是红糖水。他靠在炕头的被褥上抽完一袋旱烟，二姑娘就端上饭来了。一张小方桌，上面摆着几碟小菜，一碗面，周围另有盐醋葱蒜辣椒备齐。吃到一半，二姑娘又端上一碗面汤，晾在一边。每到夜晚睡觉前，二姑娘还给段瑞智捏足抚背，直至他慢慢沉入梦乡。段瑞智也有一个习惯，他用手抚捏着二姑娘的耳廓，一边捻一边按，一直坚持了很多年。许多年少往事在这个时段也渐渐回忆起来，有一搭没一搭地续接着，一句话与另一句话的跨度有时就是几十年。两人絮絮叨叨地聊着，话题漫无边际。两人相互捏着抚着，随着困意来临力度逐渐减小。有时一个人在那儿干说了半天，才发现对方已发出微微的鼾声。段瑞智清楚，要是没有老婆，他早不知死过几次了。

段瑞智发明了一套健体操，从按穴、抻筋、舒脉到运气、通意、走韵，共八条。老两口每天起床第一件事，先做操。

两个人的世界内容很丰盈，程序很合理，情感很稠密。两个人与外界相对隔绝，就是与同院的人相处，也不往太深里交往，见面有言笑，遇事有互助，即可。

年轻时，对方外在的貌与才，是相互走近的磁场；结婚后，对方身体的柔与刚，是相互如胶似漆的黏合剂；中年时，对方劳作困顿的身与形，会成为相互牵挂的弹簧；老年时，对方潜藏的忧与喜，是相互魂牵梦萦的定心丸；这是段瑞智的感悟。

段瑞智这棵叶败枝断的槐树，是二姑娘唯一可以倚靠取暖的保命树；二姑娘这朵色损瓣落的牡丹花，是段瑞智昼扶夜润的生命源。

这对老夫妇，在孤独中寻找不会老去的纷繁，在灾难里回味着人生的多彩。

96

段瑞智这盏老灯耗尽了生命里最后一滴油，在夜深人静的时候，悄悄灭了。

二姑娘没有眼泪，没有悲伤，她知道，这一天迟早会来的。她让段瑞智安静地躺在温暖的炕头，抱着他一直睡到天亮。早饭时，她仍把调好的一碗菜和蒸熟的一个馒头放在他身边，像往常一样喊着他的名字，要他起来吃饭。饭后，她端了一盆温水，开始从头到脚给他擦洗，然后从里到外换上一身崭新的衣服。就这样，一点一滴地做，一丝不苟，他生前，她没有给他这样打理过，尽管他的每一个部位都很熟悉，甚至比对自己还熟悉。倒是他，给她穿过多少次衣服，包括内衣内裤。奶完孩子，她的内衣被小手抓破了，连奶头都被抓伤了，她很委屈，但不能怪怨孩子，只能对他发狠发嗲，她要他重给她找一件，并且让他给自己穿好。男人心甘情愿地给她穿好，随后，给她做了两个荷包蛋，亲自给她夹在嘴里，呵护她，抚慰她。好多时候，都是她自己无理取闹，男人总是有错没错主动承认错误。在他面前，她永远都是胜利者。一天不闹他，她就感到缺了一点儿什么。他一天不被闹就觉得她不正常。对谁她也没有骂过哭过，对他她经常又骂又哭。他外出不在家的时候，她一个人连饭都不想做，很郁闷，有时一天都不愿和邻居们说一句话。一直到老了以后，她那种娇纵才慢慢稀释下来。她从第一次见他开始，到聊谈到深夜的最后时段，点点滴滴的片段不时地浮现在眼前。就这样，她与自己的男人又相伴了三天三夜。她把男人自编的健体操写在纸上，放在身边，给他揉腿抻筋，给他按穴舒困。到夜里，她想把那本两人曾苦苦通读的医书读给他听，可是没找到，突然想起，那次伤筋动骨的批斗会之后不久，一群红卫兵冲进家门，把整整两箱子的书全抬走了。在村里大队的院子，燃起一把火，把这些书烧成了一堆灰烬。那本医书自然也难以幸存。她只能把那几张从医书上剥离解析出来的药方子找出来，一边读给他听，一边再与他商量着修正补充。那本让他一生享福与受罪的《易经》，因当时压在炕头的被褥下而幸免于难。她把书轻轻放在他的手中，随即又取来塞在自己的胸前，生怕一旦有人进来看见了。

段瑞智安详地躺在她身边，一身的新衣服让她想起抱着她走出花轿入洞房的那个新郎官。两人睡觉前，爱用讲故事的方式进入梦乡。她的故事主要是婚前与父母兄妹在一起的生活。这话题让她很动感情，想起父母，她就有愧对二老的感叹。早有计划回去看看，但一直没有成行。他给她讲外面的故事。他在省城教音乐时，曾被省府一位高官的千金看中，两人在公园戏院出没，差一步就成了"乘龙快婿"。最后，这位千金小姐投身到一个富家子弟的床前。因他的单薄与穷困，两人没有走到同甘的对岸，先在共苦的断桥前止步了。他告诉她，古今的女孩子其实都一样，特别是那些漂亮的女孩子，最终定夺婚姻的是社会地位和丰厚家底。他也讲聊斋里女鬼的故事，而且认定，她就是一个女鬼，一个爱才尚德的女鬼，是一个真心要与心爱的人走完一生的好女鬼。这让她浑身起鸡皮疙瘩。现在，段瑞智不能讲了，他只能听她讲了。她也有以前想讲又不能讲的婚前故事。她的绣楼上也曾跳进一个让她心仪的青年才俊，是他的鲁莽与浅薄断送了自己的梦想。多少年，这个初恋青年常在她的梦中时隐时现，她不知道这个青年有没有丰厚的家底和显著的社会地位。

同院的人，发现了二姑娘的异常，进而知道了她家的事情。

两个儿子匆匆安排了自己父亲的后事。

一切物事复归平静。段瑞智的离世，没有在镇上引起多大的注意。平淡的生老病死，在古镇庞大的地盘上每天都可能发生。

二姑娘拒绝了儿子儿媳表面上的热情，坚持一个人平平淡淡地过。

她每天都要去段瑞智的坟地坐坐。她不拿什么高级的祭食（当地方言，指祭品），她吃什么就带些什么。有时就直接在坟前用餐，她按照他平时的饭量，有吃有喝的，她吃一份，再剩下他的那一份。吃不吃是他的事。段瑞智生前不是没吃过大餐，但他最愿意吃她做的家常菜。他让她爱了一辈子，也让她苦了一辈子。他没有什么值得骄傲的，她也没有什么值得挂记的。他与她只隔一层土，一个出气一个不出气。最终，都是两堆骨头，手脚相连头身紧挨的骨头。他的音容他的魂灵，会随着她的消失而消失。在儿孙这里，最多七八年，他和她的身影和音容都会渐渐消失。至于左邻右舍或一些相识的人，若干年后，他和她也许就是街谈巷议中的两个偶然被提及的名字。

二姑娘一个人坐在坟前，有时静静地一句话不说，有时又滔滔不绝地絮絮叨叨。她也会莫名其妙地骂上一阵，或不无哀怨地号哭一阵。

那条通往坟地的路，经过一段庄稼地，松软虚浮的土都被她踩瓷实了，白亮白亮的。她来的时间不定点，有时天还不亮，有时正值早餐，有时是傍晚，想来就来。镇上突然发生了一件什么事，以前是他俩在炕头交谈，现在改在坟地了。尤其是以前他爱关注的一些事，她不想隔夜。怕他听不清楚，坟前常有微风刮过，她的声音又不可能太高，就反反复复地给他讲。再不用像以前那样抢嘴了，她可以凭着自己的口才，充分细致地讲。想听不想听，她都要讲。他睡着了，她要把一个段落讲完，要他在不醒的梦中，也能听到她的声音。有时她想，他要不想听，或没听清楚，将来自己逝去以后还要讲，要把嘴凑在他耳边大声讲。直到他听厌了，大不了两人再吵闹争辩一番。

97

段瑞智生前有诸多不顺，死后也不顺当。

在段瑞智的灵柩移到灵棚的那一天，突然有一个人跳出来找麻烦，这个人是段瑞智本家的一个同辈兄弟，叫段瑞文。段瑞文告诉办事的总管，说段瑞智不能埋进祖坟。原因是，他这个人不仅在段家，就是在全镇也是大家唾弃的对象，这种人进祖坟，有辱祖先的遗风。而且，让段氏后代每年上坟来祭祀他，对子孙们不利。

段瑞文从古镇供销社主任，一直熬成石城县的供销社主任，个人能力和社会威望挺高，说话办事从不拖拖拉拉，退休以后住回古镇。他走到哪儿都是中心，说出的话从没人敢反驳。

总管把段立强和段立德叫到一起，又把段家主事的长辈也叫来，一起来商讨这事。

段立强抓耳挠头，不知所措。段立德自从上次被拘留以后，凡事有理无理怵三分，此刻他面无表情，心底发虚。段瑞文则满面春风，口若悬河，一路高调畅谈，引经据典，理足词丰。眼看着不能进祖坟的意见就要落地成型，这时段立德的大儿子开口说话了。

"爷爷是个有德有品的人，也曾是省城名噪一时的音乐人才，在镇子上谁家有人屙不下尿不下时都来找他，他从来不拒绝，积德积善多少年，哪有进不了祖坟的道理？至于那些过去的事，都是时代的产物。我在县城高中读书时才知道，能达到爷爷这种国学水平的老师还真不多，这国学是我国的国粹，别人想学还学不到呢。"

"那也不行，我这一关过不了。"段瑞文话语里含着霸道与专横。

"你要不行，可以迁坟，祖坟里你家这一支可以迁到别处去。"

说这话的人是张长林。他听说这件事后，从外边赶了过来，正好听到了段瑞文的霸气表态。当时的张长林，已经是村支书兼村委会主任。

"你这个小小的村官，连村里的事也办不好，有什么资格来管我们段家的家务事？"

"家务事，也在村官的管理职责之内。给百姓办事，为群众解忧，是我们工作的重中之重。老叔你曾是县里的干部，也是见过世面办过大事的人，我很尊重你，但在村里办事，我有我公正公平对事的原则和规矩。我发表我的意见，具体怎么定，你们家族的人再商量商量。"

张长林留下这句不是定论又是定论的话，掀开门帘走了出去。

有村干部这话，段立强和段立德才生出不少的勇气和胆量，与段瑞文的对话也硬气起来。段立德的儿子更是火力十足，他不懂一个县里的干部一般人见了面都要低一头的那一套，只知道有正理就要争，是歪理就要驳，说到激动时，还挺着身子往前扑。段瑞文见这个孩子不知天高地厚，就哼了一声，说："屁事不懂的一个小孩子，你没有资格在这里指手画脚。"正说着，韩如民进来了。韩如民说："大话说尽使小情，自古以来都有村规民约，这事我看就按长林主任说的办吧。镇上的人谁也知道，段先生在挨批斗时，是我站出来不让批斗者再让他坐'土飞机'的，也有人说我是段先生的保护人，我准备陪着他挨批，可没有人敢这么做。咱镇上就是有这么一些过河拆桥要脸不要屁股的人，你屙不下尿不下的时候把段先生看得比神还尊贵，恨不能给他跪下来，人家不讲一点儿代价给你帮了忙，等人家落难时，你却又是批又是斗的，恨不能把他整死。我是最看不惯这种恩将仇报的烂人。要我说，这个段瑞智是给咱古镇做过大事好事的人，现在人死了，还有人想再踢他一脚，这就没有公理了。包括他的亲人亲戚在内，再要对他产生邪念，我这关过不去。事情按常规来办，谁还要有什么不同意见，回头找我来。"说完，韩如民眼里冒出一股火，临出门，结实的肩膀撞开了堵在他面前的段瑞文。

段瑞文一看这架势，不能再说什么了。他怕再坚持下去，连这个门也出不去了，就一脸愤恨地溜走了。

无风搅出一股子浪。这盛气凌人的段瑞文再也没出现，连以后几年的寒食节上坟，镇上的人都没见过他。这真是大船栽到小河里了——戳气。

段瑞智的葬礼，虽然办得有点简单草率，但还是有不少镇上的人前来祭奠送行。

第十二部分

98

在石城一中，不少人都说我是个"犟"骨头，见了校领导向来不会点头示意或主动开口问好，遇到教研活动，也敢与那些老牌学究据理力争。这在权威意识极强、派别氛围极浓的单位来说，是个致命的缺点。我的教学基本上是水顺风劲，学生的成绩也是一路飙升，而教学之外的事却停滞不前。毕业班，班主任，学科项目实验，这些事都顶在我头上，而评职称选模范这类好事总是擦肩而过，而且校方都有合适的理由或条件让我不能有反问，不能质疑。

也不知祖坟里哪个坟头冒起了青烟，我突然被县里提名为人大代表的候选人。整个县的教育界只有一个代表的名额，这让一贯身微名贱的我受宠若惊，手足无措。公示期过后，通过差额选举，我顺利当选。据说，公示期间，也有一位校领导找过县委书记和县人大主任，但没有把我撤下来。好几个只有一面之交的其他学校的同行见到我，说，这可是人一生不可能想有就有的名誉，你得请客。我只能赶忙应诺。时隔不久，我又顺利当选为县人大常委会委员。按县报登载的名字排列，我竟成为"县领导"之一。这一切，来得如此突然，我连做梦都没想到，身后好像有一股无名的推力。接着，我在国家级刊物上发表的教学论文也在县教育界广为传播，甚至还有几个外校的老师专程找到我，向我索要我自己总结出的"作文十法"。摇身一变，我像垃圾堆里无人看好的一块丑石，一夜之间开始发光发亮，变成一块宝玉了。

县人代会召开时，我在庄严肃穆的氛围中，坐在了主席台上。

散会之后，我遇见了张长林。他是镇上选出的县人大代表之一。吃饭时，他又主动找到我，建议以十人联名的形式写一份开发仁义古镇的议案，并说出了他的一些想法，让我考虑一下，如果可以，晚上回去写成正式的议案，递交到大会议案组。

晚上，我一个人来到安静的地下室，开始构思并撰写关于开发仁义古镇的议案。这一写，竟有许多奇想妙思涌到笔下，原来，潜意识里，关于家乡这个特殊地域开发的深远意义及具体思路，早就备在了我的头脑里。我的笔下行云流水，很快就完成了议案的撰写。

第二天，张长林联络到十几个代表，通过他的引申阐述，都顺利签名，在大会规定的时间交了上去。

在县长作的政府工作报告里，"连点成片的景点开发，绿色环保的旅游经济"成为全县经济发展战略的三大"战役"之一。会上会下，这也成为代表们热议的焦点话题。

张长林牵头递交的开发仁义古镇的议案，正好打中了旅游开发议题的痛点，也是对县政府工作报告的印证与落实。这份既合民意更合领导心思的议案，在各代表团和十人以上代表联合签名的议案汇总中排在第一的位置，在大会第三次会议上向全体代表公布。在当天的全县电视新闻的两会专题报道之后，记者有对张长林的特别采访。张长林对县政府工作报告的准确解读和对古镇开发意义的合理阐释，成为县人代会最重要的收获之一，也成为资深记者敏锐捕捉新闻焦点的典型个案。之后，此条新闻又在省台辑录播出。

一时间，张长林成为全县上下纷纷热议的人物。传统支柱煤炭产业与新型旅游产业，像标画在县域坐标系上的两个醒目的动点，随着两条不断游动的弧线，在上下交替地变化着。黑色的煤炭是闪闪发光的一团乌金，绿色的旅游是渐渐变大的一块碧玉。乌金总归是有限资源，而碧玉是无限资源，未来的走向，可能有一段两线重合的路程，产业转型，有可能让绿线越走越亮，而没有黑线的支撑，绿线也可能丧失延伸的底气。在绿线滑行的同时，黑线仍可能一直在往上攀升。绿线不可缺失地走动，有朝一日就可能产生无法估量的价值。赢得生活基础的物质，带动赢得精神的文明。丰盈的衣食住行，瑰丽的意识领域，有钱到有品的提升，外在与内心的双赢，正是"青山绿水就是金山银山"的既定目标。

绿色的旅游，景点的开发，是新一届县政府领导者们用粗笔画出的宏伟愿景。而千年古道上曾经的繁华古镇，正是再焕异彩重铸光芒从而坐实旅游景致的厚重一章。张长林就是揭开这第一页的第一人。

99

县上开发出来的王家大院，以"民间故宫"的庞大浑厚，以三雕艺术的精妙绝伦，以亦商亦官的特立独行，以家训家规的修齐治平，已经是被外界广为认可的成熟型景点。两个国家AAAA级（指我国景区级别）的自然山水旅游景区，一个以峡谷景观为看点，一个以龙文化印证为轴心，像两丛迎春挺立的牡丹花，正在含苞欲放。石城的夏门古堡，不仅有大禹治水凿河开湖的原始痕迹和史料记载，而且有"一锤子砸倒七个县令"的清代御史梁中靖故居遗迹。梁中靖与于成龙等被列为全省古代十三廉吏，其书屋、寝室、诗文等，历历在目。史海沉淀的古道制高点韩信岭，大将首级埋在厚土山丘下，千百年来倍受过往名人贤士的顶礼膜拜。全国首批历史文化古镇静升镇，上榜三晋名村的著名古村落董家岭，北边阳凉关冷泉堡，南端阴地关仁义镇等，不同特色不同类型不同风貌不同品位的景点，分布在全县各个角落，如果真能下大力气开发，连点成片，连片成面，县域旅游经济的效应与影响，将是无法估量的。

县文化局专门负责此项工作的刘局长，统计出仁义古镇有十项省、市、县级的非物质文化遗产，包括武术战功拳、王氏铁业工艺、赵氏银坊、孟氏油坊、尤氏粉坊、张氏醋坊、闫氏皮革、干调秧歌等，都各具特色，亮点纷呈。正在申报的枣糕技艺、禁蛇疗法等，也是独家祖传技法。二黄毛包子店、王罗金马车店，以及盘坡神鞭手、十八罗汉锣鼓队等也在村委会的筹措下，纷纷恢复兴起。三官庙、菩萨庙、罗汉庙、介神庙、关帝庙、龙王庙、马王庙、财神庙、城隍庙、土地庙、文昌阁（以上均为当地庙宇）等古建庙宇，或者被省市县文物部门列入保护性修复计划，或者被村委会列入重点保护项目。五里长街上的各种百货店、棉麻店、丝罗店、银器店、古玩店、琉璃店、农具店，以及仿古当铺、宗族祠堂、私塾书院、保镖武馆、雕刻专行等都开始有人策划部署。各种商号及商号的古制牌匾、账单往来、算盘、花镜等也有人翻寻出来。不少古宅旧院的房檐兽头、窑前挂落雀替、门槛龙凤柱础石、拴马石、守家狮子石等一一登场亮相。风车、马灯、驴槽、皮影戏具、量粮等尺、丈地弓杖、酒具灯盏、腾云水烟、驾雾赌具、青楼红鞋等都有遗物展示。曾是官方传递文书和出行休憩的大公馆、二公馆和驿站，也被几位百岁老人描绘勾勒出来。各种传统小吃、特色食品、古式游戏等，都有人在琢磨复原。

县上成立了古镇开发领导小组，分管副县长和部门负责人，召集相关人士研讨论证、拟订方案、分步部署，各项前期工作正在有序展开。

张长林告诉我，尤宝汝与段绍青带着自己的两个儿子回到娘家，重新张罗起粉坊生意，扩建了原有的制粉车间与仓库，她家产出的粉条在更大的市场上大量销售。成凤菊的钉蹄铺恢复了"视履"的名称，在诚信经营和热情服务上，赢得了方圆几十里有牲畜人家的认可与称赞。郝美仙的儿子也从河南回到母亲身边，开设了一家器乐专营店，街面上不时传出二胡、琵琶、笛子、古筝的演奏声。古镇战功拳，在我国香港地区举办的国际武术比赛中拿回多个奖项。古镇的中小学也引进了武术训练的课程。在武馆坐镇的韩如民虽已年过八十，但仍旧健步如飞。此外，油坊、醋坊等传统作坊一直兴盛不衰地被一代又一代承继下来。

张长林刚要讲禁蛇与枣糕的话题，电话那边被人打断了，他要去村委会大门外，迎接县上来的一批重要客人。

100

县委宣传部组织了一次主题为"古道·古风·古韵"的文人采风活动，我被确定为通稿撰写人和实地导游员。来自省、市、县的记者、作家、诗人、画家、摄影家等一行三十余人，应邀参加。

从古道沿汾河进入县境第一站的冷泉关开始，这座袖珍式的古堡，坐落在突兀延伸到汾河中滩的一道山梁上。堡内街道、戏台、祠堂、深井、商铺、票号、当铺、私塾等应有尽有。古堡左右两端齐崖立壁，前门一关，就是一座独立的城堡，盗匪野狼无法入侵。门壁有了望窗，随时知情官方通牒驿使。城堡左侧，有一沟，雪霁雨洗之后，白雾蒸腾，漫卷草树，洇染峰峦，属石城八景之一，叫冷泉烟雨。距离冷泉关几里地，有一座叫河洲的小镇，十七座牌坊，座座都有一则传奇故事，或二十岁守寡一直蛰居家园的贞洁烈妇，或侍奉公婆端屎端尿至死不弃的孝道儿媳，或舍身保民誓死不屈的钢铁壮汉，或赈济穷人修桥护坝的侠义财主。采风人员流连忘返，行进十分缓慢。

古道随着汾河沿岸，渐渐进入两山对峙的河谷狭窄路段，在阴森曲拐的行进中，河水发出震耳欲聋的吼声，两山高树密丛随风颤动。史称这一段河谷为雀鼠谷。途经瑞云驿，眼看着河潮向夏门一路狂奔。再往下，河壁陡立，无道可取，无奈，古道在一个叫玉成的沟岔折拐，一段滚牛坡直戳戳通向山腰。从山腰劈开一条山巷，盘曲延伸。冲出山谷，见到了三晋大地制高点韩信岭。四野顿时光明开阔，一望无际。只有一座土丘默然隆起，这便是闻名遐迩的韩信墓。丘下建有简陋古朴的韩信庙，庙内有祭拜者留下的香火残迹。当年韩信首级拉运到此地时，车马早已劳顿不堪，百姓将士用双手一把土一把土地垒筑成墓，这位驰骋疆场名耀华夏的大将雄才便永远地留在了这里。从韩信岭向四周望去，众山群岭俯首称臣。古道延伸途中，隐约可见各个峰顶处的烽火台，每有战事或重要情报，各个烽火台会燃柴升烟，远比快马传讯便捷。

栽下纵横陡峭的郭家沟，山巷又变得阴森幽暗起来。再在山口踏上一座石桥，前面就是最让车马惊魂动魄的石板坡了。当年，我爹带着我从县城走回镇上时，沿路给我讲的故事，后来都找到了相关的史料对应，我再给这些不辞辛劳的采风团人员讲的时候，心里便宽敞丰厚多了。我爹在石板坡前打住了他的讲述，而我在这里才开始真正进入大讲特讲的话头。那些神鞭手盘坡的惊险故事，让这群作家记者听得是耳昏目眩，神飞意乱。

拱桥头马车店的故事、三官楼赵全武与昌林的故事、关帝庙镖局的故事、古街作坊的故事、郝家院慈禧的故事、磨砖窑藏国学大典的故事、大公馆使役的故事、理发店吃蝎子的故事、广场上假牙医的故事、碉堡上日本侵略者的故事、小屋里一妻二夫的故事、赶集惩治赖皮的故事、实轮自行车的故事、禁蛇救人命的故事、立碑订村规的故事、到北京国庆观光的故事，等等，走三步，就有故事，见一物，就有故事。故事可长可短，故事连着故事。故事不是瞎编乱造，有具体的人和准确的时间，有经得起查阅的史料。不管是放在真实性独特性的通讯特写里，还是写进传奇性可读性的文学作品里，这些故事都是立得住站得稳的素材。

一直跟着采风团行走的张长林，笑眯眯地看着我，也不时地向同行人推荐我。也许，在他的记忆里，我讲的不少故事他也未曾听过。

我不仅讲仁义古镇这座秦晋古道上重镇要塞的故事，而且，话题还延伸到另一条在仁义古镇丁字交会的"灵沁古道"的故事。这条打通晋中盆地与上党盆地的交通要道，途经县内业已开发的石膏山景区，那里有几处古代帝王曾经征战运筹的行宫，有崖下靠山耸立的佛家圣地天竺寺，有双龙盘卧腾飞的龙吟谷，有悬空而下的挂壁飞瀑。这是自然与人文结合完美的旅游景区。在才思敏捷的文人心中，不同景区不同特色的理念相连成趣，互为照应，也为日后专程观光留一伏笔，更为县政府大格局谋划、多维化开发奠定一种现实基础。

这次采风取得了重大成果。时间不长，各大报刊、电视台、网络媒体，都有了相关内容的登载和宣传，有的甚至制作了诗画短片或专版，在更广的范围产生了很大的影响。

101

又一个柳绿花红的日子，张长林特意把我叫回老家，着手策划和准备开发仁义古镇的一些具体思路和基础文本。

这一次，张长林思路很是详细，给我讲了一个通宵，我真正从心里服气他了。

硬件上的事，必须做好。

他上任以后，第一件是办好"水"的事情。他多次与县水利部门的领导与专家沟通，争取到相关政策的倾斜和资金的支持，在柳沟和瓦沟挖了深井两眼，在东圪塔和西圪塔各建了一个水库，把管道铺到全镇各家各户的门前窗下，自来水能直接流进灶旁锅里，彻底解决了人们的吃水问题。

接下来是"路"的问题。镇上各条大小道路，有铺沥青的、有砖砌的，规格不一。特别是与国道相通的路与街面上的路，一要拓宽，二要平坦，三要规格整齐划一。不管是镇上私人车辆的进出，还是外地路过的来客，都必须畅通无阻。包括以前曾经走过巨商政要的古道，都进行了新的铺设修筑。

镇上多年来垃圾乱倒的现象也得到彻底的治理，在各家居住地的街道口，新修了垃圾池，定人定时清运。

村办小学和老年活动场所，也是村委会的重要工作。村委会专门指定专人分工管理，确保了村里小孩上学享受优质教学资源、老人养老有充分保障。仁义镇仁义村的学校和日间照料中心也成为了全县的模范参观点和示范单位。

对仁义村里古庙古楼古碑的补修整理以及对古街门店作坊的恢复与振兴，也让张长林度过了无数个不眠之夜。

软件上的事，努力做好。

被省市县确立的非物质文化遗产项目，正在一一完善补充整理中，张长林说："这些祖上传下来的工艺，再要去经营，有好多是不赚钱的，但在我担任村委会主任期间要去抢救，眼看着有些手艺人都上了年纪，一旦失传，可能就再也找不回来了，咱得有传承人，必要的时候咱村委会贴点钱也值得。我们还得主动给他们寻求销路，也确实有那么一部分人识货，再贵也要那些原汁原味的东西，也愿意欣赏古朴原始的艺术。说不定哪一天，这些东西就真派上用场了。"

现在，县里开始在旅游景点上做文章，仁义古镇的开发已经摆上领导的议事日程，这个绝好机会张长林等了不是一天两天了。

帝王路经的痕迹，商车盘坡的痕迹、晋商经营的痕迹、红色革命的痕迹、传统节庆的痕迹，等等，都在古镇开发的计划里。

整整一夜，张长林的情绪一直亢奋着。

最后，张长林对我说："县里有如此宏大的规划与决心，我们应有政策之下的微观部署文案。再下来，就看老弟你的文笔了。"

我能预想到张长林要交给我的这个任务，他也知道他的这个想法不会落空。我愿意把自己家乡的历史做一个条分缕析的归整，让古镇曾经的辉煌再一次呈现出应有的价值。也许，这一篇章，就是我这一生最美好最丰富的文笔。

有如此宏伟的目标，有如此激情四溢的村干部，有如此清明清正的社会，古镇的再度兴盛与繁荣，将是不会太久远的事情。

得空，我来到我爹生前开出的那块菜畦旁，那池小泉已经坝塌水尽，菜地也摊为斜坡了，只有沟前的树丛还七高八低地长着。我坐在离菜畦不远处的那棵老槐树下，我爹给人们讲故事的情形又浮现在眼前。

我爹是一九九四年十月去世的，他在临终时刻，把几本厚厚的笔记本推到我面前，对我说："以后如果有机会，给咱古镇做点事情，这些本子是我多年对古镇的记载，也许能做些参考。"